W0313112

# *Les larmes du passé*

Annie RAMOS

# LES LARMES DU PASSÉ

Les éditions du Citron Bleu

©Les éditions du Citron Bleu, 2020
1, rue Ernest Renan – 70000 Navenne
contact@ed-citronbleu.fr

ISBN : 979-10-90998-23-0

Du reste, nous ne pouvons affirmer
l'innocence de personne,
Tandis que nous pouvons à coup sûr
affirmer la culpabilité de tous.
Chaque homme témoigne
du crime de tous les autres,
Voilà ma foi,
et mon espérance.

*La Chute*
Albert Camus

Sur l'écran, ces mots en majuscules :
JE TE HAIS, taille de police 48.
Le doigt hésite puis appuie.

Envoyé.

Message d'erreur :
l'adresse mail heloise.huchet@hotmail.com ne fonctionne plus.

Adresse introuvable :
votre message n'est pas parvenu à **heloise.huchet@hotmail.com**, car l'adresse est introuvable ou ne peut pas recevoir de messages.

Il l'observe depuis des jours, elle ne se méfie pas, mais comment pourrait-elle imaginer qu'il l'épie et la traque comme un animal ?

Métamorphosé en chasseur, il en a fait sa proie, son obsession, la personne à éliminer. Il ne la lâche plus d'une semelle. Pire que son ombre, il entre dans ses pas. Un bon chasseur doit anticiper les mouvements de l'animal pour agir pile-poil à la seconde où ce dernier tentera de lui échapper. Ni trop tôt, ni trop tard, au risque de simplement le blesser, ou pire, qu'il s'enfuie.

Il lui faut donc prendre toutes les précautions pour tendre le piège parfait, celui qui l'enfermera à l'intérieur de mailles très serrées, inextricables pour l'avoir enfin complètement à sa merci.

Sa voiture ralentit devant la façade blanche de l'agence, et après un rapide créneau, elle ouvre la portière, attrape son sac et sort du véhicule.

Aujourd'hui, sa silhouette est mise en valeur par un tailleur rouge sur un chemisier noir. Juchée sur de hauts talons, ses jambes parfaites attirent les regards masculins, mais lui ne ressent que de la haine à son égard.

Quelle arrogance !

Dès le premier coup d'œil, on perçoit nettement que *Madame* s'estime supérieure aux autres, que sa vie a plus de valeur. Il n'y a qu'à détailler la façon dont elle observe la circulation quelques instants avant de remercier d'un simple hochement de tête rapide et d'un sourire satisfait l'automobiliste qui vient de s'arrêter. Pas question qu'elle attende trop longtemps, la foule doit s'écarter sur son passage, elle le mérite.

Que des foutaises ! C'est bien autre chose qu'elle mériterait d'obtenir. Une bonne grosse raclée, de celle qui vous laisse sur le carreau pendant plusieurs minutes.

Gênée par le soleil, elle lève la main droite pour se protéger et traverser la rue rapidement.

À quelques mètres, invisible, il se cale derrière le volant, un rictus haineux déforme ses traits, ses yeux ne lâchent pas la silhouette féminine.

Il se prépare déjà à patienter, à observer encore ses moindres gestes pour être absolument certain d'agir au bon moment malgré la colère qui bouillonne littéralement dans ses veines.

Elle doit payer pour tout le mal qu'elle a fait.

D'ici quelques jours… il va rendre justice.

Il est trop tard pour reculer.

Elle pousse la porte et il la voit saluer sa collègue, une femme d'une quarantaine d'années, brune, cheveux mi longs, quelques kilos en trop, qui occupe un bureau en face du sien. Il sait qu'elle s'appelle Martine Kleber, qu'elle est mère de trois enfants. Le petit dernier, âgé de quatre ans, va à l'école maternelle située juste en face de l'agence. Il a gravé dans son cerveau les visages de toute la petite famille pour éviter de prendre des risques.

Une autre règle qu'il s'est imposée : toujours identifier

ceux qui pourraient se mettre en travers de son chemin. Un moyen d'anticiper le moindre accroc.

Tous les soirs, elle quitte l'agence à 16 heures précises pour aller attendre avec les autres parents. Au bout de vingt minutes, tous ont déserté le quartier.

L'homme est bien renseigné maintenant et connaît parfaitement les habitudes des employés, cela fait partie de son plan.

Il la voit accrocher soigneusement sa veste de tailleur sur le porte manteau situé à l'entrée, se diriger à pas énergiques vers son bureau, s'asseoir sur son siège, allumer son ordinateur, tout ça avec le sourire. Elle affiche une insouciance qui lui donne l'envie très forte de bondir de sa voiture et de pénétrer dans les locaux pour lui sauter à la gorge et lui régler enfin son compte.

Lui faire mal ! La regarder souffrir et demander pardon.

Difficile de se retenir.

Mais ce n'est pas encore le bon moment.

Il se force donc à souffler un grand coup pour calmer sa colère, en effet malgré son impatience, ce ne sera pas ici qu'il se vengera. Il faut encore attendre. Ce n'est pas l'endroit idéal, il y a bien trop de témoins dont plusieurs collègues, quelques passants.

Elle pourrait même lui échapper.

Or, il veut l'avoir pour lui tout seul, qu'elle se tienne en face de lui et alors il lui crachera au visage la liste de ses accusations sans personne pour intervenir, sans personne pour le déranger, sans personne pour lui porter secours.

Voir la tête qu'elle fera !

Ce sera entre elle et lui.

Il a réfléchi à tout, imaginé le moindre petit détail, et prévu toutes les étapes de cette confrontation.

Ce projet occupe toutes ses pensées. Grâce à lui, il arrive à se lever le matin et à avancer. Sans ce but, il est persuadé qu'il resterait couché, terrassé par sa détresse, avec l'envie de se tirer une balle dans la tête pour en finir avec toute cette merde.

Mais elle s'en tirerait trop facilement.

La colère est devenue son amie, sa confidente, sa meilleure alliée.

Elle le domine, le submerge, mais paradoxalement elle le maintient en vie. Cette femme n'échappera pas à ses responsabilités. C'est seulement après l'avoir punie qu'il pourra enfin adresser son salut ultime.

Rien ne le retient plus. Sa propre vie est foutue, elle a explosé en éclats, meurtrissant au passage les êtres qui comptaient le plus pour lui. Et tout est de sa faute à ELLE.

Il veut lui exposer ses méfaits, tous ses crimes, en guettant ses réactions, pour n'en louper aucune, écouter ce qu'elle répondra à ces accusations.

Il s'attend déjà aux pires mensonges.

Ce n'est pas de ma faute. Si j'avais su, jamais je n'aurais fait ça, je m'en veux profondément, et je m'en voudrai jusqu'à la fin de mes jours.

Un ramassis de mensonges et d'excuses bidon !

Il n'y a qu'à la regarder, insouciante, qui continue à vivre comme si rien n'était arrivé, pour se rendre compte qu'elle se fiche complètement des autres.

Une égoïste, voilà ce qu'elle est !

Mais ça ne peut pas continuer ainsi, tout le monde doit

un jour ou l'autre rendre des comptes, faire face à ses actes, payer le prix fort.

Aujourd'hui, il n'est plus croyant, mais il l'a été enfant, et il garde quelques bribes de catéchisme. Ainsi, il se remémore que la confession est un acte important qui permet au pêcheur de se libérer de ses pêchés et il l'obligera à le faire.

Pour une fois dans sa vie, elle va affronter ses fautes.

Et il sera aux premières loges pour observer ses différentes réactions.

Ses yeux marqués par des cernes profonds ne quittent pas la vitrine de l'agence. Depuis quelque temps, il ne réussit plus à dormir de manière sereine, les nuits sont très courtes.

Étendu, il attend le sommeil pendant des heures.

Souvent, exaspéré, à bout de nerfs, il finit par abandonner, se lève et va dans le salon s'étendre sur son canapé, allume la télévision et zappe d'une chaîne à l'autre. Seules la télévision et la bouteille réussissent à l'assommer. La télécommande en main, il navigue d'une série policière américaine à un reportage animalier, tout en levant régulièrement son verre. Il reste scotché à cet écran pendant de longues heures, le regard de plus en plus flou, avalant consciencieusement des suites interminables de productions toutes plus minables les unes que les autres, des jeux crétins avec animateurs soigneusement gominés et sourires plus blancs que blancs, le discours ponctué par les cascades grotesques de rires préenregistrés. Ces fictions insipides se ressemblent toutes et ne s'apparentent en rien au monde réel, à croire que les réalisateurs vivent tous sur une autre planète et ne savent plus comment vit le simple mortel…

Il est diverti pendant quelques instants et oublie son obsession mais rapidement les images se brouillent et son esprit dérive vers d'autres scènes, avec *elle* dans le premier rôle, celui de la victime, et lui comme bourreau. Elle le supplie d'arrêter son calvaire et de lui pardonner.

Bien sûr, il reconnaît sa propre part de responsabilités à ce qui est arrivé.

Il a tout gâché.

Il possédait tout et il a tout perdu.

Mais c'est elle qui a mis le feu aux poudres. Sans son arrivée, il est persuadé que tout aurait pu encore s'arranger, il aurait trouvé une solution pour s'en sortir, il lui fallait pour cela juste un peu de temps.

Sa vie était parfaite, il était heureux et elle a débarqué.

Comme les requins qui sentent à des kilomètres l'odeur du sang, cette femme a reniflé sa faiblesse et a immédiatement foncé sur lui, sans aucune pitié. Aussi froide et implacable que le prédateur marin, elle l'a attaqué, lui a tout pris sans se soucier le moins du monde de ce qu'elle détruisait sur son passage.

Aujourd'hui, elle a même dû l'oublier, pour passer à autre chose. D'autres victimes innocentes sont venues s'ajouter à sa liste. Après l'attaque, il ne représente qu'une minuscule tache qu'elle a effacée d'un simple geste, comme un moustique qui gêne sur le pare-brise, elle l'a nettoyé d'un simple coup de lave-glace. Cette fois pourtant, elle a sous-estimé sa proie.

Il la voit se lever, toujours souriante, pour aller se servir un café à la machine posée sur une table, à droite des deux bureaux, épanouie, confiante, comme si le monde lui appartenait.

Sa colère augmente. La rage l'envahit.

Les yeux toujours fixés sur elle, il tape violemment du poing sur le volant jusqu'à ce que ses poings en deviennent douloureux et qu'il soit obligé d'arrêter.

Dans son esprit, il l'a jugée et condamnée. Nul besoin d'avocat pour la défendre, nul besoin de procès. C'est elle la responsable.

Il est temps qu'il reprenne le contrôle de sa vie. Il démarre et passe devant l'agence tout en jetant un dernier regard à l'intérieur.

*Marina*
Besançon, samedi 23 avril 2011

Le vent charrie quelques gouttes de pluie et souffle dans les arbres, par légères bourrasques. Le ciel est d'un gris menaçant, de gros nuages s'accumulent, une nouvelle averse ne va pas tarder.

En sortant du bâtiment, Marina Huchet se retrouve directement dans la rue Girod de Chantrans. Elle est contente d'avoir terminé ses cours et de quitter cet ancien couvent des Cordeliers qui symbolise pour elle un cadre de règles et de brimades dans lequel elle étouffe.

Deux semaines de vacances.

Deux semaines de répit.

L'adolescente évite les flaques sur le trottoir, taches sombres et noires. D'ordinaire, elle prend le temps d'observer les façades des immeubles qui sont construits pour la majorité en pierre de Chailluz, admirant la teinte ocre avec de grandes touches de couleur bleu gris. Mais aujourd'hui, elle garde la tête baissée, ruminant de sombres pensées.

Encore une mauvaise matinée !

Une autre à ajouter à la longue série.

Mécontents, les professeurs n'ont pas hésité à lui faire des reproches sur ses notes en baisse et sur son manque d'attention, enchaînant les remarques négatives et les avertissements.

Ils sont en permanence sur son dos. Pas une minute de tranquillité.

Pourtant, la jeune fille essaye de se faire oublier, de se fondre dans la masse. Planquée au fond de la salle, elle garde la tête baissée, en espérant que la sonnerie va la tirer du calvaire.

Mais la stratégie ne fonctionne pas, à croire qu'ils ont décidé d'en faire leur cible privilégiée cette année, leur mouton noir.

À la loterie de début d'année, elle a gagné la place de bouc émissaire.

Du chahut en cours, des bavardages, on l'accuse alors même qu'elle est seule à sa table. Les élèves ne fournissent pas assez d'efforts, pas la peine de chercher loin, Marina est là pour récolter les reproches et les réflexions désobligeantes.

Même quand elle débarque en cours avec la ferme résolution d'écouter et de travailler, rapidement la situation dérape.

Ce n'est tout de même pas de sa faute si les cours sont complètement nuls, si elle n'arrive pas à se concentrer sur des notions inutiles, qui ne lui apporteront rien, la motivation l'a désertée !

Si tu ne bosses pas suffisamment, tu n'auras pas un bon bagage, personne ne voudra de toi, et tu finiras à la rue, mais nous, on ne pourra rien nous reprocher parce qu'on aura fait notre boulot, on t'aura même prévenue. Alors, si tu veux n'en faire qu'à ta tête, tant pis pour toi.

Mais tu devrais vraiment nous écouter, on a l'expérience et on sait ce qui est bon pour toi.

Et bla-bla… elle n'en peut plus d'entendre toujours les mêmes conneries, les mêmes conseils. Toutes ces belles résolutions étaient sans doute valables à leur époque, mais elles sont dépassées aujourd'hui. Et il faut tout simplement être aveugle pour ne pas se rendre compte qu'il n'y a pas assez de travail pour tout le monde.

Le chômage touche toutes les catégories sociales.

D'un côté, les pauvres triment pour boucler les fins de mois. De l'autre, les riches ne sont pas à l'abri de tout perdre, leurs grandes baraques, leurs voitures luxueuses. Terminés les cours privés pour leurs gamins, à l'école publique comme les autres.

La semaine dernière, aux informations de 20 heures, un ancien cadre d'une entreprise privée avait expliqué qu'il avait perdu son boulot et qu'il vivait dans la rue avec son clébard. Licenciement pour cause de restructuration, il avait tout perdu du jour au lendemain. Pourtant, il avait un master, de l'expérience, un curriculum vitae long comme le bras et résultat des courses, en train de mendier pour s'acheter sa bouffe et éviter de fouiller dans les poubelles. Si ça se trouve, ceux qu'elle croise sur le trottoir en allant au lycée sont comme lui, d'anciens cadres. Mal à l'aise, elle leur file parfois une petite pièce.

Marina ne veut pas finir comme eux, mais ce n'est pas l'école qui lui apportera la solution miracle.

Les profs se gourent.

L'autre jour, en cours, elle a eu la bonne idée de le balancer à sa prof principale qui la gonflait avec un nouveau sermon à la con. Résultat, deux heures de colle se sont ajoutées au reste.

La jeune fille ne veut pas perdre son temps et finir comme tous ces gens qui courent en permanence après quelque chose.

Ça fait un moment qu'elle y pense. Ce serait LA solution.

Quand elle arrive en vue du double porche, Marina Huchet se met à courir, pressée de se mettre à l'abri du vent et de son hurlement effrayant.

À travers les fenêtres, elle ne voit aucune lumière. La maison, mitoyenne comme nombreuses dans le quartier, possède un jardin à l'arrière. Depuis longtemps abandonné, il est envahi par les ronces, la balançoire est couverte de taches de rouille, la cabane ne possède plus qu'une partie du toit et héberge parfois un animal en quête d'un abri provisoire. Au fond, le bac à sable sert de litière géante aux chats du quartier. Plus de fleurs dans les jardinières pour venir égayer le paysage. Les buissons non taillés gênent l'accès. Plus personne n'y met les pieds.

La jeune fille ouvre la porte lentement.

Elle prie pour que, malgré la pénombre, quelqu'un soit là, et en même temps espère le contraire, ne voulant pas expliquer pourquoi elle affiche une tête pareille.

Tu as passé une mauvaise matinée ? Tu as eu une sale note ?  Tu ne te sens pas bien ? Tu as mal quelque part ?

Des questions inutiles auxquelles elle ne veut pas répondre.

Le constat est rapide. La maison, tristement silencieuse, est vide.

Quand elle passe devant le miroir accroché dans l'entrée, elle s'arrête pour se contempler. Elle est une adolescente de seize ans. Ses grands yeux bruns sont soulignés par l'épaisse couche de mascara noir qu'elle applique soigneusement tous les matins, quelques taches de rousseur parsèment le bout de son nez. Plutôt grande pour son âge, elle ne se sent pas toujours très à l'aise dans son corps.

Elle se dirige vers la cuisine pour prendre une bouteille de jus d'orange dans le réfrigérateur. En le refermant, elle voit le mot de son père. Ce dernier a l'habitude de leur laisser des petits messages, fixés par un aimant, un peu partout, pour organiser la semaine, pour rappeler un rendez-vous. Cette fois, il a choisi celui de la région Picardie.

« Ce soir, je rentre tard, fais à manger pour toi et Grégory, bisous ».

Marina boit lentement le liquide froid.

Mais ce n'est pas suffisant, la boule grossit encore un peu dans sa gorge.

Un éclair attire son regard en direction de la fenêtre. Les premières gouttes de pluie éclaboussent la vitre. Très vite, le ciel se déchire pour déverser un déluge.

Elle ouvre le lave-vaisselle pour glisser le verre à l'intérieur. Ses doigts tremblent légèrement. Elle sursaute lorsque le tonnerre retentit. Le verre lui échappe et vient se fracasser à ses pieds sur le carrelage blanc.

Sans se baisser, elle fixe les morceaux. Le plus gros mesure cinq centimètres. Elle le ramasse et passe le doigt sur le bout pointu. Elle appuie un peu. Ça fait mal. Elle appuie encore et fixe la gouttelette de sang qui apparaît.

Marina pourrait l'utiliser pour mettre fin à toute la souffrance qui la ronge de l'intérieur.

Elle hésite.

La pluie martèle la vitre, le tonnerre gronde.

Ces bruits sont amplifiés par le silence qui règne dans la maison.

La gouttelette a grossi et le sang s'écoule le long de son doigt. Bientôt il va tomber et tacher le sol.

Marina se décide.

Elle pose le morceau de verre sur la table de la cuisine et se dirige vers le téléphone, compose le numéro qu'elle connaît par cœur.

Après quelques minutes de conversation, elle raccroche, s'assoit sur le canapé et pose sa tête sur le coussin. Une vague de désespoir l'envahit et la submerge, de profonds sanglots secouent ses épaules.

*Grégory*

Marina est sur le canapé devant sa série préférée lorsque la porte d'entrée s'ouvre : un bruit de sac qu'on jette à terre, puis des pas retentissent dans le couloir.

– Salut !

– Salut, si t'as faim, il reste du pain de ce matin. Tu peux te faire des tartines avec et il doit y avoir encore du jus de fruits dans le frigo.

– Non ça va pour le moment ! J'ai mangé un truc chez Benoît avant de rentrer.

En soupirant, Grégory se laisse tomber à côté de sa sœur et étend ses jambes sur la table basse.

– Hé, fais gaffe à mon verre ! T'as failli le renverser, grogne Marina tout en l'éloignant du pied de son frère.

– Oh, excuse, c'est bon, il n'est pas tombé. Pas la peine de t'énerver ! Papa est rentré ?

– Non, pas encore. Il doit être au boulot.

– Il rentre à quelle heure, ce soir ?

– Qu'est-ce que j'en sais !

– Hé, c'est bon ! Arrête d'être agressive. Je n'y peux rien, moi !

L'adolescent âgé de treize ans pousse un long soupir,

ce qui ne fait qu'exaspérer encore plus Marina.

– Je ne t'ai rien dit !

– Si, je vois bien que tu fais la tronche comme d'hab ! Et en plus, comme si ça ne suffisait pas, tu t'en prends à moi ! Je t'ai juste demandé à quelle heure rentrait papa et tu me prends la tête comme si je te demandais la lune. T'as tes règles ou quoi ! ajoute-t-il d'un ton sarcastique.

– Oh, tu me gonfles ! Laisse-moi tranquille ! réplique-t-elle maintenant complètement énervée, le fixant d'un regard furieux.

Ce petit morveux la cherche encore. Il ne peut pas la laisser tranquille deux minutes, faut toujours qu'il la ramène, qu'il se rende intéressant. Elle n'en peut plus de son attitude nonchalante et de son allure un peu sale. Aujourd'hui il porte comme à son habitude un jean usé, des baskets trouées, un tee-shirt qui pendouille. Ses cheveux, qui n'ont pas été lavés depuis plusieurs jours, sont gras. Il n'est pas le roi de l'hygiène et le pire c'est qu'il a l'air d'en être fier. Quand sa sœur lui en fait la remarque, Grégory se contente bien souvent de lever un majeur dans sa direction.

Dès qu'il est dans la même pièce, il s'amuse généralement à la provoquer et il est content seulement quand elle pète un câble.

Exaspérée, Marina lui jette un regard noir, mais il ne tourne même pas la tête pour la regarder. Il se penche au-dessus de la table basse, attrape la télécommande et change de chaîne.

– Hé, ça ne t'embête pas si je regardais déjà quelque chose ? s'écrie la jeune fille, furieuse.

– Non, répond-il avec un sourire narquois, tout en se calant de nouveau au fond du canapé et en allongeant ses jambes.

– Tu me saoules, tu remets ça tout de suite. Moi, ça m'intéresse, je veux savoir la suite. J'étais en train de regarder, il n'y a pas de raison que tu débarques et que tu changes, simplement parce que tu en as envie. C'est pas toi qui décides ici ! Alors tu te magnes et tu remets ma chaîne.

– Non, je ne vois pas pourquoi je devrais me taper ça, elle est nulle ta série, c'est un truc pour les gonzesses. C'est carrément trop naze ! J'ai pas envie de regarder une merde pareille.

– C'est toi, le pauvre naze ! Donne-moi la télécommande immédiatement ou je m'énerve !

– Dans tes rêves, et tu retires ça tout de suite !

– Non, t'es vraiment trop con !

– C'est toi, la pauvre conne ! Et tu peux toujours crever pour que je remette ta série après ce que tu viens de dire !

Le ton est monté, il la fixe maintenant méchamment. Elle bondit du canapé pour tenter d'attraper la télécommande, mais il se met debout également et brandit le bras au-dessus d'elle. Bien qu'il ait trois ans de moins qu'elle, il la dépasse déjà de plus d'une tête. Elle fixe quelques secondes l'appareil inaccessible avant d'abandonner. Elle aura beau crier, cela ne le fera pas changer d'avis. Au contraire, il rigole encore plus quand elle s'énerve. Les garçons sont vraiment trop cons à cet âge ! Aussi décide-t-elle de le planter là et de partir dans sa chambre. Mais cela ne l'empêche nullement de l'entendre la narguer :

– T'abandonnes déjà, c'était trop facile ! C'est dommage, on rigolait bien pourtant, amuse-toi bien dans ta chambre pendant que je me mate tranquillement la télé !

Elle se jette sur son lit et commence à pleurer d'énervement et de tristesse.

Et toujours cette douleur qui l'oppresse, ce poids sur la poitrine, comme si son cœur la faisait souffrir physiquement. Parfois c'est une sensation si forte qu'elle voudrait l'arracher et le jeter loin d'elle, s'en débarrasser une bonne fois pour toutes, connaître enfin la paix. Mais malheureusement, elle doit vivre avec.

– Pierre, j'y vais ! signale Délia Rousseau en ouvrant la porte de l'atelier de son mari.

– Où vas-tu ? interroge l'homme robuste, la soixantaine passée, le nez encore plongé en direction d'un moteur de voiture. Ancien mécanicien, Pierre Rousseau passe ses soirées à bricoler de vieilles voitures pour ses amis.

– Tu sais bien, à mon club de lecture. Françoise est venue me chercher. Je reviens vers 19 heures.

– Ah oui, j'avais oublié. À tout à l'heure. Il lui adresse rapidement un petit signe et un sourire avant de retourner à ses outils.

Délia Rousseau ferme la porte et rejoint son amie Françoise qui l'attend dans sa 206 grise. Elle est impatiente de lui faire le bilan de ses vacances au Portugal.

Comme chaque année, ils sont partis quatre mois à Penedono, petit village situé au nord du pays, d'où est originaire sa famille maternelle. Entre retrouvailles des cousins, promenades dans les rues pavées, visites des marchés avec leurs étals de produits portugais et leur délicieuse odeur de poulets en train de cuire, elle en a des choses à raconter et des photographies à montrer.

Son récit, à peine commencé, est pourtant stoppé net par un coup de frein brutal de la conductrice, qui s'exclame :

– Quel abruti ! Il veut se faire tuer ou quoi ?

Il s'en était fallu de peu qu'un adolescent ne passe sous les roues de la voiture. Brun, le casque encore à la main, il a traversé sans même regarder, les yeux fixés sur la maison qui se trouve de l'autre côté.

– Tu le connais, cet idiot ? Interroge Françoise, la voix encore un peu tremblante.

– Oui, c'est le petit ami de Marina, la fille des voisins. Il vient souvent la voir.

– La prochaine fois que tu le croises, n'oublie pas de lui dire de faire plus attention, ajoute Françoise qui enclenche la première. Tiens, ça me fait penser, tu l'as vue ta voisine depuis que tu es rentrée.

– Non, pas encore. Pourquoi ?

– Ce n'est sans doute pas important, mais la semaine dernière, je suis allée récupérer les médicaments pour ma tension à la pharmacie et j'ai entendu une des vendeuses demander où elle devait ranger les médicaments d'Héloïse Huchet, ta voisine, qui n'était pas venue les chercher. Je me demandais si elle n'était pas malade. Ou alors, elle les a tout simplement oubliés : pourtant il ne faut pas rigoler avec la santé. Moi, tous les matins, je fais une croix sur le calendrier pour être certaine que je les ai avalés.

Françoise continue son laïus sur ses différentes habitudes mais Délia ne l'écoute plus car ce que vient de lui apprendre son amie la gêne. Ils sont rentrés depuis cinq jours et en effet, elle n'a pas croisé une seule fois sa voisine. Les enfants et le mari, oui, mais pas Héloïse. Elle est peut-être malade, Françoise a raison, il faudra qu'elle aille demander si elle peut les aider d'une quelconque manière. Pierre a beau dire de ne pas se mêler de la vie des autres, en bonne chrétienne elle doit veiller sur les autres. Une fois cette résolution prise, Délia prête à nouveau une oreille attentive à son amie.

## *Christophe*

Christophe Belot rentre chez lui, glisse le courrier dont plusieurs factures dans le tiroir de l'entrée, avec les autres, puis il le referme d'un coup sec.

Il les ouvrira plus tard, pour le moment le courage lui manque.

La tête qui tourne légèrement, il se dirige vers la cuisine. Il n'a pas mangé depuis la veille, il faut se forcer à avaler quelque chose, mais dans le frigo, il ne trouve qu'un vieux morceau de fromage rassis, un yaourt périmé depuis une semaine et une canette de coca. Le congélateur est vide. Il boit le coca debout à côté du frigidaire, puis se dirige vers le canapé.

Il mangera plus tard, peut-être une pizza qu'il se fera livrer.

Le plus urgent est de se reposer. Depuis quelques jours, il est veilleur de nuit dans un centre commercial et il n'est pas habitué à ces horaires décalés.

Il s'étend et allume la télévision. Comme tous les matins. Pour éviter que les mots ne résonnent dans sa tête, qu'ils lui martèlent le cerveau.

Les images le torturent. Il se souvient de tout dans les

moindres détails. Des coups de fil incessants, des reproches, des regards accusateurs, déçus. De tout. Et il donnerait n'importe quoi pour oublier.

Vous ne pouvez pas faire ça. Laissez-moi un peu de temps, je vais trouver une solution. Faites-moi confiance. Vous étiez content jusqu'à maintenant ? Il me faut juste un peu de temps.

Il devait sauver la situation. Alors il s'est obstiné.

Je vous promets que d'ici quelques semaines, les travaux vont reprendre. Je suis conscient que ces retards ont dû engendrer des frais de votre côté et je suis même prêt à faire un geste. On peut renégocier les prix si vous voulez. Je peux faire des heures supplémentaires et je ne vous les facture pas.

Mais sa voix tremblante ne pouvait pas rassurer le client. À l'autre bout, l'interlocuteur, excédé, a raccroché d'un coup sec.

Le dernier chantier perdu a marqué la fin de la dégringolade. Celui-ci était le plus gros. Il aurait dû trouver une solution. Rappeler les fournisseurs, tenter de les convaincre de lui procurer les matériaux et d'attendre avant d'être payé. Proposer de travailler le week-end, tard le soir, rien n'a fonctionné.

Aller voir le banquier pour obtenir un prêt. Mettre sa maison en garantie.

Pendant plusieurs semaines, il s'est accroché.

L'espoir est un animal pernicieux, qui vous ronge de l'intérieur.

Christophe voulait y croire. Il a essayé de toutes ses forces mais un sentiment désagréable de défaite planait et a balayé l'animal.

Le combat l'a épuisé. Les clients l'ont lâché l'un après

l’autre. Ils ne lui faisaient plus confiance. Il les comprenait, les travaux n’avançaient pas, engendraient des dépenses imprévues.

Son entreprise, il la tenait de son père. Celui-ci l’avait bâtie à partir de rien. C’était un homme intègre et consciencieux qui croyait que le travail paie toujours. Un matin, il avait décidé qu’il était temps de devenir son propre patron. Il avait travaillé d’arrache-pied, privilégiant les matériaux de qualité, multipliant les chantiers, ne ménageant pas les heures. Le bouche à oreille avait fonctionné, les chantiers s'étaient multipliés.

Pari réussi puisqu’à sa mort, il avait légué à son fils une affaire florissante.

Il se retournerait dans sa tombe en voyant le résultat aujourd’hui.

Christophe chasse cette pensée qui lui fait mal.

Le téléphone sonne. En voyant le numéro, un gémissement lui échappe. C'est Corinne, sa femme. Il n'a pas le courage de répondre.

Son couple ne va pas bien. Ils ont même décidé de faire une pause. Enfin, c'est elle qui a pris cette décision. Elle ne supportait plus ses plaintes perpétuelles, ses coups de gueule.

Ils ne se parlent quasiment plus et lorsqu’ils le font, c’est pour s’envoyer des reproches qui laissent un goût de plus en plus amer. Il devine que la rupture définitive est proche.

Le téléphone continue de sonner. Il sent le sang battre à ses tempes comme jamais.

La peur. Pure. Incontrôlable. Absolue. Celle qui vous bloque, qui vous empêche de respirer. Elle le submerge. Il est au bord du gouffre.

Il avale nerveusement sa salive. Ses mains sont moites, il les essuie sur son pantalon, la transpiration lui mouille le creux des aisselles Son crâne bourdonne si fort qu'il n'entend plus la sonnerie du téléphone.

Il ne respire plus.

Comme s'il n'était plus là.

## *Marina*

– Marina, tout va bien !

Mathéo tente de la consoler depuis une heure déjà. Mais l'adolescente est toujours agitée par de profonds sanglots. Il se sent impuissant face à sa douleur. Allongé sur le lit, le jeune homme tient étroitement Marina serrée contre lui.

Ce n'est pas la première fois qu'il la voit dans un tel état, mais aujourd'hui, la crise semble encore pire.

– Ecoute-moi, ton chagrin va passer !

– Elle n'avait pas le droit de me faire un truc pareil, c'est vraiment une garce. Je la déteste ! Je voudrais qu'elle s'efface de ma mémoire.

Après le chagrin vient la colère.

Il connaît maintenant les différentes étapes. La jeune fille renifle par à-coups. Il commence par la bercer tendrement.

Sans rien ajouter.

Jamais jusqu'à aujourd'hui, il n'avait perçu une telle colère chez la jeune fille. Il lui parle calmement pour la réconforter, mais elle lui jette un regard noir et crie :

– Ta gueule, je ne veux pas entendre tes conneries !

Son langage le choque. Il a d'abord le réflexe de l'envoyer sur les roses, de lui rétorquer que personne ne peut lui parler ainsi, mais avant qu'un son ne sorte de sa bouche, il croise son regard et y lit une telle détresse que sa colère retombe immédiatement, comme un soufflé.

Elle a mal !

C'est sa manière d'évacuer sa peine profonde. Il faut qu'elle l'expulse, sinon elle va finir par imploser, par se détruire à petit feu. Il lui faut un exutoire.

La jeune fille tente de le repousser, mais il ne lâche pas. Avec douceur mais fermeté, il maintient son étreinte et sent, peu à peu, qu'elle se détend.

Elle finit par se cramponner à lui, en pleurant, et en lui demandant pardon pour ce qu'elle vient de lui dire.

– Qu'est-ce que j'ai fait pour mériter un truc pareil ? Je ne vaux pas le coup. Je suis nulle, juste bonne à jeter ! Je ne comprends pas ce que j'ai fait.

– Mais non, Tu n'y es pour rien. Tu n'as rien fait de mal. Ce n'est pas de ta faute. Il faut que tu me croies. Tu le sais bien que tu n'as rien à voir avec son comportement.

– Non, je ne le sais pas du tout. Mais, si t'es si malin, dis-moi alors pourquoi elle nous a laissés. Pourquoi, tout à coup, elle ne voulait plus de nous du jour au lendemain ? Pourquoi elle a tout envoyé bouler ? On n'était pas assez bien pour elle ? Pourtant, on était heureux avant, si tu savais ! Une vraie famille, une belle famille comme dans les films. On faisait des tas de trucs ensemble, on allait au ciné, au resto, on se baladait souvent le week-end. On passait vraiment de super moments, tous ensemble, je suis même persuadée qu'aux yeux de beaucoup, on symbolisait la famille idéale, parfaite. Bien sûr, il faut être réaliste, ce n'était pas toujours rose, parfois, il y avait des trucs qui me prenaient la tête, elle voulait savoir avec qui je traînais, où j'allais. Mais à part ça, la vie était vachement chouette. Il a fallu qu'elle gâche tout ! Elle a tout fait exploser, tout piétiné, et tout ça, j'en suis certaine, pour un mec, un connard de mec. Pour une histoire de cul, elle a tout oublié, tout balayé, ses gamins, son mari, tout ce qu'ils avaient construit, elle a fait sa valise et elle s'est barrée. On n'est pas un paquet de lessive dont on se sépare parce qu'on n'en est plus content. Une mère, ça s'occupe de ses gosses. Ça ne les laisse pas tomber parce qu'on veut faire autre chose. Sinon, il ne faut pas faire de gosses. C'est vraiment une salope ! Je la déteste ! Je ne veux plus en entendre parler, jamais !

– Arrête de te faire du mal, Marina ! Il faut absolument que tu oublies tout ça, que tu passes à autre chose. Tu es en train de te torturer, de te faire souffrir. Elle ne mérite pas que tu te mettes dans cet état-là pour elle.

– Mais t'as vraiment rien compris, toi ! Tu crois que je peux claquer simplement des doigts et que tout va s'envoler comme par magie, je vais tout oublier, tout gommer. Et hop… voilà, je vais bien, je suis parfaitement heureuse, épanouie sur un petit nuage de bonheur.

– Je sais bien que tu ne peux pas la zapper aussi facilement, mais il faut que tu passes à autre chose.

– JE NE PEUX PAS. Les images tournent dans ma tête. Le soir, elle nous faisait des câlins avant de nous border. Elle adorait nous faire des crêpes pour le goûter et tu ne peux pas imaginer comme ça sentait bon dans toute la maison quand on rentrait de l'école. Si au moins, on avait pu le voir venir. On aurait pu se préparer. Je ne dis pas que ça aurait été moins douloureux, mais peut-être que si. J'ai si mal ! Certains jours, j'ai l'impression d'en crever, c'est un peu comme si ça me bouffait de l'intérieur. Il n'y a pas une journée durant laquelle je ne me demande pas ce que j'ai fait de mal, ce qu'elle me reproche. Tous les jours, je me demande si je suis la responsable. Peut-être que je l'ai déçue.

Il tente de l'interrompre mais elle continue sans lui laisser la chance d'en placer une:

– À l'école, je sais bien que je ne suis pas vraiment une intello et que c'était même souvent la galère de faire les devoirs. On se prenait parfois la tête. Elle s'obstinait à ce que je les fasse, et moi, j'en avais rien à foutre. Mais dans l'ensemble, ça pouvait aller, mes notes ne sont pas si mauvaises.

– Ce n'est pas pour cette raison qu'elle est partie.

– Peut-être qu'elle en avait marre de mon père et qu'elle ne savait pas comment le lui dire. Ils se disputaient souvent, on les entendait le soir quand ils croyaient qu'on dormait déjà. Mais nous abandonner, nous, ses enfants, je ne peux pas lui pardonner. Son image tourne dans ma tête tout le temps, et je ne peux pas passer à autre chose. Et toi, tu crois que je peux l'oublier !

– Ce n'est pas ce que j'ai dit ! tente-t-il sans succès.

– Elle m'a mise au monde ! Je suis sortie de son ventre. Pendant des années, elle a été là, avec nous, à la maison. Je ne comprends pas pourquoi tout a changé. J'ai mal à en crever.

Les larmes coulent maintenant sur ses joues, mais la jeune fille ne s'en soucie pas. La colère l'a envahie complètement. Alors il la serre encore plus fort, la jeune fille se débat, voulant se défaire de son étreinte, puis elle s'abandonne tout en gémissant de chagrin.

– Je ne veux plus vivre, c'est trop triste. J'ai l'impression que mon cœur va exploser. Si je souffre ainsi toute ma vie, pourquoi continuer ?

– Tu ne peux pas dire ça, Marina. Et moi, tu m'oublies ! Qu'est-ce que je ferais sans toi ?

Il s'affole maintenant. L'entendre dire qu'elle ne veut plus vivre, qu'elle pense à mourir est au-dessus de ses forces, il l'aime trop.

– Je t'aime, et je ne te laisserai jamais, tu pourras toujours compter sur mon amour, on est bien tous les deux et on le sera toujours.

En larmes, elle se recroqueville sur le lit, véritable petite boule de douleur. La jeune fille se laisse sombrer dans une torpeur pour se protéger l'espace d'un instant d'une réalité à laquelle elle n'est plus à même de faire face.

– Lâche-moi, tu ne comprends rien, je suis malheureuse, tu entends, MALHEUREUSE, elle me manque, et en même temps je la déteste. Pourquoi je continuerais à vivre, tu peux me le dire, toi ? Je n'en vois plus l'utilité.

– Mais je suis là, moi, et tu as ton frère et ton père. Tu n'es pas toute seule, Marina !

En position fœtale, la jeune fille parait fragile et vulnérable. Il la contemple quelques secondes et s'allonge à ses côtés, sans la toucher, juste pour lui apporter sa chaleur, lui montrer qu'il est là, pour tenter de construire une barrière contre le mal qui la ronge. La préserver et empêcher toute intrusion qui pourrait la fragiliser. Mais malgré ses efforts, la douleur la pénètre et l'atteint de plus en plus.

Il écoute sa respiration et comprend au bout de quelques minutes que Marina s'est endormie, épuisée par sa peine.

Alors seulement, il l'entoure de ses bras et serre doucement. Il veut être près d'elle. Il est prêt à rester ainsi jusqu'à ce qu'elle se réveille. Il est fou amoureux et ne supporte pas de la voir aussi triste. Il voudrait effacer ses sombres pensées d'un claquement de doigt.

Il fait de son mieux mais ses attentions ne réussissent pas toujours à la rendre heureuse. Il se sent alors impuissant, et il a du mal à le supporter. Il doit se contenter d'être un simple spectateur, et la responsable est cette femme monstrueuse !

La rage bouillonne en lui, se transforme en un sentiment de haine profonde. Il dirige son regard vers la commode en direction du portrait posé dessus.

Il la fixe avec une lueur farouche dans les yeux pendant quelques minutes. Il détaille les cheveux blonds, les yeux bleus, le sourire un peu crispé comme si elle n'avait pas envie de poser.

La haine arrive sous forme de vagues puissantes qui le traversent, qui le consument. Il laisse les images prendre forme dans son esprit, il voudrait l'insulter, la traiter des pires noms. L'espace d'un instant, il se voit même en train de la frapper pour la punir du mal qu'elle fait à Marina.

Puis il repose la tête contre le cou de la jeune fille, respirant le parfum de ses cheveux, des effluves de noix de coco. Il ferme les yeux et sombre à son tour dans un sommeil agité par de sombres pensées.

## *Sophie*

Le soleil a disparu, les gens rentrent chez eux pour retrouver leurs proches.

La femme est assise derrière son bureau.

La pièce située au premier étage de l'agence lui donne une vue dégagée sur la rue des Granges qui est calme.

Installée dans son fauteuil, elle sent la chaleur de l'alcool l'envahir peu à peu. Sophie Lonbou ferme les yeux, laissant aller sa tête en arrière sur le dossier en cuir, savourant la qualité du breuvage.

Rien pour la déranger. Il n'y a plus personne dans les bureaux.

Elle aussi devrait quitter les lieux, mais pour le moment, elle n'arrive pas à s'y résoudre. Ici, entre ces murs, la femme est chez elle. Cette agence est son bébé. Elle a investi du temps, de l'argent et de l'énergie, mais le résultat en vaut la peine. Aujourd'hui, elle peut se vanter d'avoir une affaire florissante qui compte, parmi ses clients, quelques familles bisontines très aisées. Celles-ci lui ont accordé, au fil des années, une confiance totale. En contrepartie, la femme d'affaires ne se ménage pas pour les contenter et exige le même investissement de la part de ses employés, n'hésitant pas à sévir durement à la moindre faute.

Pourtant, ce soir, ce n'est pas par conscience professionnelle qu'elle s'éternise.

Elle a juste besoin de décompresser, d'évacuer ces pensées désagréables de la tête, de revenir à des choses plus positives. Après tout, elle a toujours réussi à se sortir des coups durs. C'est juste que ces jours-ci, elle a plus de mal à le faire.

En secouant ses cheveux, elle avale une autre gorgée.

Mais que lui arrive-t-il ce soir ?

Son regard se dirige vers la fenêtre et elle aperçoit son reflet. Son visage est comme déformé par le verre dépoli, mais Sophie examine chaque pli.

Elle gère d'une main de fer sa société, rien ne lui échappe.

Face au temps, elle ne maîtrise rien.

Et cette garce, avec ses années en moins, le lui a bien rappelé.

Car malgré tous ses efforts, toute l'énergie déployée, sa peau subit les assauts ravageurs du temps. Il ne lui fait pas de cadeau et détruit peu à peu sa belle jeunesse.

Son éclat d'autrefois s'étiole. Elle ne sera bientôt plus dans la course. Cette pensée est devenue une maladie qui lui colle à la peau. D'abord légère, elle est devenue comme une épidémie.

Alors elle a multiplié les stratégies. Cliente assidue d'un institut de beauté, elle dépense une fortune en soins sophistiqués. Ils ont fait barrage pendant un temps puis elle est passée à la chirurgie, cette science presque magique, capable de produire de véritables miracles. Les magazines sont remplis de photographies de comédiennes jeunes pour l'éternité, le visage parfait, le corps d'une adolescente. Elle a beau savoir, comme tout le monde, que plusieurs logiciels les ont retouchées, il n'en reste pas moins que ces femmes sont magnifiques.

Si la chirurgie permet de repousser les assauts du temps durant quelques années, alors elle ne se gênerait pas pour l'utiliser à son tour.

Elle a de l'argent et elle compte bien en dépenser pour rester au top.

Un peu, beaucoup, tout ce qui sera nécessaire.

Seulement parfois, même un portefeuille bien garni ne permet pas de tout maîtriser, mais elle ne veut pas encore l'admettre. Parmi tous ses contacts, elle finira bien par tomber sur un autre chirurgien qui acceptera de l'opérer de nouveau.

Le dernier était un crétin !

Qu'est-ce qu'il croit ?

Parce qu'il a fait de longues études et qu'il possède une excellente réputation, Monsieur s'estime pouvoir décider des limites à ne pas franchir.

En réalité, il voulait lui soutirer davantage d'argent.

Elle est malgré tout retournée le voir.

Mais cette fois, malgré son insistance, le praticien a refusé la nouvelle opération.

Chaque matin, la mort dans l'âme, Sophie Lonbou fixe les rides dans la glace en espérant les voir moins présentes, mais rien à faire. Elle les scrute pendant de longues minutes, sentant les larmes monter. Parfois l'une d'elles s'échappe et coule doucement sur sa joue. La femme l'essuie alors rageusement et retouche son maquillage pour effacer toute trace. Mais ensuite, c'est plus fort qu'elle, dès que quelqu'un la fixe, elle pense immédiatement qu'on examine sa peau ridée. Déjà obsolète, la vieille !

La société moderne ne fait rien pour lui enlever cette idée. Jadis, l'âge était synonyme de grande sagesse et inspirait le respect. Aujourd'hui, il a perdu son côté positif et il fait peur. Paraître jeune est devenu le saint Graal, alors même que les femmes et les hommes n'ont jamais eu autant de garanties d'avancer loin en âge dans de bonnes conditions physiques, mentales, matérielles.

C'est l'époque de la compétition, de la rapidité, tout va beaucoup plus vite maintenant, les téléphones, internet, et l'homme doit adopter le même rythme s'il veut survivre.

Aussi Sophie Lonbou suit-elle le mouvement.

La femme d'affaires se montre très exigeante envers les plus jeunes, en particulier avec les femmes. Hors de question que l'une d'elles se mette en tête de lui faire concurrence et de lui piquer ce qu'elle a.

Pas encore.

Difficile d'accepter que son ex-mari l'ait laissée pour une gamine d'à peine dix-neuf ans. La pilule a eu beaucoup de mal à passer. C'était un salaud de la pire espèce, uniquement dominé et dirigé par son sexe. Une paire de gros seins et un beau cul tout frais sont passés devant lui et il a tout envoyé valdinguer. Finies les belles promesses devant l'autel en présence de tous leurs amis et de leurs familles, piétinés les grands principes selon lesquels on ne divorce pas dans leur milieu. Elle aurait pu fermer les yeux, comme elle le faisait déjà depuis des années, faire comme si les fragrances de parfum fleuri ne lui chatouillaient pas les narines lorsqu'il rentrait tard, après une réunion de travail qui s'était éternisée. Au bout de quelques années passées en commun, elle ne se faisait pas d'illusions et elle était prête à quelques concessions tant que les apparences étaient sauves, mais il avait fallu qu'il décide de tout plaquer.

*– Elle ne veut pas me partager.*

*Voilà la justification qu'il lui avait sortie un soir en entrant dans la chambre avec un air penaud. Avant même qu'il n'ouvre la bouche et prononce la séparation, elle avait deviné à son attitude que sa vie allait être bouleversée. Mais naïvement, elle avait cru qu'il allait lui avouer une nouvelle aventure. Elle s'apprêtait déjà à feindre la surprise, la bouche en cœur, le sourcil relevé, alors même qu'elle savait exactement le jour où cette histoire avait débuté. Après la surprise, elle entamerait une phase de reproches qui lui permettrait d'avoir des cadeaux, des parures de bijoux, des repas dans des restaurants somptueux, et si elle se débrouillait bien, un voyage dans une destination de rêves. Des larmes plein les yeux, il lui ferait mille promesses de fidélité et d'amour éternel qu'elle ferait semblant de croire, lui jurant que jamais il ne l'avait aimée autant, qu'il se retrouvait, à nouveau, amoureux fou comme au premier jour.*

*Leur couple fonctionnait ainsi.*

*Les mots avaient pénétré son cerveau mais il les avait comme refusés.*

*Perplexe, elle l'avait regardé, attendant la suite, le regard larmoyant, les excuses, les serments d'amour, les promesses, mais rien. Il s'était dirigé vers la penderie sans ajouter d'autres explications, avait attrapé une des valises empilées sur l'étagère du haut et avait commencé à la remplir.*

*Les yeux écarquillés, elle avait continué à le fixer sans vraiment comprendre ce qu'il faisait.*

*Il ouvrait les tiroirs, prenait un vêtement, le pliait soigneusement pour le glisser dans le bagage. Cinq minutes de ce manège, cinq minutes durant lesquelles elle avait regardé et tout à coup, comme projetée hors du lit par un ressort, elle avait bondi, avait saisi les habits et les avait jetés en l'air en poussant un cri de rage.*

*Stupéfait, il avait eu le réflexe de tenter d'en rattraper quelques-uns mais il n'avait pas été assez rapide. Les chemises et les pantalons soigneusement rangés avaient volé autour d'eux avant de s'éparpiller à leurs pieds.*

*– Mais tu es folle !*

*– C'est moi qui suis folle ? Tu crois vraiment que tu peux envoyer balader nos années de mariage en deux minutes !*

*– Je suis désolé, mais elle ne veut pas que je fasse de compromis. Elle m'a demandé de choisir et... j'ai choisi.*

*En entendant ces paroles, elle avait failli s'étouffer de rage et avait répété les mots prononcés par son mari, les martelant avec toute l'ironie dont elle était capable :*

*– Elle ne veut pas... mais je n'en ai rien à foutre de cette petite traînée. As-tu pensé une seule seconde à ce qu'on allait dire de moi ? Ou alors tu t'en moques complètement ! Dès que le bruit se répandra, je deviendrai la risée de toute la ville. Jamais je ne te permettrai de me ridiculiser de la sorte, tu m'entends, JAMAIS !*

*– Je comprends que tu subisses le contre coup de la nouvelle mais je souhaite que les choses se passent de la manière la plus raisonnable pour tout le monde, avait-t-il*

*ajouté avec un air condescendant.*

*À ce moment-là, elle avait eu envie de le frapper, brutalement, pour que disparaisse cette indifférence méprisante, de lui faire avaler sa cravate jusqu'à ce qu'il s'étouffe avec. Elle avait levé le bras dans un geste d'attaque, avait éprouvé une pointe de joie quand elle l'avait vu reculer légèrement, mais elle n'était pas allée au bout. Son bras était retombé, avec sa colère. Au contraire, elle avait senti des larmes perler aux coins des yeux et avait murmuré d'une petite voix plaintive :*

*– Ne me quitte pas. Je t'en supplie, reste.*

*– Je suis désolé.*

*Et après avoir ramassé les habits, les avoir placés de nouveau dans la valise, il était parti, sans même lui accorder un dernier regard.*

*Debout, elle était restée immobile à fixer la porte encore entrebâillée sur le couloir, écoutant ses pas qui descendaient rapidement les escaliers.*

*La porte d'entrée avait claqué, il était parti.*

*Alors, elle s'était écroulée sur la moquette, les larmes ruisselant le long de ses joues, un sentiment d'abandon au fond du cœur.*

Aujourd'hui, ces mots « Ne me quitte pas. Je t'en supplie reste. » prononcés d'un ton si pathétique lui laissent un goût amer dans la gorge. Elle ne se les pardonne pas.

Les deux amants n'ont pas profité longtemps de leur passion coupable. Deux semaines après, ils périrent dans un accident de la route. On ne se moque pas impunément de Sophie Lonbou.

Après une période de profonde déprime, des aventures sans lendemain enchaînées les unes après les autres avec des amants de plus en plus jeunes lui ont redonné un semblant de confiance en son pouvoir de séduction. Les mots doux murmurés au creux de l'oreiller, les caresses passionnées l'ont consolée de cette trahison, jusqu'à sa rencontre avec Bastien.

Elle se surprend à le surveiller, à l'épier, à écouter ses conversations lorsqu'il téléphone pour en surprendre quelques bribes et ainsi découvrir l'identité de son interlocuteur. Elle vérifie chaque minute de son emploi du temps.

Il est devenu une obsession. Le pire est que le jeune homme s'en est aperçu et en profite. Très sûr de son charme, il ne se gêne pas pour parler à d'autres femmes et lui adresser en même temps des clins d'œil moqueurs.

Et elle ne peut rien dire.

Bien sûr, elle paye tout. Grâce à elle, il vit comme un coq en pâte, mais il lui a fait comprendre que son argent ne lui donne pas tous les droits. Si jamais elle se mettait à lui mener la vie trop dure, il la quitterait tout simplement et se trouverait une autre poule aux œufs d'or, moins regardante et moins exigeante, et elle ne le veut pas. Alors, elle fait comme si tout cela lui convenait, mais elle souffre. Sa jalousie l'étouffe.

Elle avale une autre gorgée du liquide et soupire.

Tant qu'il sera à ses côtés, les années passeront moins vite.

Forte de cette résolution, d'une main ferme, elle attrape le téléphone.

Au bout de trois sonneries, le répondeur prend la relève et Sophie Lonbou entend la voix grave de son amant.

Il ne veut pas répondre.

Elle repose le combiné sur son socle. Sentant des larmes de frustration monter, elle crispe la main sur l'appareil, ses phalanges deviennent blanches. Rapidement, un sentiment de colère prend le dessus. Il se moque d'elle, il sait le pouvoir qu'il possède et s'en sert.

Elle avale une gorgée, mais cette fois le liquide n'a aucun effet apaisant.

De quel droit la traite-t-il de cette manière ?

Sans elle, il n'est rien, elle lui a tout donné, une belle maison, des vêtements élégants, une voiture de sport et en échange, elle ne demande qu'un peu de respect et d'amour.

Après deux autres rasades, elle attrape de nouveau le combiné et appuie rageusement sur les touches pour composer le numéro et joindre son amant. Mais c'est la même chose : les trois sonneries suivies par le répondeur.

En poussant un cri de rage, elle empoigne l'appareil et le balance par-dessus le bureau puis balaye d'un geste tous les documents posés sur la surface : des dossiers contenant des informations importantes sur sa clientèle, des pochettes, des stylos… tout est expédié.

Sans cette garce, tout était parfait.

Sophie Lonbou aurait dû se fier à sa première impression. Pendant l'entretien d'embauche, elle avait tiqué devant l'assurance d'Héloïse, devant ses minauderies parfaitement étudiées pour attirer le regard. Son premier réflexe avait été de ne pas l'embaucher, pas la peine d'introduire un loup éventuel dans sa bergerie. Mais au fil de l'entretien, la femme d'affaires avait également perçu le profil d'une excellente commerciale et n'avait pas voulu passer à côté d'un potentiel aussi bon. Son intuition avait été bonne : Héloïse réussit à charmer le client et à lui vendre des maisons hors de prix. Sophie s'était toujours félicitée de cette embauche, mais plus aujourd'hui. Visiblement Héloïse n'a pas de limites et il est clair qu'elle veut séduire l'amant de sa patronne. Elle aurait dû la virer beaucoup plus tôt.

Ils sont peut-être déjà tous les deux dans un lit, en train de prendre un pied d'enfer tout en se moquant d'elle. Sophie est envahie par la vision très nette de Bastien, nu, chevauchant sa partenaire, la culbutant à grands coups de butoirs, pendant qu'Héloïse crie son plaisir, la croupe tendue, s'offrant encore plus.

Ces images la rendent encore plus folle, elle attrape un cendrier empli de mégots et le balance de toutes ses forces contre le miroir placé derrière son bureau. Un bel objet sculpté, long de deux mètres, qui reflète l'ensemble de la pièce et confère une impression de profondeur aux visiteurs. Le choc est violent, la surface ne résiste pas et le verre explose, des éclats partent dans plusieurs directions. Mais elle ne prend même pas la peine d'examiner les dégâts. Serrant les poings, elle fixe son reflet dans un des morceaux qui est resté en place. Elle a l'air d'une folle, et en même temps, elle semble à bout de nerfs.

Incapable de supporter plus longtemps son image, elle attrape une statue en ivoire, magnifique objet ramené d'un voyage en Afrique.

Elle la jette de toutes ses forces.

Les restes du miroir dégringolent au pied du mur.

Ils veulent se moquer d'elle, mais ils ne se méfient pas assez. Elle ne va pas se laisser ridiculiser aussi facilement. Il est temps de mettre sa rivale sur la touche une bonne fois pour toutes et de récupérer ce qui lui appartient.

oOo

En sortant de l'agence, Sophie Lonbou tente d'appeler son jeune amant de nouveau… il va répondre et enfin la rassurer en lui disant qu'il rentre tout de suite.

Mais il n'est toujours pas joignable.

*Vous êtes bien sur le répondeur de Bastien…*

Elle raccroche avant même d'entendre la suite qu'elle connaît par cœur. Elle désire lui parler en direct, entendre sa voix, ne pas ajouter un autre message sur sa boite vocale. Elle en a déjà laissé trois. C'est suffisant.

*Il faut qu'on parle, Bastien !*

Plusieurs sentiments se mêlent en elle maintenant, la colère et l'inquiétude.

Pourquoi ne lui donne-t-il pas de nouvelles ?

Il doit bien se douter qu'elle va s'inquiéter.

Sa voiture est garée à deux rues de son travail et ses hauts talons résonnent sur les pavés. Il a plu et elle doit faire attention pour ne pas marcher dans les flaques. Les trottoirs luisent de reflets multicolores. Elle rajuste le col de son manteau pour se protéger de la fraîcheur de la nuit.

Préoccupée par l'absence de nouvelles de son amant, elle marche vite et ne perçoit pas immédiatement le bruit.

Envahie par une sorte de pressentiment, Sophie Lonbou observe les trottoirs. À cette heure tardive, personne ne traîne dans les rues. Pourtant, elle a la sensation désagréable qu'on l'épie. Elle ne s'inquiète pas encore vraiment car dans ce quartier bisontin bien fréquenté en général, on se sent en sécurité. C'est d'ailleurs en grande partie pour cela qu'elle y a acheté des locaux. Les clients, rassurés par la localisation, n'hésitent pas à venir toquer à sa porte. Malgré tout, Sophie, d'un caractère prudent, a glissé dans son sac une bombe anti-agression.

Des frissons la parcourent de la tête aux pieds : pourquoi, ce soir, ne se sent-elle pas aussi à l'aise que d'habitude ?

Il n'y a personne, elle a rêvé, c'est simplement le fruit de son imagination.

Fatiguée par les longues heures de travail et troublée sans doute par le silence de Bastien, elle imagine n'importe quoi.

En haussant les épaules, elle accélère tout de même encore le pas. Pas la peine de courir et de se tordre une cheville sur les pavés. Une fois à l'intérieur de son véhicule, les portes verrouillées, elle se sentira tout à fait à l'abri.

Elle tend l'oreille à l'affût du moindre son qui signalerait un danger ou l'approche suspecte d'un rôdeur.

Aucun bruit.

Elle a bel et bien rêvé. Sans doute est-ce le vent qui agite quelques branches ou un chat qui furète dans le coin et qui a tout simplement dérangé une poubelle à la recherche d'une maigre pitance.

Mais aussitôt après cette réflexion rassurante, le bruit reprend. C'est maintenant comme un claquement régulier. Plus aucun doute, il y a bien quelqu'un d'autre dans la rue et cette personne ne cherche plus à être discrète.

En écoutant attentivement, Sophie perçoit que le bruit vient de l'arrière. Quelqu'un la suit. Le bruit est de plus en plus fort, il se rapproche. Son assurance s'évapore pour laisser place à un sentiment d'angoisse. Elle flaire le danger tout proche.

Quelle inconscience !

Se balader la nuit dans les rues, habillée de vêtements chics ! Autant mettre une sirène et un gyrophare en route pour alerter tous les petits voyous du quartier. Le distributeur de monnaie est ouvert, il n'y a plus qu'à se servir.

La peur est bien présente maintenant, mais il ne faut pas la montrer, au contraire, il faut continuer de faire comme si tout est normal. Ne surtout pas faire sentir qu'elle a la trouille. S'il perçoit qu'elle est terrorisée, il va attaquer.

Elle relève les épaules, prend une attitude plus assurée. Il est hors de question qu'elle se laisse effrayer aussi facilement.

Prenant son courage à deux mains, elle lance d'une voix forte :

– Il y a quelqu'un ?

Le silence.

Personne ne répond à son appel.

Sans attendre davantage, elle presse encore un peu plus le pas. Elle doit atteindre sa voiture. Sans doute qu'une fois installée sur la banquette, elle rira de sa frayeur, se moquera même de son attitude peureuse, mais pour le moment, le souffle accéléré, elle a du mal à se calmer. Il est temps de se mettre à l'abri le plus vite possible.

Plus que quelques mètres avant d'ouvrir la portière de son véhicule.

Au coin de la rue, elle se dit qu'elle est presque arrivée lorsqu'elle perçoit un bruit de respiration.

La personne s'est encore rapprochée.

Et maintenant, il parait évident qu'elle est en danger.

En tête lui reviennent soudainement tous les faits divers qu'on peut lire dans les journaux, les vols à l'arraché, les viols au détour d'une impasse, les meurtres commis parfois même en plein jour.

Aujourd'hui, plus de limite.

On tue pour des raisons complètement folles, pour vous piquer une simple cigarette, pour un ridicule billet de dix euros, pour une expression qui n'a pas plu. La semaine dernière, le corps d'une femme avait été retrouvé sous un pont. Violée et poignardée de plusieurs coups de couteau, son assassin n'a, pour le moment, pas été retrouvé par la police et il est toujours dans la nature… à la recherche peut-être d'une autre proie, une autre femme qui, comme elle, est assez idiote pour se promener seule la nuit dans les rues de Besançon, se croyant protégée par sa bombe anti-agression. Elle ne veut pas voir son nom s'ajouter à la liste de victimes. Il y a tout de même d'autres moyens pour se faire de la publicité que de voir son nom en gros titre dans la rubrique des faits divers.

Elle serre son sac plus fort contre son corps et glisse sa main fébrilement à l'intérieur à la recherche de sa bombe de défense.

Mais elle ne la trouve pas.

Et ces pas qui se rapprochent et résonnent maintenant parfaitement à ses oreilles ! La personne ne se cache plus du tout.

La panique a envahi son esprit, son pouls s'accélère encore.

Elle est encore plus stupide qu'elle ne croyait… elle a oublié sa bombe et elle va se retrouver sans défense face à son agresseur !

Mais quelle gourde elle est !

Il faut qu'elle soit dans son sac, elle continue à farfouiller, et au bout de quelques secondes, elle la touche du bout des doigts. Avec un sentiment de soulagement intense, elle l'empoigne, prête à appuyer dessus à la moindre attaque. Le plus discrètement possible, elle la sort pour la glisser dans la poche de son manteau, tout en maudissant les lampadaires qui éclairent un peu trop et qui doivent dévoiler son geste à son poursuivant.

Elle le sait… il est là, planqué dans un coin, qui rôde, qui la guette, prêt à lui sauter dessus.

Sophie n'est pas une personne superstitieuse, les chats noirs, les échelles sous lesquelles il ne faut pas passer, les miroirs qui, en se brisant, génèrent sept ans de malheur, elle s'en moque ouvertement. Nul besoin de patte de lapin, de fer à cheval pour lui porter bonheur. Elle les laisse aux nigauds qui ont besoin de croire en une sorte de magie pour être heureux.

Mais malgré son esprit cartésien, en cette minute, elle a la certitude qu'un signal résonne dans sa tête et qu'il existe des éléments déraisonnables, non scientifiques, comme l'instinct. Ou alors, l'homme a tout simplement par moments, tout comme l'animal, la faculté de sentir un prédateur.

Déjà prête à riposter, elle a les nerfs tendus, l'oreille aux aguets, tentant de localiser l'endroit où la personne se cache.

Sa voiture est garée à deux mètres, un dernier effort et elle sera en sécurité, à l'intérieur. Elle appuie sur le système pour déclencher l'ouverture à distance, les phares clignotent, éclairant par à-coups les environs, projetant des effets d'ombres sur les trottoirs qui accentuent encore sa nervosité.

Encore un mètre. Maintenant, elle ne se raisonne plus et sent que la panique la domine complètement.

Elle pousse un soupir de soulagement, elle est sauvée… lorsqu'elle sent une main se poser sur son épaule.

Elle pousse un cri et se retourne, prête à bondir au visage de son agresseur pour se défendre, et gagner ainsi quelques secondes, ce qui lui permettrait de sortir sa bombe et de l'asperger en plein visage.

Mais la main tire plus violemment encore et elle part en arrière.

oOo

C'est un appartement spacieux de deux cents mètres carrés. Elle l'a choisi essentiellement pour ses grandes pièces, son haut plafond orné de moulures anciennes et sa terrasse de quarante mètres carrés, depuis laquelle on a une vue à couper le souffle sur la ville de Besançon.

Après une dure journée de travail, Sophie Lonbou peut rester plusieurs heures allongée sur un transat, blottie sous un plaid, un verre à la main, le regard contemplant le paysage qui s'offre à elle, ou parfois tout simplement perdu à l'horizon, le temps que les tensions accumulées disparaissent.

Située sur sa gauche, la citadelle se dresse sur le mont Saint-Étienne, surplombant la vieille ville de plus de cent mètres. Fière et majestueuse, elle dresse ses remparts comme un long voile de protection.

Elle connaît bien cet édifice et lui est particulièrement attachée car adolescente, elle a aimé un garçon prénommé Jérôme dont le père, conservateur en chef du patrimoine de ce monument, leur permettait d'en parcourir le moindre recoin. De ces nombreuses visites, elle garde en mémoire les promenades le long des remparts, les baisers échangés dans les tours de guet et les guérites, les visites effectuées à la tombée du jour quand tous les touristes avaient quitté les lieux. Ils avaient alors le parc zoologique pour eux seuls et pouvaient à loisir observer les animaux tout en se chuchotant des mots doux.

Sophie Lonbou tourne la tête en direction des voitures, petits points minuscules qui sont les témoins de l'activité qui règne encore sur la ville. Toutes sortes de véhicules qui traversent l'agglomération pour rentrer chez eux. Chacun aspire à retrouver la chaleur de son foyer. Beaucoup fuient la ville pour s'isoler à la campagne, espérant y trouver une plus grande sécurité. Travailler en ville, jouir de ses plaisirs tout en profitant d'une vie rurale. Trop de gens qui se rendent dans trop d'endroits, songe la femme. Trop de gens qui ne savent même pas pourquoi ils courent, pourquoi ils traversent la vie, tête baissée. Boulot, trajet et dodo, sans même prendre le temps de souffler. La société les encourage à aller encore plus vite pour toujours plus de rentabilité.

Placée au-dessus, Sophie Lonbou a le sentiment de les dominer. Au contraire de beaucoup, elle a les moyens de s'offrir ce qu'elle veut, de céder à la moindre de ses envies. Son cœur se gonfle de fierté pour sa réussite professionnelle et sa position sociale élevée.

Mais cette nuit, ce sentiment est chassé par de sombres préoccupations.

Où est-il ?

Pendant le trajet du retour, elle ne s'est pas calmée, bien au contraire. Dès qu'un feu rouge l'obligeait à ralentir puis à stopper, elle forçait sur le levier de vitesse, malmenant la boite, tambourinant sur le volant, les yeux fixés sur le feu.

Elle a tenté de se rassurer… il a éteint son téléphone car il doit, comme à son habitude, être dans la salle de sport. Il y passe de nombreuses heures par semaine, prenant grand soin de son corps et il a horreur d'être dérangé pendant ses exercices.

Et c'est quelque chose qu'elle ne peut lui reprocher, car c'est un des aspects qui l'attire, sentir ce corps ferme et musclé sous ses caresses. Son excitation est décuplée. Elle en éprouve aussi une grande fierté, Bastien est un bel étalon qu'elle exhibe durant les soirées devant les regards envieux des autres femmes.

Pourtant en sécurité dans son appartement, son sang bat encore un peu trop vite dans ses veines suite à l'incident dans la rue.

En sentant une main se poser sur son épaule, elle a cru s'évanouir sur place. Déjà prête à sortir sa bombe anti-agression, à griffer ou à mordre si cela s'avérait nécessaire, elle s'est retournée vivement et a eu un mouvement de recul en se trouvant nez à nez avec un visage noir de crasse.

– Ma petite dame, faut pas avoir peur comme ça ! Je voulais pas vous flanquer la frousse.

Tout en bafouillant ces mots, il a grimacé une sorte de rictus qui cherchait à la rassurer, mais les quelques chicots noirs qui subsistaient le rendirent au contraire encore plus affreux.

Vêtu d'un long pardessus taché et déchiré, il empestait l'alcool à plein nez. Les effluves de la vieille vinasse bon marché mélangées à celle encore plus puissante de la pisse étaient suffisamment fortes pour que Sophie fronce les narines de dégoût. Son dernier bain remontait manifestement à des décennies.

C'était un de ces clochards comme il y en avait tant qui envahissaient les rues bisontines. Un monde parallèle, vivotant d'un rien, quémandant pour pallier aux besoins les plus urgents. L'alcool en priorité et un minimum de nourriture pour survivre. Telles des ombres au tableau, ils s'assoient devant les vitrines des magasins, avec une gamelle et un sale clébard.

Sophie Lonbou les a en horreur.

Avec son visage recouvert par une épaisse couche de crasse, difficile de lui donner un âge précis, entre quarante et soixante ans.

Il a tendu la main dans l'espoir qu'elle lui donne quelque chose, mais Sophie, encore sous le coup de la peur ressentie quelques secondes plus tôt, ne s'est pas sentie d'humeur charitable.

C'est une femme qui estime que lorsqu'on veut quelque chose, il faut tout faire pour l'obtenir, un bon métier, une maison confortable, exige des efforts, ce n'est certainement pas en faisant la manche, en vivant au crochet des autres qu'on peut prétendre à quoi que ce soit. Aussi sans même lui adresser la parole, elle lui a tourné le dos pour ouvrir la portière.

Mais il n'a pas abandonné aussi facilement la partie et l'a retenue par la manche.

– Hé m'dame, juste une petite pièce, c'est rien pour vous ! Et, moi avec, je vais pouvoir m'acheter un truc à manger !

Le ton était plaintif et contenait aussi une pointe de hargne.

La voiture était luxueuse, les vêtements chics, tout lui faisait comprendre qu'elle avait de l'argent. Alors, elle pouvait très bien le dépanner. La portière était entrouverte, mais sa présence à quelques centimètres l'empêchait de monter dans le véhicule. Sophie s'était alors retournée pour lui dire de la laisser tranquille, d'aller trouver un autre pigeon.

Les yeux sont devenus plus sombres. Visiblement, il n'a pas apprécié son refus de l'aider. Il a appuyé alors légèrement sur son bras. Sophie a senti la pression et a abandonné le visage de l'homme pour fixer les doigts agrippés à la manche de son manteau. Les doigts noirs de crasse ressortaient sur le tissu clair.

Il a osé la toucher ! Non seulement il estimait qu'elle lui devait quelque chose, mais il posait ses sales pattes sur son beau manteau, sans se préoccuper un seul instant de la salissure qu'il pouvait engendrer. Sophie a senti une bouffée de colère monter en elle. Ce fut intense et soudain.

Pour qui l'a-t-il prise ?

Sans réfléchir davantage, elle a sorti sa bombe de sa poche, a appuyé vigoureusement dessus tout en crachant :

– Tu ne me touches certainement pas avec tes doigts

dégueulasses !

Il n'a pas eu pas le temps de se protéger. Le jet lui est arrivé directement dessus. Il a poussé une plainte et a reculé de quelques pas tout en levant une main pour la porter à ses yeux douloureux. Les larmes ont coulé, pur réflexe pour tenter de parer l'agression.

Sophie s'est engouffrée à l'intérieur du véhicule.

Avant de claquer la portière, elle a eu le temps de l'entendre geindre de douleur et crier :

– Salope ! Je vais te faire ta fête !

Sans attendre davantage, elle a démarré. Le moteur a rugi aussitôt, et la voiture est passée à quelques mètres de l'homme qui titubait, la main droite sur des yeux larmoyants. Quand elle a jeté un coup d'œil dans le rétroviseur, il se tenait au milieu de la chaussée en train de gesticuler furieusement, l'injuriant de tous les noms.

*Héloïse*
Besançon, dimanche 24 avril 2011

Sa tête bourdonne. Mauvais signe. Avec un grognement, la femme enfouit son visage dans l'oreiller et referme les yeux, sans succès, le sommeil réparateur tant espéré ne vient pas.

Combien de temps a-t-elle dormi cette nuit ?

Pas assez manifestement, vu son état vaseux.

Héloïse Huchet entrouvre les yeux. Le soleil brille à travers les persiennes laissant présager un temps superbe. Elle pourrait en profiter pour se balader et peut-être même faire un petit brin de ménage, passer l'aspirateur ou ranger les différents trucs qui traînent à droite ou à gauche. Ce ne serait pas du luxe. Pas demain la veille qu'elle gagnera le prix de la ménagère du mois.

Mais elle ne fait pas un seul mouvement pour s'extraire de son lit.

Le confort de son matelas est agréable, si agréable que l'idée de le quitter ne lui plaît pas.

Et de toute façon, ce n'est pas la peine de se presser, elle réalise peu à peu qu'on est dimanche et qu'elle n'a rien de prévu, alors le programme est simple à décider :

le ménage attendra bien encore un peu. Et ce sera, à la place, repos jusqu'à ce que son corps daigne vouloir se lever et que ce début de mal de tête ne soit plus qu'un mauvais souvenir.

Avec mille précautions pour ne pas augmenter sa migraine, elle pivote la tête en direction du réveil, les chiffres inscrits en rouge lui indiquent qu'il n'est que 10 heures. Elle se pelotonne donc de nouveau avec un soupir d'aise, étire la jambe droite pour retrouver une position plus confortable et sent contre son mollet une sorte de léger picotement, une drôle de sensation qui l'étonne. Plus doucement, elle tend encore et réalise alors qu'il s'agit de poils.

Surprise, elle tourne légèrement la tête et repousse délicatement la couette de quelques centimètres. Un crâne brun dépasse, surmonté de cheveux coupés court qui n'ont rien à faire dans son lit. Mais alors rien du tout.

Perdue, elle fixe durant plusieurs minutes les quelques mèches qui apparaissent, incapable d'admettre l'idée qu'une personne est allongée à côté d'elle et qu'elle ne sait pas d'où elle débarque. Puis son regard descend sur la forme que l'on devine aux renflements de la couette, tout en tentant de se rappeler la soirée de la veille de manière plus précise. C'est le trou noir.

Comment a-t-il atterri dans ses draps ?

Qui est-il ? Aucune idée pour le moment.

Inutile de rester allongée plus longtemps, elle n'a plus sommeil.

Poussant doucement la couette, Héloïse se glisse en dehors du lit. À côté d'elle, le corps endormi ne bouge pas, même lorsque le matelas grince. Elle s'immobilise aussitôt, guettant un mouvement mais la respiration, ample et apaisée, lui confirme que la personne dort toujours profondément. Elle a besoin de rassembler ses idées avant de lui faire face.

Elle se dirige sur la pointe des pieds en direction de la salle de bain, tout en gardant un œil sur lui.

Toujours aucun mouvement.

Il n'a pas senti qu'elle s'était levée.

Elle referme la porte. La fenêtre de la salle de bain est restée ouverte. Un courant d'air léger la fait frissonner. Pour se réchauffer, elle enfile rapidement le peignoir blanc qui est accroché à sa place habituelle à côté du lavabo. Devant la glace, elle découvre un visage encore gonflé par le sommeil. Elle tique face aux longues traînées noires sous ses yeux. En rentrant de sa soirée, elle n'a visiblement pas pris le temps de se démaquiller et le mascara a coulé durant la nuit. Dans le tiroir du haut, elle prend un morceau de coton et la lotion pour nettoyer soigneusement sa peau tout en essayant de se souvenir des événements de la veille.

Rien.

Un nouvel élancement la fait grimacer. Elle ouvre l'armoire à pharmacie et saisit la boite d'Advil. Coup sur coup, elle en avale plusieurs dans l'espoir que cela suffira à atténuer la douleur.

Pendant quelques secondes, elle éprouve un bref sentiment de honte qu'elle préfère évacuer avec un haussement d'épaules. C'est la première fois qu'elle ramène une conquête dans de telles conditions. Mais après tout, ce n'est pas si grave, elle est largement majeure et peut donc faire ce qu'elle veut de son corps. Elle n'a de comptes à rendre à personne.

Elle a toujours imaginé que draguer un parfait inconnu

dans un endroit public comme un restaurant ou un bus devait être très excitant, avec une baise rapide ensuite dans les toilettes. Répondre à une pulsion animale, donner et prendre du plaisir, sans s'embarrasser des codes transmis et imposés par la société. Ensuite tout le monde se rhabille, un simple tchao, et on rentre chez soi, ni vu ni connu sans tout le blabla souvent nécessaire à ce genre d'échanges.

Pas d'hypocrisie polie.

Pas de deuxième rendez-vous, pas d'échanges de numéros de téléphones, pas de promesses superflues, aucune attente d'un hypothétique coup de fil ou de futures rencontres.

Juste une étreinte sexuelle.

Aujourd'hui, elle peut cocher « ramener un inconnu » sur la liste.

Après un quart d'heure dans la salle de bain, Héloïse doit se résoudre à revenir dans la chambre. Son amant d'un soir va bien finir par se réveiller et il se demandera alors où elle est passée.

Elle entrebâille la porte pour jeter un coup d'œil dans la chambre et sursaute lorsqu'elle découvre que l'homme est assis sur le bord du lit. Tourné face à la fenêtre, elle n'aperçoit que son dos. Comme il est torse nu, elle a tout le loisir d'observer sa musculature développée.

Mince et musclé, de larges épaules, un dos bronzé. Des cicatrices témoignent de bagarres.

Bon, vu de derrière... c'est déjà pas mal ! Elle espère que le reste est du même acabit.

Le parquet qui craque légèrement sous ses pas signale à l'homme le retour de la femme dans la pièce. Il tourne la tête et révèle un visage viril, jeune aux traits réguliers avec un air de déjà vu et en même temps, elle ne le situe pas vraiment. Pour tenter de forcer sa mémoire, elle détaille attentivement les pommettes hautes bien dessinées, la bouche sensuelle, le menton volontaire.

Il est tout à fait à son goût.

Elle se sent soulagée. Elle n'a pas ramené un boutonneux.

– Bien dormi ?

C'est lamentable comme demande, elle le réalise aussitôt mais ne sait pas comment commencer la conversation.

Il sourit légèrement, semblant percevoir son malaise et s'en amuser.

– Oui, pas trop mal et toi ?

– Moi aussi. J'ai juste un peu mal à la tête, continue-t-elle avec un sourire forcé.

– Normal avec ce que tu as bu hier, je ne pensais d'ailleurs pas que tu serais debout aussi tôt.

Elle hésite : comment lui expliquer qu'elle ne se rappelle pas du tout de lui ? Même pas son prénom. C'est idiot. Doit-elle le lui dire simplement ou bien faire semblant ? De toute façon, il va finir inévitablement par se rendre compte de quelque chose. Mais avant qu'elle n'ait le temps de prendre une décision, il demande :

– Tu m'offres un café ?

– Oui, bien sûr, viens, suis-moi, répond-elle, contente de pouvoir faire quelque chose de concret.

En descendant les escaliers, elle a conscience de sa présence toute proche dans son dos.

Dans la cuisine, elle sort une dosette d'une boite métallique, remplit le réservoir d'eau, ouvre le tiroir du haut pour en sortir une tasse et allume la cafetière. Pendant ce temps, il prend place sur une des chaises placées autour de la petite table, son regard suivant ses gestes et ses déplacements.

Mal à l'aise, elle hésite sur les mots à utiliser car quoi qu'elle dise, lorsqu'il s'apercevra qu'elle ne se souvient pas de la nuit dernière, il le prendra mal. Sans doute même se vexera-t-il. Par expérience, elle sait qu'un homme n'aime pas quand une femme l'oublie, et surtout après une nuit d'amour. Mais bon, allez, pas la peine d'en faire une montagne, il s'en remettra. Au pire, son orgueil de mâle en pâtira, il ne pourra pas se vanter auprès de ses potes d'avoir été un bon coup.

– Je le prends avec du sucre.

Héloïse sursaute légèrement. Le bouton de la cafetière ne clignote plus, l'eau est chaude, elle appuie dessus pour que le café coule. Ensuite, elle sort une autre tasse, un bon café l'aidera peut-être à lui remettre les idées en place et à trouver comment se sortir d'une galère pareille.

Elle ne peut tout de même pas le mettre dehors trop brutalement. Ce serait indélicat, mais d'un autre côté, elle n'est pas en état de jouer la fille polie longtemps.

Sa tête bourdonne encore.

Elle éprouve le besoin impérieux de s'allonger et de dormir et se retient de lui dire de partir sur le champ. Ils viennent tout de même de passer la nuit ensemble ! Elle doit lui accorder cinq minutes de son temps avant de le fiche dehors, pas comme tous ces hommes qui se comportent comme des salauds, une fois qu'ils ont eu ce qu'ils voulaient et qui jettent leur maîtresse comme un vieux kleenex usagé.

Non, décidément, il faut s'y résoudre, mettre plus de

formes. Mais rien qu'à l'idée de se lancer dans des simagrées polies, son mal de tête empire.

Tout en apportant précautionneusement deux tasses remplies d'un breuvage brûlant, elle lui jette un regard : il y a un point positif, il n'est vraiment pas mal. Ses yeux sont d'un vert intense, son corps mince et musclé révèle un habitué des activités sportives.

Au moins, même bourrée, elle ne s'est pas trompée dans ses critères de sélection. Elle n'a pas ramassé un de ces poivrots qui écument les bars et les boites de nuit à la recherche d'une fille assez naïve pour coucher avec lui. Le pire à ses yeux aurait été de tomber sur un mec d'une quarantaine d'années qui ne s'est pas vu vieillir et qui reste bloqué à l'époque de ses vingt-cinq ans. Musique de jeune à fond dans la voiture, sweat à capuche et baskets aux pieds.

Avec un soupir, elle regarde par la fenêtre. Elle voit le mur gris de l'immeuble en face, il s'agit d'un ancien bâtiment de bureaux actuellement en réhabilitation pour le transformer en appartements.

Depuis la veille, les ouvriers sont en vacances et les travaux ne reprendront pas avant la semaine suivante. Sur certaines fenêtres, de grandes bâches noires ont été fixées pour les protéger des intempéries, un échafaudage court le long de la façade.

Lorsque l'équipe d'ouvriers travaillait, elle a déjà eu un aperçu du bruit et de la gêne que cette nouvelle promiscuité va entraîner. En ouvrant les volets, le matin en nuisette, elle se dit avec regret que bientôt elle ne pourra sans doute plus le faire, ou alors elle fera profiter un voisin de la vue sur son décolleté, incident qui s'est produit trois jours auparavant. Encore à moitié endormie, elle a entendu un sifflement admiratif et, surprise, a relevé la tête. Un homme la fixait et sa position surélevée d'un étage lui permettait de se rincer l'œil.

L'homme dévoilait des dents blanches et semblait visiblement la trouver à son goût. Flattée, Héloïse lui a adressé un petit salut de la main.

Et si c'était lui qu'elle avait ramené.

Peut-être qu'il s'était arrangé pour aller dans la même boîte de nuit, l'avait draguée et voilà, le tour était joué, il avait réussi à sauter la femme au décolleté plongeant.

Elle reporte son regard sur son amant et examine les traits de son visage pour les comparer à ceux de l'ouvrier, ce n'est pas la même forme, il était beaucoup plus hâlé, type espagnol ou portugais, la mâchoire moins carrée. Et ses cheveux étaient plus longs.

Et pourtant cette impression de déjà-vu persiste et la rend légèrement mal à l'aise.

Héloïse espère qu'il lui montrera son intention de partir. Il ne pense tout de même pas s'inviter chez elle toute la journée. Il a sans doute des projets, des personnes à contacter.

Elle est contrariée de constater qu'il ne semble pas du tout pressé, dégustant tranquillement son café à petites gorgées comme s'il avait décidé qu'il avait toute la matinée devant lui pour le faire.

Prenant son courage à deux mains, elle se jette à l'eau :

– Heu, je crois que j'ai un peu trop abusé hier, et en fait, pour tout dire...

– Tu avais sacrément bu, c'est certain, commente-t-il légèrement ironique.

Elle réfléchit. Comment lui dire avec délicatesse

qu'elle ne se rappelle pas du tout de leur rencontre. Autant abréger les choses et se lancer. Plus vite ce sera réglé et plus vite, elle chassera ce sentiment de malaise.

– Je ne sais pas vraiment ce qui s'est passé.

– Comment ça ? Tu veux dire que tu ne te rappelles plus de la soirée ?

– Non.

– Plus du tout ?

Elle hésite un instant, fronce les sourcils, cherchant la formule adéquate :

– Disons que j'ai comme des flashs, des images. J'ai bien quelques souvenirs, mais pour le moment, je dois t'avouer que c'est encore assez flou dans ma tête. Par exemple, je me rappelle plutôt bien du début de la soirée. J'étais avec des amis. On est allé dans un bar, on a pas mal picolé, puis on a terminé en boîte. Mais à partir de là, les images sont moins nettes et on peut même dire qu'il y a de gros trous. Je suis désolée. C'est sans doute là qu'on a fait connaissance toi et moi...

– Oh, je vois ! Tu ne te rappelles pas de ça non plus !

À son ton plus sec, elle devine qu'il est vexé. Aussi, elle ajoute par politesse :

– Mais même si je ne me rappelle pas, je suis tout de même sûre que nous avons passé un bon moment, que c'était bien... Enfin... je veux dire... ça a dû être super....

Tout à coup, les choses semblent compliquées, comme s'il s'évertuait à ne pas comprendre qu'ils ont sans doute passé une bonne soirée, mais que maintenant il doit partir. Ça restera une aventure sans lendemain, sans conséquence, il a déjà dû en avoir, ça fera juste une de plus sur sa liste.

– Oui, c'est sans doute normal avec la charge que tu

t'es mise. Tu voulais noyer ton chagrin, tu as tout fait pour, en tout cas, mais c'est dommage que tu ne te souviennes de rien, conclut-il sèchement.

Un mot retient son attention.

– Mon chagrin ?

– Même ça, tu as oublié ? Ah ouais, t'as picolé bien plus que je ne pensais !

– Oui, répond-elle tout en ayant déjà un mauvais pressentiment.

– Tu as quand même perdu ton boulot ! Ce n'est pas rien comme nouvelle.

– Quoi ? Qu'est-ce que tu racontes ?

– Fallait voir le cinéma que tu as fait, tu n'as pas arrêté de traiter ta patronne de salope et de dire que c'était de sa faute, qu'elle t'avait virée du jour au lendemain, sans motif valable alors que tu lui as fait gagner tout un tas de fric, que tu es la meilleure pour vendre des baraques, que tu es même capable de vendre un tas de ruines.

– Ma patronne, Sophie Lonbou ? Elle m'a licenciée ? balbutie-t-elle.

– Ben oui, t'es longue à la détente ! C'est bien ce nom-là avec lequel tu nous as bassinés les oreilles toute la soirée. Tu disais que c'était une pauvre conne, que tu allais lui régler son compte, tout balancer sur ses magouilles, révéler à tout le monde qu'elle se tapait la terre entière pour réussir, que tu lui ferais payer cher ton licenciement. Tu m'as même demandé si j'étais capable de lui casser la gueule, ajoute-t-il en s'esclaffant.

– Tu dis que j'ai perdu mon boulot ? Ce n'est pas possible !

Sous le choc, Héloïse sent ses jambes flancher et elle est obligée de s'asseoir.

Elle a du mal à encaisser la nouvelle. Elle l'entend poursuivre :

– Je pense que toute la boîte est au courant, tu n'as pas arrêté de traiter ta patronne de tous les noms d'oiseaux possibles. Elle en a pris pour son matricule. Tu étais sacrément remontée contre elle, une vraie tigresse.

Il accompagne cette remarque d'un rire qui résonne désagréablement aux oreilles d'Héloïse.

– Mais j'ai donné une explication ?

– Au fait que c'était une salope ? Ben, c'est clair...

– Non, mon boulot. J'ai dit pourquoi je l'avais perdu ? le coupe-t-elle.

– Grosso modo si j'ai bien compris, ta patronne t'a rendue responsable d'une faute professionnelle. Mais pour toi il s'agit tout bonnement d'une excuse bidon, d'un simple prétexte pour te mettre à la porte et se débarrasser de toi parce que son copain voulait te sauter.

– Bastien ?

– Oui un truc comme ça. Tu commences à te rappeler ?

– Pas vraiment.

À ses yeux, cela ne colle toujours pas. Impossible de faire le lien avec ce qu'il est en train de lui raconter. Bastien est un chaud lapin, toujours en train d'essayer de mettre dans son lit tout ce qui porte une jupe, il n'y a que Sophie, sa maîtresse depuis deux ans, qui ne s'en aperçoit pas. Mais il ne s'est rien passé entre eux, enfin rien d'officiel. Ils ont été très prudents. Elle secoue la tête :

– Ce n'est pas possible !

Au même instant, l'image d'une femme d'une cinquantaine d'années en train de hurler : « Foutez le camp, sortez de mon bureau, je ne veux plus jamais vous

voir » confirme ce qu'il vient de lui dire.
Oh non ! se lamente-t-elle. Qu'est-ce que j'ai fait ?

*Sophie*

Sophie Lonbou n'a quasiment pas dormi de la nuit.

Debout devant la glace de la salle de bain, elle scrute ses traits tirés et une profonde lassitude l'envahit. Ce matin, elle fait largement son âge. Elle passe lentement la main sur son front, détendant les rides qui se forment de nouveau dès qu'elle les relâche, puis ses doigts contournent son visage pour se poser de nouveau sur son cou qui, malgré ses efforts et les nombreux traitements, s'affaisse.

Elle n'est plus qu'une vieille peau, fripée et molle, voilà finalement ce que voit Bastien en elle. Comment peut-elle imaginer le retenir bien longtemps ?

Son corps a fait fureur. Nombreux étaient les hommes qui se retournaient sur son passage, mais c'était avant, quand l'âge ne l'avait pas encore rattrapée. Il faut bien reconnaître maintenant qu'elle ne suscite plus les mêmes réactions enthousiastes. Il faut qu'elle redescende sur terre, qu'elle abandonne ses dernières illusions. Plus aucun homme ne la siffle dans la rue ou ne se retourne pour lui jeter un coup d'œil admiratif.

Rien qu'à la regarder, au petit matin, sans artifice, on

a plutôt envie de détourner les yeux de dégoût.

Brusquement, elle enlève le peignoir qu'elle porte et le jette sur le rebord de la baignoire. Dans la salle de bain, elle a fait installer un grand miroir dans lequel elle peut se mirer totalement. Elle se place devant et examine son reflet. Malgré les exercices et les soins quotidiens administrés en institut, son cou est flasque, ses bras ressemblent à des ailes de chauve-souris, ses seins s'affaissent, son ventre n'est plus aussi tendu qu'avant, ses fesses sont toutes flasques.

De profil, le constat est pire : des boursouflures et des plis disgracieux déforment sa silhouette.

Sophie ne supporte plus ce qu'elle voit et ferme les yeux en retenant avec peine des larmes de désespoir et de rage.

Le temps court, les années défilent, elle n'y peut rien et n'a aucun pouvoir pour les stopper. Ces derniers mois, le temps semble même s'accélérer. Il file entre ses doigts, aucun moyen pour le freiner… elle s'achemine inéluctablement vers la mort, vers les ténèbres et cette certitude l'envahit de panique.

Que lui réserve la suite ?

Y a-t-il une vie après la mort ?

Obsédée par cette question, terrifiée par l'idée de finir toute seule, Sophie a cherché sur internet des réponses. Sans réel succès. Les informations partaient dans toutes les directions, réincarnation en animal, bouffe pour asticots...

Une main tremblante essuie les premières larmes.

Où est son jeune amant ?

Toute la nuit, elle a essayé de l'appeler sur son portable, sans succès. Elle a arrêté de faire le compte des messages laissés sur le répondeur après le dixième. L'inquiétude a succédé à la colère. Peut-être lui est-il arrivé quelque chose ? A-t-il eu un accident ? Elle a eu envie de joindre quelqu'un pour se renseigner, a saisi le téléphone, mais l'a reposé puisqu'elle ne savait pas qui contacter.

Devait-elle joindre les hôpitaux, les interroger sur un accidenté de la route ramené durant la nuit ?

Bastien est motard et circule sur un R1, moto puissante qui lui permet d'effectuer des pointes à plus de trois cents kilomètres heures. C'est une passion. Sophie trouve ça dangereux, surtout lorsqu'elle constate de quelle façon roulent les autres automobilistes. Uniquement préoccupés par leur véhicule, ils jettent rarement des coups d'œil dans leur rétroviseur. Ils doublent au dernier moment. La plupart ne voient même pas lorsque Bastien déboîte. Le jeune homme aime prendre des risques, cela fait partie de la règle du jeu. Quand il les dépasse, il prend plaisir à faire rugir le moteur de sa moto pour se faire remarquer et pour mettre en garde. Parfois même, il s'amuse à effectuer des queues de poisson pour se venger de l'inconscience du conducteur qu'il vient de doubler.

Sophie Lonbou a tenté de l'avertir. À force de défier les autres sur la route, il va tomber sur une personne qui n'aura pas envie de se laisser faire, son orgueil blessé pourrait alors le pousser à accélérer pour lui rendre la monnaie de sa pièce. Et dans l'histoire, celui qui est en position fragile, c'est Bastien car un motard ne fait pas le poids contre un automobiliste protégé par la calandre de son véhicule. Ce n'est pas pour rien qu'on surnomme les motards « les donneurs d'organes », le moindre accrochage peut se révéler dramatique pour eux. Mais le jeune pilote ne veut pas entendre ses recommandations. Il fait de la moto depuis des années. Son engin lui procure des sensations incroyables, alors ce n'est certainement pas maintenant qu'il va devenir raisonnable. Devant son air buté et son refus catégorique, elle n'a pas insisté.

Alerter le commissariat le plus proche ?

Il est majeur et elle ne sait pas du tout si les policiers peuvent faire des recherches aussi rapidement. À la télévision, dans les séries policières, les forces de l'ordre expliquent souvent qu'il y a un temps réglementaire avant de pouvoir déclarer qu'il s'agit d'une disparition inquiétante. On ne peut mettre en place des mesures immédiatement après le signalement, il faut attendre au minimum quarante-huit heures si les scénarios correspondent bien à la réalité. Rien qu'à l'idée des heures pénibles qui se profilent à l'horizon, Sophie se sent abattue.

En plus, comme ils ne sont pas mariés, elle ne peut prétendre à rien. Les policiers ne prendront même pas sa demande au sérieux. Seule une personne de la famille ou en lien officiel avec le disparu peut le faire.

Et le pire dans l'histoire, c'est qu'il a peut-être tout simplement décidé de tout plaquer. Ce sera encore pire que la première fois, pire qu'avec son mari. Il ne reviendra pas pour récupérer ses affaires. Elle se retrouvera à nouveau seule, face à ses échecs. Elle sait que jamais elle ne réussira à se remettre cette fois.

Un divorce, pas d'enfants. Pas grand monde pour lui tenir compagnie.

Sophie se dirige vers le dressing. À l'intérieur, des piles de vêtements soigneusement pliés, des chemisiers sur cintres, des robes de soirée, sa collection de chaussures, pas moins d'une centaine. Pour lui, d'autres étagères sur lesquelles sont empilés des chemises hors de prix, choisies pour la majorité par elle, pour qu'il lui plaise. Puisqu'elle a la bourse, elle lui a imposé ses choix. Elle désirait le gâter, elle lui a tout payé, tout offert, sans regarder à la dépense. En retour, il est à son entière disposition, jour et nuit. Elle a envie de lui, il est là, c'est le deal et jusqu'à maintenant il l'a respecté scrupuleusement.

Sophie passe les doigts sur le tissu soyeux des chemises. Que de la grande qualité ! Elle lui a choisi ce qui se fait de mieux. De toutes les couleurs, pour convenir à tout type d'occasions.

Sophie glisse sa main sous la première, une chemise ivoire avec un col Mao, du pur coton très agréable au toucher. Quand il l'enfile, le vêtement met particulièrement bien en valeur ses épaules musclées et rehausse son teint mat.

Il atterrit à ses pieds et elle le piétine, prenant plaisir à voir le tissu se froisser. Mais cela ne lui suffit pas, elle se penche pour le ramasser, se dirige d'un pas décidé vers sa commode, ouvre le tiroir du haut et farfouille quelques instants à l'intérieur. Elle en sort une paire de longs ciseaux et attaque rageusement la chemise pour la réduire en petits morceaux qui, tels des papillons morts, retombent à ses pieds.

La colère déborde, elle se retourne vers la penderie et s'apprête à attraper une pile entière pour lui faire subir le même sort lorsqu'elle entend du bruit dans l'entrée.

# *Délia*

Délia Rousseau attrape les bols du petit déjeuner et les place dans le lave-vaisselle. Ils ont terminé de manger et Pierre est parti dans la salle de bain, fâché. Il ne veut pas admettre qu'il se passe quelque chose de bizarre chez les voisins. Quand elle lui a fait remarquer qu'ils n'avaient pas vu Héloïse depuis leur retour, il a juste dit qu'ils avaient dû la manquer et qu'il fallait à tout prix qu'elle arrête de fourrer son nez là où il n'avait rien à y faire.

– Mais moi, je suis certaine que ce n'est pas aussi simple, grommelle-t-elle en rangeant le jus d'orange dans le réfrigérateur. On la connaît depuis des années. Elle a de sales périodes. En plus, on ne peut tout de même pas vivre à côté des gens sans s'inquiéter un minimum pour eux. Ma mère ne m'a pas élevée ainsi.

– Arrête de marmonner dans ta barbe, je t'entends, commente Pierre qu'elle n'a pas entendu revenir dans la cuisine.

– Même Françoise a dit...

– Ah non, ne commence pas à me raconter ce qu'a dit la pire cancanière du quartier. Si on l'écoute, le facteur couche avec tout ce qui porte un jupon, la boulangère a quitté son mari pour une femme, sa voisine a une liaison avec un ami de son fils. Si elle s'ennuie, mais qu'elle joue au scrabble ou au rami, qu'elle se mette au tricot et qu'elle laisse les gens du quartier tranquilles !

– Tu es méchant !

– Reconnais qu'elle passe son temps à colporter des ragots.

– Elle s'inquiète pour ses voisins.

– C'est un euphémisme. Et si maintenant, elle t'embarque dans ses délires, je ne suis pas d'accord. Ton imagination est déjà suffisamment excitée par tous les romans policiers que tu lis à ton club de lecture.

– Mais je ne vois pas le rapport.

– L'autre jour, tu as cru que le fils Margouin avait tué ses parents pour hériter alors que ceux-ci étaient partis en croisière.

– Il avait des problèmes d'argent et du jour au lendemain, il s'achète une décapotable rouge avec laquelle il parade dans tout le quartier. Tout le monde aurait pu trouver ça bizarre.

– Il a gagné au loto. Un peu plus si je ne t'avais pas retenue, tu courais au commissariat et il finissait dans une cellule, tu aurais eu l'air maligne après.

– Tu exagères ! proteste-t-elle.

– À peine. Je ne veux pas me disputer avec toi. Je sens bien que tu commences à t'inquiéter pour nos voisins, mais encore une fois, il ne se passe rien. Alors promets-moi que tu n'iras pas *fouiner* ?

– Tu t'en vas ?

– Oui, il faut que j'aille chez Paulo pour son problème de carburateur. Je reviens à midi. Mais tu n'as pas répondu.

–...

– Promets-le, Délia.

– Je n'irai pas *fouiner* à côté.

Pierre embrasse son épouse avant de partir. Délia s'approche de la fenêtre pour le regarder démarrer. Puis son regard se dirige vers la maison de la famille Huchet.

Tout a l'air calme. Trop calme.

Pierre a beau dire, Délia perçoit de mauvaises vibrations dans l'atmosphère. Sa décision est prise. Elle ira sonner à leur porte, non pas pour *fouiner* mais pour demander des nouvelles d'Héloïse.

# *Christophe*

Christophe Belot se gare sur le parking situé devant un immeuble gris et sale, et les mains crispées sur le volant, il lève les yeux et fixe la fenêtre du troisième étage.

Que va-t-il pouvoir lui dire ?

La dernière entrevue s'est mal passée, ils se sont disputés comme des chiffonniers finissant par s'insulter, toutes les vieilles rancunes sont alors remontées à la surface, chacun jetant des reproches à l'autre sans écouter les réponses. La discussion n'a servi à rien.

Christophe est reparti, le cœur empli de colère mêlée à un sentiment d'échec cuisant. Vu les mots violents échangés durant l'altercation, il a compris que son mariage était terminé. Les mains sur le contact, il n'a pas pu démarrer tout de suite tant il tremblait, envahi par la tristesse devant un tel gâchis. Il a tout perdu en si peu de temps, comme un véritable château de cartes, tout s'est écroulé, son travail, sa maison, sa famille. Peu à peu la colère a pris la place, c'est elle la responsable, cette satanée sorcière. Elle a tout détruit sans aucun remords, sans se préoccuper une seule seconde de tout le mal qu'elle provoquait. Mais il ne la laissera pas s'en tirer ainsi.

Plein de ce souvenir, il sursaute en entendant un bruit juste à côté. Le véhicule situé à sa droite est en train de sortir en marche arrière. Surpris, il relève les yeux et découvre une femme qui le fixe, debout devant son capot. Son expression montre clairement qu'elle se demande ce qu'il peut bien faire dans sa voiture à attendre et, à voir son anxiété, elle doit imaginer le pire.

Il se sent honteux lorsqu'il réalise qu'elle le prend peut-être pour un pervers qui attend sa prochaine proie.

En ouvrant, il la voit nettement effectuer un mouvement de recul et tenir fermement son sac. Pendant une seconde, il pense lui sourire pour la rassurer mais y renonce et se contente de claquer la portière et de gagner l'entrée de l'immeuble. Il comprend la réaction de cette femme. Planoise, situé à la périphérie sud-ouest de la ville franc-comtoise, est un quartier sensible de Besançon, où ont lieu, chaque mois, un grand nombre d'agressions physiques et de vols, alors les riverains ont appris à faire attention.

En arrivant au bas de la tour, il découvre que ce n'est pas la peine de sonner à l'interphone puisque la porte est ouverte et bloquée avec un bout de bois. Depuis sa dernière visite, de nouveaux tags se sont ajoutés sur les murs, des messages d'insultes qui visent un certain Moussa.

Il préfère éviter l'ascenseur, toujours la phobie de se retrouver coincé à l'intérieur en train d'appeler désespérément à l'aide. Ce ne sont pas trois étages qui vont lui faire peur.

En montant les marches, il est accompagné par des

odeurs différentes. Au premier étage, un parfum de curry suggère des plats très épicés, au deuxième, une odeur de choux lui soulève légèrement l'estomac.

Juste avant d'arriver sur le palier du troisième, il croise un homme âgé d'une vingtaine d'années, les cheveux blonds coupés très courts, qui porte un jean foncé et un blouson de sport noir. Il tient à la main une cigarette sur laquelle il tire une longue taffe en passant à son niveau. Christophe identifie aussitôt l'odeur particulière du cannabis

Comment son fils peut-il vivre dans un environnement pareil ?

Leurs regards se croisent. Du côté du fumeur, une expression de défi qui montre clairement qu'il est prêt à en découdre si besoin est, alors Christophe préfère détourner le sien. Pas la peine de chercher des noises. Il connaît bien les jeunes trous du cul comme lui, qui sont sans cesse en train de défier et de menacer. Comparables à des loups, ils sont en permanence sur le qui-vive pour gagner et conserver leur place d'Alpha. Dans les yeux de ce jeune, le message est clair, on ne touche pas à sa cité, son territoire, tout étranger pénétrant à l'intérieur doit respecter ses règles, sous peine de lourdes représailles.

Heureusement pour lui, le jeune est seul. À plusieurs, l'attitude aurait été sans doute encore plus provocante, voire carrément agressive jusqu'à ce que Christophe réagisse.

Christophe franchit les dernières marches.

Prêt à frapper contre la porte, son regard lit machinalement le nom sur la sonnette mais sans le comprendre vraiment. Puis avec un pincement au cœur, il réalise ce qui est marqué : Corinne Pagnol. Son ex-femme n'a pas mis longtemps avant de reprendre son nom de jeune fille.

Il sent la frustration et la colère monter en lui.

Elle n'a pas attendu avant de tirer un trait définitif sur leur mariage, quinze années qui sont parties en fumée du jour au lendemain, sans qu'il ne puisse rien contrôler. Le destin a frappé à leur porte, est entré dans leur foyer pour tout dévaster, laissant chagrin, rancune, et déception sur son passage.

Il imagine déjà son regard, un de ceux qu'il déteste, plein de reproches. Il abhorre cette déception pointée dans sa direction, qui gomme tout en laissant un goût amer. Il déteste ses phrases acerbes qui atteignent toujours leur cible et le frappent durement.

Pendant un court instant, il pense tout abandonner et repartir dans le studio minable qu'il loue, un ridicule meublé qui offre le strict minimum de confort, avec une vue démoralisante sur la façade grise d'un vieil immeuble.

Mais il ne peut pas tourner la page aussi facilement.

Il est ici pour son fils, et il ne partira pas sans le voir.

Alors d'un mouvement plus résolu, il toque trois coups et attend.

La porte s'ouvre et Délia Rousseau se trouve face à son voisin François Huchet qui affiche une mine renfrognée. Visiblement, elle le dérange.

– Bonjour, je voulais savoir si vous aviez aussi des problèmes de téléphone ?

– De téléphone ?

– Oui, chez nous, la ligne est en dérangement.

Heureusement que Pierre n'est pas à ses côtés, elle aurait rougi de son mensonge. Mais elle n'a trouvé que ce prétexte pour venir sonner chez eux.

– Non, tout va bien de notre côté, j'ai passé un coup de fil ce matin, dit-il, secouant la tête en s'apprêtant à refermer la porte. Délia Rousseau panique, elle doit trouver rapidement comment l'en empêcher. Une idée surgit.

– Je dois appeler de toute urgence ma mère. Pourriez-vous me prêter votre appareil ?

– Heu, c'est à dire que je suis très occupé, tente-t-il.

– Je n'en ai que pour deux minutes et après, promis je vous laisse tranquille.

Avec un air résigné (pas très poli, ce voisin tout de

même, pense Délia), il l'invite à entrer. Elle le suit dans le salon. Il attrape le combiné, vérifie la tonalité et lui tend l'appareil.

– Je vous laisse. Dès que vous avez terminé, appelez-moi.

Et il sort de la pièce.

Maintenant qu'elle est là, que faire ?

Elle n'a pas vraiment anticipé et se rend compte qu'elle ferait une piètre détective.

Prendre exemple sur Miss Marple. Que ferait-elle dans les mêmes circonstances ?

Elle examinerait les lieux pour essayer de trouver des indices.

Un canapé en tissu rouge recouvert par quelques coussins, une table basse avec une pile de revues, une bibliothèque, une commode sur laquelle sont rangées des photographies des deux enfants de la maison. Dans la bibliothèque, elle remarque qu'elle partage les mêmes goûts : Agatha Christie, Harlan Coben, Arnaldur Indridason, James Patterson et son auteur préféré, Camilla Läckberg. Elle note dans un coin de sa tête d'acheter le dernier, *L'oiseau de mauvais augure*, sorti cet été. Concentré sur les titres, un bruit sourd la fait sursauter. Elle a l'impression qu'il provient de l'étage. Peut-être François Huchet est-il monté dans sa chambre ? Mais au même instant, la porte du salon s'ouvre et il apparaît dans l'embrasure. Il a l'air surpris de la découvrir un livre à la main mais se contente de demander :

– Vous avez terminé ?

– Oui, merci.

Délia hésite, finalement se lance :

– Vos enfants ne sont pas là ?

– Ils sont allés au cinéma à la séance de 11 heures.

– Et votre femme ?

Le visage de François se crispe immédiatement. Délia remarque qu'il évite de la regarder lorsqu'il lui confirme son absence, sans en préciser toutefois la raison. Elle décide de poursuivre ses investigations :

– J'espère qu'elle n'est pas souffrante. Ça fait un moment que je ne l'ai pas vue.

– Non, tout va bien. Je suis désolé, je ne peux pas discuter plus longtemps. Il faut vraiment que je termine avant le retour des enfants.

Et sans attendre de réponse, il se dirige déjà vers l'entrée. Résignée, Délia n'a pas d'autre choix que de lui emboîter le pas. Soudain, le même bruit sourd se reproduit. Elle lève les yeux au plafond et le voit faire la même chose tout en fronçant les sourcils.

– Encore ce maudit chat ! Il a dû faire tomber quelque chose dans la chambre.

Délia le regarde puis sort de la maison. Songeuse, elle a hâte de rentrer pour téléphoner à Françoise. Cette dernière lui prêtera une oreille attentive quand elle lui rendra compte de cette visite chez son voisin et surtout lui apprendra qu'il a menti.

## *Christophe*

Dès que Corinne découvre son ex-mari sur le palier, son visage se ferme instantanément comme une huître.

– Que veux-tu ? lance-t-elle sèchement.

– Parler à Marc.

– Il n'a pas envie de te voir.

Cette réponse le sonne un quart de seconde, mais lorsqu'il réalise qu'elle appuie sur la porte pour la refermer, comme si sa réponse devait lui convenir, le congédiant aussi simplement qu'un gêneur, il place son pied dans l'ouverture pour la bloquer et la fixe d'un air obstiné.

– Je ne veux pas te faire entrer. C'est chez moi ici, et tu n'as rien à y faire.

– Je veux juste voir mon fils, Corinne, lui parler, tu peux comprendre ça.

– Puisque je te dis qu'il n'en a pas envie.

Comme d'habitude, le ton monte très vite, trop vite. Ils sont sur la défensive tous les deux et le dialogue est devenu compliqué, voire impossible. Tant de reproches, tant de colère accumulés ces dernières semaines et aucune bouffée d'oxygène. Alors ça s'emmagasine, mais les mots ne sortent pas, juste quelques bribes qui ne sont pas suffisantes pour mettre les choses à plat. Quand ils se retrouvent seuls à nouveau, les rancunes sont toujours là, étouffantes. Il faut souvent des années pour construire les bases solides d'un couple, mais en quelques semaines, elles peuvent voler en éclats, telle est la pensée de Christophe Belot ces temps-ci.

– Je veux qu'il me le dise lui-même.

– Laisse le tranquille ! Tu en as fait assez comme ça.

Le ton est las, elle ne le regarde même plus maintenant. Il se sent exclu, méprisé. Corinne a deux visages, celui d'une femme douce, aimante, qui lui a apporté son soutien durant toutes leurs années de vie commune et en même temps elle peut être froide, distante… deux aspects qui l'ont souvent troublé, mais l'amour l'a aidé à le supporter.

Quand il a fait la connaissance des parents de la jeune femme, il a compris d'où lui venaient en grande partie ses manières distantes. Dans sa belle-famille, on ne montre pas ses émotions, cela ne se fait pas, pas de « je t'aime », pas d'embrassades trop exubérantes. Quelle différence avec celle de Christophe ! Il a été élevé par une mère tendre qui l'a choyé et câliné en permanence. Même son père n'hésite pas à se montrer affectueux en public, aucune pudeur ne le retient pour afficher ses sentiments, pour exprimer sa tristesse ou sa joie.

Mais pour Corinne, c'est presque indécent, elle ne se sentait pas bien quand ils leur rendaient visite, ils en faisaient trop à ses yeux, ils l'oppressaient par leurs multiples attentions.

Quand la mère de Christophe l'a prise dans ses bras pour lui souhaiter la bienvenue dans la famille, elle a fixé son fiancé comme si le monde lui tombait dessus, avec l'expression d'une prisonnière privée tout à coup d'oxygène. Christophe s'est retenu de rire et de plaisanter en réalisant l'ampleur de sa détresse. Il a compris que ce n'était pas une blague, sa jeune fiancée se sentait bel et bien prise au piège. C'est une solitaire qui a besoin de moments durant lesquels on lui fiche la paix. Elle peut, par exemple, se plonger dans un bon bouquin en oubliant complètement le monde qui l'entoure, toute interruption est vue comme une intrusion désagréable. Mais pour les parents de Christophe, c'était inconcevable.

Comment pouvait-on s'isoler alors qu'on partageait un temps en famille ?

Alors, ils lui parlaient. Sa mère n'hésitait pas à s'asseoir à côté de Corinne pour lui narrer les dernières anecdotes du quartier semblant ne pas remarquer l'air ennuyé de sa bru. Christophe la soupçonnait d'en rajouter parfois, mais il n'avait jamais eu le cran de critiquer sa mère. Peu à peu, les choses s'étaient tassées et à la naissance de Marc, les nouveaux grands-parents avaient bien assez à faire avec leur petit-fils.

– Mais je suis son père, j'ai le droit de lui parler, et tu n'as certainement pas celui de m'en empêcher. De toute façon, je ne partirai pas sans l'avoir vu. Alors le plus simple est que tu me laisses entrer : je le vois, on discute deux minutes et après je vous laisse tranquilles.

Réalisant sans doute qu'il n'abandonnera pas aussi facilement, elle enlève sa main de la porte en poussant un soupir las, ouvre la bouche pour ajouter un dernier argument, une ultime opposition puis réalisant sans doute que ce sera inutile, elle garde le silence et recule de quelques pas. Puis elle se tourne en direction du couloir et crie :

– Marc, ton père est là, il veut te voir !

Évitant de se regarder, ils attendent tous les deux, l'oreille tendue à l'affût d'une porte qui claque, de pas sur le parquet. Mais rien, juste le silence.

Christophe commence à se demander si elle va se résoudre à le laisser entrer.

Va-t-elle les envoyer tous les deux discuter dehors, comme s'il était un copain de son fils et pas son père ?

Il imagine la discussion dans les escaliers avec le risque qu'un autre fumeur de cannabis passe à ce moment-là. Rien de mieux pour partager un moment intime entre père et fils.

L'attente devient longue.

Exaspérée, Corinne se tourne alors en direction de son ex-mari en lâchant un peu de terrain.

– Entre dans le salon, je vais le chercher. Il est sorti hier en boîte et il est rentré très tard, alors si ça se trouve, il est tout simplement endormi, ou alors il écoute encore sa musique à fond et il n'entend rien. Ce n'est pas la peine que je m'égosille comme ça bêtement et inutilement, je vais le chercher.

Sans lui laisser le temps d'ajouter quoi que ce soit, elle s'éloigne dans le couloir.

Christophe Belot se retient de la rappeler pour lui demander comment elle peut autoriser un adolescent de seize ans à aller en boîte seul. Pas la peine d'envenimer les choses, il sera bien temps de s'en inquiéter plus tard. Pour le moment, il y a des choses plus importantes à régler.

Dans le salon relativement petit, il découvre un canapé noir deux places, une bibliothèque regorgeant de livres, et une table ronde entourée de quatre chaises.

Avec un pincement au cœur, il remarque que ce n'est pas du tout le même type de décoration que dans leur ancienne maison. Les styles sont plus mélangés, du moderne combiné à de l'ancien, avec de nombreux bibelots sur les étagères, manie qui l'agaçait prodigieusement et qu'il passait son temps à lui reprocher, provoquant des disputes qui pouvaient durer plusieurs jours. Pour lui, tout ce que l'on appelle de la déco symbolise surtout des nids à poussière complètement inutiles. Dès qu'il le pouvait, il en bazardait une partie à la déchetterie, sans le lui dire bien évidemment, jusqu'au jour où elle s'en apercevait, alors comme pour se venger elle en rachetait d'autres.

Il s'approche des étagères et détaille les titres. Corinne est une fan inconditionnelle de policiers, et il voit des auteurs qu'il connaît déjà, des Franck Thilliez, des Maxim Chattam. Elle s'est même replongée dans des romans d'Agatha Christie. En voyant des titres comme *Le Crime de l'Orient-Express*, *Cinq Petits Cochons*, *les Dix petits nègres,* il a un pincement au cœur, c'est lui qui lui a fait découvrir cet auteur et quand Corinne les a lus, ils ont eu des conversations passionnantes sur l'identité du meurtrier, sur les indices laissés par l'auteur pour le démasquer.

Partage-t-elle ce plaisir avec quelqu'un d'autre aujourd'hui ?

Passe-t-elle ses après-midis allongée sur le canapé, la tête sur les genoux d'un autre homme ?

Il chasse ces images douloureuses et attrape *La maison du péril*, c'est le roman d'Agatha Christie qu'il préfère. Quand il l'a lu, il a été captivé par l'intrigue. Au départ, le lecteur découvre toute une série d'incidents, un lourd tableau qui se décroche à la tête d'un lit, un rocher qui dévale une falaise, les freins d'une voiture qui lâchent dans une descente et même une balle perdue qui vient se loger dans un chapeau. Le célèbre détective belge pense qu'une jeune héritière en est la cible. Bien évidemment, son flair infaillible ne le trompe pas. Machinalement, Christophe tourne la couverture et l'ouvre. Sur la première page, écrit en noir, il lit le message suivant :

*« Pour toi, mon amour, pour toujours. »*

Ses doigts tremblent légèrement sous le coup de l'émotion, les mots le piquent comme autant de minuscules fléchettes et le ramènent cruellement en arrière vers un passé heureux, qui n'est plus.

Une écriture maladroite, des lettres penchées vers la gauche. C'est lui qui a offert l'ouvrage à Corinne.

La gorge nouée, il le repose précipitamment.

Ce n'est pas le moment de devenir nostalgique. Il s'est fixé une mission et des souvenirs de cet ordre ne lui sont d'aucune utilité, bien au contraire, ils risquent juste de le ralentir ou pire de le faire dévier de sa trajectoire. Il ne peut pas se permettre de reculer et, de toute façon, le passé n'est plus qu'un fantôme.

Soudain il entend des pas dans le couloir.

Il imagine la tête de son fils, s'apprête déjà à le saluer lorsqu'il découvre que Corinne est seule.

À voir son visage sombre, elle ne va pas lui annoncer une bonne nouvelle.

– Je suis désolée, mais il refuse de te voir.

– Comment ça… il refuse ? répète-t-il abasourdi.

– Je ne sais pas quoi ajouter d'autre. Je lui ai dit pourtant que tu étais là, que tu voulais lui parler, mais il ne veut pas te voir. Il faut que tu partes.

Dans sa chambre, Marc les entend sans comprendre distinctement ce qui se dit et monte le son de sa chaîne pour camoufler totalement les bruits de la dispute.

Il est allongé sur son lit, les yeux fixés au plafond.

Quand sa mère a débarqué dans sa chambre pour lui dire que son vieux était là, et qu'il désirait lui parler, il a immédiatement refusé. Il ne veut pas le voir. Mais elle a insisté, prétextant qu'il était son père et que la moindre des choses était qu'il lui accorde quelques minutes.

Mais Marc, têtu, est resté sur ses positions.

Il ne veut pas, point final, et ça s'arrêtera là, pas la peine d'insister.

Et c'est mieux comme ça, plus facile pour tout le monde.

De toute façon, il prévoit d'avance le discours paternel, une flopée de promesses dignes de celles faites par un poivrot qui jure sur ce qu'il a de plus cher de ne plus toucher à la bouteille, des promesses sans aucune valeur, agrémentées d'un apitoiement sur soi-même tout à fait grotesque.

Il l'a entendu à de multiples reprises, connaît les mots

par cœur :

*J'ai gâché ma vie, je m'en veux, je suis le plus malheureux des hommes.*

Puis invariablement, il renvoie la faute sur les autres, les clients qui n'ont pas attendu, qui ont exigé que les travaux annoncés soient faits dans les temps, la banque qui regorgeait de requins avides de vous saisir tous vos biens et qui n'a pas voulu accorder un nouveau prêt, l'agence qui n'a eu aucune pitié et a profité de la situation pour vendre leur maison. Tous ces salauds avaient détruit son existence !

Après la colère et les accusations viennent les plaintes. Son père n'a jamais eu de chance dans la vie. Personne, jamais, ne lui a fait de cadeaux. Il a dû se battre toute sa vie. Les autres, tout leur tombe tout cuit dans la bouche, mais lui, il a trimé comme un malade. Ensuite il se met à pleurer et supplie Marc de lui pardonner tout ce qu'il a fait. Il l'aime et il n'a pas envie de le faire souffrir.

Finalement ça recommençait depuis le début.

Une boucle sans fin.

Marc ne supporte plus de voir son père dans cet état-là, alors il préfère ne pas le voir du tout.

En plus, ce soir, l'adolescent a bien d'autres soucis en tête.

En repensant à la soirée d'hier, il frissonne. Les bruits venant du salon s'estompent peu à peu, remplacés par d'autres sons, d'autres images, l'entrée d'une boite de nuit, un DJ qui annonce les titres à une foule de danseurs, la fumée expulsée par les canons, une ambiance survoltée.

La veille, Boîte de nuit *Le privé*

Marc est là pour s'amuser, pour s'éclater avec ses potes. Son âge n'a pas posé de soucis puisque le videur est un cousin de son copain Fabrice. Le groupe se compose de quatre garçons, deux de seize ans, Marc et Nicolas, et deux de dix-sept ans, Fabrice et Luc.

L'endroit, bondé, réunit des âges et des styles très différents.

Ce soir, leur objectif est que Marc trouve une copine et qu'il s'éclate un peu pour oublier sa situation familiale merdique. Alors ses copains s'amusent à lui montrer des filles potentielles.

– Celle-ci, regarde ses seins ! Wouahhh ! Ils valent le détour. T'aimerais pas y fourrer ta main ?

– Ouais, c'est vrai que c'est pas mal, mais t'as vu son cul ? Il est trop gros, on dirait que son jean ne va pas supporter et qu'il est sur le point d'exploser. Je parie que d'ici la fin de la soirée, les coutures vont lâcher. Elle bouffe trop ! Faut qu'elle arrête de s'empiffrer : Macdo et compagnie ce n'est pas bon pour la ligne. Un peu de salade verte et de carottes crues ne lui feraient pas de mal.

– L'autre là-bas, ce n'est même pas la peine d'y penser, elle a vraiment une sale tronche. D'ici on dirait la gueule d'un macaque, alors je n'ose pas imaginer de plus près. Ou alors il faut vraiment que tu picoles avant de te la faire.

Les garçons sont déchaînés.

– Tiens, mate un peu celle-ci, elle est un peu vieille

mais elle a chaud au cul. Tu peux te la faire, c'est sûr.

Marc tourne la tête vers celle que lui désigne Fabrice et découvre une silhouette avantageuse avec une poitrine plantureuse et un beau cul. Fabrice a bon goût.

C'est étrange... Marc a l'impression de l'avoir déjà vue.

La distance ne lui permet pas d'être sûr de lui, de plus les longs cheveux blonds cachent une partie du visage.

– Lâche l'affaire, tu arrives trop tard ! Tu as vu le mec qui danse avec elle, il la chauffe à fond et vu comme elle se frotte contre lui, c'est lui qui va se la taper, pas toi ! Elle préfère les vieux, pas les gamins comme toi ! s'esclaffe Nicolas.

– T'es con, ce n'est pas ça, je crois que je la connais.

– C'est ta cousine ? Si c'est le cas, tu n'oublies pas les copains et tu me la présentes, je pourrais peut-être la choper et rentrer dans la famille.

– Non, ce n'est pas ma cousine, murmure Marc tout en continuant de détailler la femme.

Et tout à coup, il sait.

Nicolas qui le fixe toujours en rigolant le voit très nettement changer d'expression, Marc semble tout à coup furieux.

– Hé, Marc, ça va ?

– Je viens de me souvenir où je l'ai déjà aperçue, c'est la nana de l'agence, la salope qui a vendu ma maison.

– Alors les gars, vous en avez repéré une ?

Suivant leurs regards, Fabrice identifie celle qui retient l'attention des deux garçons.

– Hé, les gars, ça craint ! Vous êtes encore sur elle ! Marc, laisse tomber, tu ne pourras pas te la faire, elle a déjà un copain.

– Arrête Fabrice, c'est la nana qui a vendu la baraque de Marc, lui apprend Nicolas.

– Ah merde, je savais pas. Quelle salope ! Tu veux qu'on la coince dans un coin et qu'on lui démonte la gueule ?

Le ton est hargneux. Marc se tourne vers lui, semble hésiter quelques secondes et reporte son regard vers la piste de danse.

– Non, je vais régler ça tout seul, c'est bon, ne t'en fais pas.

– Ok, comme tu veux, mais sache qu'on est là, si t'as besoin !

Après, ses amis sont passés à autre chose, mais lui est resté sur le bord à la mater.

Elle dansait collée à son partenaire, et à la voir se tortiller contre lui comme une traînée, il s'est senti déçu. Visiblement elle ne finirait pas la soirée seule. Le mec est tout de même costaud, Marc ne ferait pas le poids.

Puis il a retrouvé le sourire lorsqu'il a vu son partenaire de danse s'éloigner, très énervé, visiblement ce n'était pas ce soir qu'il pourrait la sauter.

Il l'a gardée à l'œil, attendant l'occasion.

Et il a pu enfin lui tomber dessus.

oOo

Les yeux fuyants, Corinne a l'air triste en lui expliquant que leur fils refuse de lui parler. Mais cette tristesse lui fait encore plus mal que si elle avait montré de la satisfaction. Si elle lui avait annoncé ça avec le sourire, c'est contre elle qu'il se serait senti en colère, il aurait eu alors une échappatoire, une soupape pour expulser sa frustration. Au lieu de ça, il voit bien qu'elle le plaint sincèrement. Il se sent accablé d'un coup sous le poids d'un vide immense, submergé par l'impression d'avoir tout perdu.

Sur le point de s'écrouler, il l'entend répéter :

– Il faut que tu partes maintenant ! Reviens un autre jour, demain, la semaine prochaine peut-être. Il a besoin de plus de temps. Attends un peu et il acceptera sans doute. Les choses se seront un peu calmées. Je t'appellerai si tu veux pour te prévenir.

– Mais je ne peux pas…, murmure-t-il.

– De quoi ? Qu'est-ce que tu as dit ? Je n'ai pas compris, s'enquiert-elle.

Il relève la tête et croise son regard interrogateur. Il ne répétera pas ces mots qui lui ont échappé, il ne veut pas qu'elle lui pose d'autres questions. Il faut qu'il le voie maintenant et il ne partira pas avant d'avoir une entrevue avec son fils. Demain, la semaine prochaine, ce sera trop tard. Alors, il parle plus fort, déterminé :

– Soit il vient de son plein gré, soit je vais le chercher par la peau du cou. Il va les bouger ses fesses !

Les mots sont martelés avec de plus en plus de force. Il la voit reculer peu à peu comme si elle avait été, elle-même, atteinte physiquement, comme si les mots la percutaient violemment. Pourtant elle résiste et proteste :

– Tu n'amélioreras pas la situation ainsi. Tu dois respecter son choix. La force n'a jamais permis de résoudre ce genre de situation. Il faut juste attendre qu'il fasse un pas dans ta direction. Si tu l'obliges, tu risques de le fermer encore plus. Tu le connais pourtant, tu sais bien comme il est, une fois qu'il s'est braqué, on ne peut plus rien faire.

– Tu vas voir si on ne peut plus rien faire. Je ferai ce que je veux, je suis son père ! T'entends « SON PERE », ce n'est pas un petit morveux de seize ans qui va avoir le dernier mot. Et si pour le voir, je dois aller le chercher jusque dans sa chambre, j'irai ! Crois-moi sur parole ! Tu me connais assez pour savoir que je le ferai et que ce n'est pas la peine de me provoquer.

– Je te l'interdis. Tu n'es pas chez toi ici, et tu n'es pas le chef.

Ça y est, ils retombent dans leur schéma habituel, elle est sur la défensive, prête à s'opposer à lui, à lui cracher au visage toutes les vieilles rancœurs, et lui qui se sent envahi par une colère noire, qui gronde, qui menace. Elle ne veut pas abandonner. Les poings serrés, elle le défie. Alors il se met à crier pour être plus fort, pour se faire entendre.

– MAINTENANT, J'EN AI MARRE, JE SUIS SON PÈRE. IL VA ARRÊTER DE ME PRENDRE POUR UN CON, DE SE FOUTRE DE MA GUEULE ET IL VA RAPPLIQUER TOUT DE SUITE.

– Voilà, tu recommences à utiliser des gros mots, ce n'est pas la peine d'être grossier et de hurler. Tu ne sais faire que ça, tu sais bien que ce langage n'arrange rien, au contraire, il ne fait qu'envenimer les choses.

– Arrête tout de suite ! prévient-il.

– Quoi ?

– De me donner des leçons, de faire comme si j'étais un gamin. Je parle comme je veux et si j'ai envie de dire que la situation me casse les couilles, je le dis. Ce petit con se fout de ma gueule et tu voudrais que je l'accepte sans rien dire peut-être ?

– On ne peut pas parler avec toi sans que tout de suite

tu t'énerves, tu insultes. Tu n'es pas capable de parler autrement, avec des mots corrects, comme les gens normaux. Tu n'as que des mots grossiers à la bouche qui ne servent à rien.

– ARRÊTE ! JE TE LE DIS : ARRÊTE !

Il hurle maintenant, le sang bouillonne dans ses veines : il faut qu'elle se taise, la cocotte-minute est encore montée d'un cran. Mais elle ne veut pas calmer le jeu, elle en a marre de ses colères, marre de le ménager, elle l'a fait durant toutes leurs années de vie commune et là, elle n'en peut plus. Elle ne veut plus prendre sur elle en permanence et oublier ses propres émotions et désirs.

Alors les mots sortent aussi de son côté.

Elle aussi se met à crier.

Ils ne s'écoutent plus et les reproches, violents, fusent de chaque côté.

Encore une fois.

oOo

Les cris se sont intensifiés, le sortant de sa rêverie.

Pourquoi ses parents ne mettent-ils pas une bonne fois pour toutes fin à leur mariage au lieu de continuer à se voir et à se bouffer le nez, à croire que les engueulades les font kiffer.

Il enfouit sa tête dans l'oreiller et tente ainsi de ne plus les entendre, mais certains sons continuent à filtrer.

La dispute a l'air encore pire que d'habitude.

Exaspéré, l'adolescent se lève et ouvre sa porte à la volée.

Plus il approche et plus il comprend ce qu'ils se disent.

– J'en ai marre d'entendre toujours la même chose, tu n'es pas capable de voir la réalité en face. Tu rends les autres responsables de ce qui t'arrive, mais il faut que tu tournes la page. Tu ne peux pas ruminer indéfiniment. Tu te fais du mal et en même temps tu fais souffrir les autres !

– Mais elle a tout foutu en l'air ! Avant qu'elle se pointe, on avait tout, une belle maison, une belle vie, on faisait des tas de projets. J'ai trimé pour en arriver là, comme un dingue, j'ai voulu le meilleur pour nous et j'y suis arrivé. On avait tout pour être heureux. Et tout est parti. Tu voudrais que je balaie tout aussi facilement que…

Il ne finit pas sa phrase, Marc entend sa mère s'exclamer :

– Que moi ! Dis-le ! Mais vas-y, dis-le puisque tu le penses. Tu crois vraiment que j'ai pu tout oublier du jour au lendemain, notre mariage, notre vie de famille, faire une croix d'un claquement de doigts sur nos souvenirs. Mais si c'est ce que tu penses, alors vraiment après toutes ces années, tu me connais bien mal ! Et alors, il vaut mieux qu'on se quitte, nous n'avons plus rien à faire ensemble.

Ils ne se sont même pas rendu compte que Marc les a rejoints, qu'il les observe depuis le couloir, n'ayant pas le courage de rentrer dans le salon. L'un en face de l'autre, ils se fixent comme des chiens prêts à s'égorger.

La tension est palpable, l'air semble vibrer autour d'eux.

– J'en ai marre de supporter tes reproches en permanence, je n'en peux plus, je veux passer à autre chose, pas seulement pour moi, mais pour notre fils aussi.

Il faut que je pense à lui, la situation doit changer. Tu t'enfonces dans ton truc, et tu nous entraînes avec toi ! J'ai parfois le sentiment que tu voudrais que l'on plonge avec toi, que tout le monde soit malheureux comme toi et que l'on ne remonte pas la pente : je refuse de te suivre. Je dois sauver Marc.

– Parce que moi, je n'y pense pas, à Marc, tu crois que je n'en ai rien à foutre peut-être de mon fils !

– Je n'ai certainement pas dit un truc pareil, mais il va mal en ce moment, tout ce cirque est en train de le bousiller lui aussi. À l'école, son comportement a changé, il est devenu plus agressif. La semaine dernière, il a même été insolent avec un de ses professeurs.

– Pourquoi tu ne me l'as pas dit ?

– J'ai hésité et après j'ai pensé que tu allais t'énerver.

– Et donc tu as préféré me le cacher ! Je n'ai plus le droit d'intervenir dans la vie de mon fils ? Tu veux m'enlever mon rôle de père ?

Elle soupire.

– Bien sûr que non, tu as le droit de t'en occuper, mais je ne suis pas certaine que ce soit la bonne solution de lui crier dessus.

– Ah, parce que toi tu sais évidemment ce qu'il faut faire, tu le sais mieux que tout le monde d'ailleurs ! ironise-t-il.

– Arrête ! Je te dis juste qu'il faut absolument que les choses changent avant qu'il ne soit trop tard. Marc n'a rien demandé, mais il se retrouve au milieu de nos problèmes, de tout ce gâchis et il ne mérite pas de payer à notre place. Il doit être épargné.

– Une fois que j'aurai réglé les choses avec elle, tu verras, tout changera alors et on pourra repartir de zéro, on recommencera tout, on pourra reconstruire notre famille, comme avant et Marc ira mieux. Si on est heureux, il le sera aussi.

– Mais de quoi parles-tu ?

– Tu sais bien, cette femme, c'est sa faute ! Il faut qu'elle paye pour que la situation redevienne comme avant.

– Non, non, Christophe, arrête, je t'en prie ! Elle n'y est pour rien, elle faisait juste son métier. Ce n'est pas possible de toujours ressasser la même rengaine ! Jamais tu n'arrêteras, tu n'arriveras pas à te sortir cette idée de la tête ! Tant que tu penseras ainsi, on ne pourra pas avancer. Tu es enfermé dans ce schéma depuis que c'est arrivé et tu ne peux plus en sortir, mais moi je refuse catégoriquement de m'y mettre avec toi. Tu ne peux pas la rendre responsable ! Ce n'est pas sa faute !

– Si ! Cette salope nous a pris notre maison ! On a vécu dedans pendant des années, on l'a aménagée, décorée comme on voulait, notre fils est né là-bas, y a grandi, tous nos souvenirs s'y trouvent, personne n'avait le droit de nous en chasser et de se les approprier.

– Et qu'est-ce que tu vas faire ? L'insulter de tous les noms d'oiseaux que tu connais ? Lui casser la figure ? Tu te sentiras mieux après ? Tu risques juste de t'attirer encore plus d'ennuis. Tu souhaites vraiment que ton fils vienne te voir enfermé entre quatre murs au milieu d'autres malfrats ? Tu veux le détruire complètement ?

Il va répliquer lorsqu'ils entendent :

– Ce n'est plus la peine, papa, c'est réglé.

– Tu es certaine qu'ils n'ont pas de chat ? Ils en ont peut-être adopté un pendant que tu étais partie en vacances, interroge Françoise.

– Mais non, le fils, Grégory, est allergique, explique Délia Rousseau, tu te rappelles, quand ta chatte Clochette a eu des petits et que tu cherchais à les placer, j'ai demandé à mes voisins. Héloïse m'a dit qu'elle aurait bien aimé mais que c'était vraiment délicat. Son fils éternue, ses yeux deviennent rouges et gonflent au contact d'un chien ou d'un chat. Ils en ont eu un pendant deux jours et ça a été un calvaire.

– Peut-être a-t-elle menti pour pouvoir refuser poliment. Certaines personnes n'aiment pas les animaux et ne veulent tout simplement pas s'en encombrer. Elles ne réalisent pas que les petites contraintes engendrées par les animaux de compagnie sont insignifiantes en comparaison de tout ce qu'ils nous apportent, l'affection, une présence rassurante.

– Non, j'ai vu de mes propres yeux Grégory se faire disputer par son père parce qu'il avait caressé le chat de Madame Moirey, la voisine de l'autre côté de la rue. Le gamin avait les yeux déjà tout gonflés. François a menti mais je ne comprends pas pourquoi il a inventé cette histoire de chat. S'il y avait quelqu'un dans la chambre, il suffisait de me le dire.

Un cri dans le téléphone fait sursauter Délia qui manque de faire tomber le combiné.

– Mais tu es folle ! Tu m'as fait peur.

– Oh, non Délia, murmure Françoise avec la voix tremblante. C'est affreux.

– Qu'est ce qui est affreux ?

– Et si ton voisin avait fait comme dans *Jessie* de Stephen King.

– Mais non, ne dis pas de bêtises, ce n'est pas son genre.

– Tout le monde dit la même chose que toi après coup. Personne ne peut imaginer que son gentil voisin est le tueur dont parlent les journaux, celui qui étranglait les jeunes femmes, la nuit tombée dans un parc ou que le fils des voisins, toujours prêt à rendre service, a violé sa petite amie.

– Arrête ! s'exclame Délia. Il y a des malades partout mais je connais nos voisins depuis plusieurs années. Je m'en serais rendue compte tout de même si le mari était dérangé.

– Mais le mari de Jessie non plus n'était pas un psychopathe dans l'âme. Simplement il avait envie de jouer avec sa petite femme chérie et son jeu a mal tourné.

– C'est le moins qu'on puisse dire. Tu te souviens tout de même qu'il menotte sa femme et qu'il refuse de la détacher lorsqu'elle change d'avis et qu'elle ne souhaite plus participer à ses activités sexuelles et perverses.

– Au départ, Stephen King le décrit comme un bon

père de famille, au physique quelconque, un homme que tu pourrais facilement inviter à dîner chez toi et dont tu ne te méfierais pas du tout. Comme ton gentil voisin.

Délia ne peut se résoudre à adhérer au scénario proposé par Françoise. Les mises en garde de son mari lui reviennent en tête *Méfie-toi de ton amie, elle est toujours en train d'imaginer le pire, elle voit des violeurs et des assassins partout, un jour, elle va même m'accuser des pires atrocités, tu verras !* Et si cette fois, Françoise n'exagérait pas ? Si elle avait vu juste : derrière le rideau d'une vie respectable et paisible, le voisin cachait des actes monstrueux. Si à la place du chat, c'était en fait sa voisine qui était enfermée dans la chambre et qui appelait à l'aide.

– Délia, tu es toujours là ?

– Oui, je réfléchissais.

– Alors tu penses que j'ai raison ?

– Laisse-moi réfléchir, veux-tu ? C'est grave comme accusation.

Françoise proteste, puis finit par se ranger à cet avis. Les deux femmes discutent encore quelques minutes avant de raccrocher. Délia se dirige vers la fenêtre et jette un coup d'œil en direction de la maison des Huchet.

Une lumière située au premier étage attire son regard.

Dans la chambre des parents.

Délia l'observe quelques minutes.

Elle a un mauvais pressentiment, l'impression que quelque chose de grave va arriver. Pierre, avec son esprit terre à terre, ne croit pas du tout à l'intuition, mais Délia sait bien que ça existe.

Quand leur fille Cristina est tombée de cheval en colonie de vacances, Délia l'a senti, alors qu'elles étaient séparées par quatre cents kilomètres. Son instinct de mère avait parlé.

Pierre rétorque que c'est une coïncidence, que de toute façon, en tant que mère poule, elle s'inquiétait sans cesse et que, lorsque le téléphone avait sonné, son angoisse s'était exprimée et avait anticipé l'annonce de la chute.

Son mari a beau prétendre que tout va bien chez leurs voisins, Délia, les yeux toujours fixés sur leur fenêtre, sait que quelque chose cloche chez eux.

Il faut qu'elle en ait la certitude.

Sa vision commence à se brouiller et sa poitrine se serre. Son cœur bat à un rythme brutal et son visage a perdu toutes ses couleurs.

Héloïse devine qu'elle perd pied. Il lui faut vite réprimer cette bouffée d'angoisse. Sans aucune explication, elle se dirige vers les escaliers, grimpe les marches précipitamment et pousse la porte de la salle de bain.

La main tremblante attrape le tube d'antidépresseur, dévisse maladroitement le bouchon et laisse tomber deux cachets bleus sur sa langue.

Sophie Lonbou, quelle vipère !

Une belle garce qui a su profiter de sa position privilégiée pour l'humilier. Elle sait pertinemment que son employée n'a aucun moyen pour riposter. La femme d'affaires a de l'argent et un bon carnet de relations.

Héloïse est coincée et n'a pas d'autre choix que d'accepter son triste sort : elle a été licenciée. Même si l'idée de porter plainte pour abus de pouvoir la tente, elle se doute que le combat sera perdu d'avance. La situation ne fera même qu'empirer puisqu'elle sera obligée de payer un avocat. Et elle n'a certainement pas les moyens de dépenser inutilement son fric.

Mais cette peau de vache ne perd rien pour attendre.

Dès que Bastien l'appellera, elle l'aura sa vengeance, elle lui fixera rendez-vous et ils s'offriront du bon temps tous les deux. Quitte même à faire durer l'histoire plus que nécessaire pour bien humilier la vieille.

Elle imagine déjà la scène, Bastien et elle au lit, en train de baiser tout en se moquant ouvertement de cette garce, de cette cougar qui a décidé de s'offrir un petit jeune. Avec de l'argent, elle croit que tout lui est dû, que tout s'achète.

Quand on naît avec une cuillère en argent dans la bouche, on n'a vraiment aucun mérite, tout est facile, on vous paye les écoles privées, les cours particuliers. Toutes les portes s'ouvrent comme par miracle. Les meilleures places vous sont réservées. Pendant ce temps-là les autres triment.

Héloïse a mis des années avant de grimper l'échelle sociale et du jour au lendemain, Sophie Lonbou a balayé ses efforts. Si elle savait ce que ses employés disent derrière son dos, elle ferait moins la fière. Elle s'est offert un petit jeune avec son fric, un bad boy. Héloïse a entendu les autres filles de l'agence dire que Bastien dormait quasiment dans la rue avant de rencontrer la patronne. L'une d'elles a ajouté qu'il avait même un passé douteux, une vague histoire d'agression physique, mais quand on lui a demandé d'où elle tenait l'information, elle a juste bafouillé qu'elle en avait entendu parler, un bruit de couloir.

Elle essuie rageusement les traces de larmes, se passe

le visage sous le robinet d'eau froide. C'est décidé : elle prend le taureau par les cornes et elle lui dit de partir. Il est temps de se mettre à rechercher un boulot avant de se retrouver dans une situation délicate, et avec lui dans les pattes, elle ne pourra pas le faire sérieusement.

Héloïse respire un grand coup, ouvre la porte, prête à lui dire de partir, mais les mots restent coincés dans sa bouche lorsqu'elle le découvre derrière la porte.

Ce n'est pas très gentil de me laisser en plan !

Elle n'apprécie pas le ton avec lequel il a prononcé ces mots. Et sa présence l'insupporte tout à coup terriblement, elle décide de lui demander de partir sans autre ménagement mais n'en a pas le temps.

– Allez, faut relativiser, je vois bien que ça t'a filé un coup mais ce n'est pas si grave ! Tu vas en retrouver du boulot. Il y en a des offres pour ceux qui veulent vraiment bosser. Pour le moment, laisse-toi aller et profite de tes vacances.

Les mots pénètrent lentement dans son cerveau. Mais lorsqu'elle les comprend, elle crache, furieuse :

– Non, mais ça ne va pas, tu es débile ou quoi !

La colère a remplacé l'abattement. De quoi se mêle-t-il ? En plus, il a l'air de s'amuser ! Elle se retrouve au chômage à plus de quarante ans et monsieur se marre !

– Tu trouves ça drôle peut-être ? Tire-toi de chez moi ! Je ne te connais pas, je ne sais même pas qui tu es, mais je sais une chose, je ne veux plus voir ta gueule chez moi.

Elle le fixe rageusement, mais il ne bouge pas d'un millimètre. Un rictus déforme sa bouche. Elle frissonne face à ses yeux dans lesquels brille maintenant une lueur mauvaise.

– Tu ne me parles pas sur ce ton ! déclare-t-il d'un ton

cinglant.

Elle sent son estomac se nouer, des frissons sur sa peau. Il n'est plus le même. En quelques secondes, la transformation a été radicale. Elle le dévisage attentivement, il n'y a plus aucune trace d'amabilité et elle perçoit au contraire une nette tension comme s'il était prêt à lui sauter dessus. Elle recule de quelques pas et l'angoisse grandit quand elle se rend compte que son sourire s'agrandit.

– Ce n'est pas bien de me provoquer, lui reproche-t-il.

Elle hésite. Doit-elle lui répondre ? Elle sent que son estomac se noue. Elle reste muette.

– Tu veux que les règles changent ?

Toujours incapable de répondre, ses jambes se mettent à trembler. Il fait un pas dans sa direction. Elle recule et se retrouve coincée avec lui dans la salle de bain. Il fait un autre pas.

La gifle la projette tête la première sur le lavabo.

Trou noir.

oOo

Le contact froid du carrelage sur sa joue sort Héloïse de sa torpeur. La femme pousse un gémissement puis se met debout. Une boule d'angoisse logée au creux de son ventre diffuse son flot d'appréhension dans ses veines et grandit d'heure en heure. Héloïse a la chair de poule et ses dents claquent de façon incontrôlable.

Elle va craquer.

L'impression désagréable de ne plus être chez elle ne la quitte plus à présent, elle commence à avoir les nerfs à fleur de peau. Une larme coule sur sa joue. Elle a peur de l'homme qu'elle a ramené.

Elle se décide malgré tout à ouvrir la porte.

L'homme est assis sur le bord du lit et il tient des ciseaux dans la main droite. Des morceaux de papiers jonchent le sol à ses pieds. Il en froisse un nouveau qu'il jette.

Elle s'avance lentement, ses pas ne produisent aucun bruit sur le parquet.

Arrivée à deux mètres de lui, elle réalise avec un hoquet de surprise qu'il a soulevé la boite posée sur la commode de la chambre.

Il a fouillé dans son intimité.

Et il est tout simplement en train de découper un des documents qui y étaient enfermés.

– Non, mais ça va pas, t'es pas bien. Qui t'a permis de faire un truc pareil ? s'exclame-t-elle en se jetant sur lui pour récupérer la feuille.

En réaction, il la repousse violemment du bras, elle trébuche. Puis, il se retourne et son expression lui parait dangereuse. Un frisson d'angoisse descend le long de sa colonne vertébrale. Elle recule instinctivement de deux pas mais sa colère prend le dessus. Elle avance de nouveau, tend le bras et attrape le papier qu'il tient encore à la main. Elle le brandit, furieuse :

– Tu te permets de fouiller dans mes affaires ! Et tu déchires du courrier perso ! Mais de quel droit ? Tu te prends pour qui ?

La gifle la prend complètement au dépourvu. Elle sent une douleur sur la joue gauche et vacille en arrière avec un petit gémissement plaintif. Un sourire grimaçant apparaît sur le visage de son amant. L'expression que voit Héloïse à ce moment-là ne laisse planer aucun doute, il est furieux.

Il la toise quelques instants, en silence, son regard détaillant froidement son corps.

Héloïse sent encore la chaleur sur sa joue et elle voit la grimace s'élargir, découvrant des dents blanches. Un sourire de carnassier.

Tout à coup, Héloïse se sent fragile, visiblement il ne veut pas répondre à ses questions et se révèle même dangereux.

Mais qu'a-t-elle fait pour provoquer une telle réaction ?

Elle perçoit sa colère et se sent en même temps glacée au-dedans comme au dehors.

Qui est cet homme qu'elle a invité chez elle, qui a partagé son lit ?

Elle se rend compte qu'elle ne sait rien, et qu'elle a été inconsciente d'accueillir un parfait inconnu chez elle.

Personne ne sait qu'il est là.

Pourtant ce n'est pas faute d'entendre à la télévision et de lire dans les journaux des histoires sordides de meurtres, de viols et d'agressions. Une flopée d'images surgit dans son cerveau, des corps mutilés, des visages grimaçants sous la douleur. Son esprit s'emballe et fonctionne à plein régime. Difficile de se contrôler, elle a l'impression qu'elle a fait une belle connerie. Elle en prend conscience brutalement lorsqu'elle croise son regard impassible, dénué de toute sympathie.

Un sentiment d'angoisse l'envahit complètement, menaçant de la submerger et de lui faire perdre pied. Prête à hurler pour demander de l'aide, elle est stoppée dans son élan par les mots qu'il prononce les dents serrées, les yeux rivés aux siens :

– Ça commence. Les comptes doivent être réglés. Il est temps que tu payes.

oOo

En gémissant sous la douleur, Héloïse Huchet reprend conscience avec une migraine intense qui lui vrille les tempes.

Elle est allongée sur son lit.

La pièce est plongée dans une totale obscurité.

Déstabilisée, elle jette un coup d'œil à son réveil pour vérifier l'heure, il est 15 heures 15. Intriguée, elle tourne la tête en direction de la fenêtre et s'aperçoit, surprise, que les volets sont descendus.

Pourquoi ?

A-t-elle décidé de faire une sieste ?

Son esprit est envahi par une sorte de brouillard mais elle sait que la situation n'est pas normale. Quelque chose cloche. Et la boule d'angoisse logée au creux de son ventre le lui confirme. Une sensation douloureuse sur son visage ajoute à sa confusion. Passant plusieurs fois sa langue sur ses lèvres, elle sent une croûte séchée. Ses lèvres fendues gardent le goût métallique du sang.

Elle veut se lever et réalise avec effroi que ses poignets sont liés aux montants du lit. Un sentiment de peur l'envahit. Ravalant difficilement sa salive, elle tente de tirer dessus pour se libérer, sans succès. Elle écoute, essayant de percevoir un bruit quelconque dans l'appartement.

Rien, celui-ci parait désert. Un silence sépulcral règne tout autour d'elle, intensifiant encore plus son angoisse.

Que se passe-t-il ?

Pourquoi est-elle attachée ?

Son désarroi la fait trembler. Un élancement sur la joue lui rappelle alors brutalement les derniers événements et elle se remémore la phrase qu'il a prononcée :

*Ça commence, les comptes doivent être réglés.*

Mais de quoi parle-t-il ?

Elle n'en a absolument aucune idée.

Quels comptes ?

Qu'a-t-elle fait pour qu'il parle ainsi ?

Elle ne l'a jamais vu avant, sinon elle s'en serait souvenue tout de même ! Elle a un doute pendant quelques secondes car elle n'est pas très physionomiste, et avec tous les médicaments ingurgités ces derniers mois, elle a parfois le sentiment que des souvenirs lui échappent. Des moments qui restent flous.

Dans cette position, sa nuque et ses épaules la font souffrir. Elle essaye de se redresser un peu et ressent un élancement douloureux. Impossible de bouger d'un petit centimètre. Ses bras, tirés en arrière, restent inertes et insensibles, comme du caoutchouc mou. Lentement, calmement, elle tire pour tenter de se dégager, mais le seul résultat qu'elle obtient est une douleur fulgurante dans le haut de ses épaules.

Elle persiste, essayant de détendre les nœuds. Si seulement, elle réussissait à élargir l'ouverture de quelques millimètres, elle tenterait de glisser ses doigts. Elle franchirait l'obstacle de ses os saillants, et pourrait alors faire passer des parties plus souples pour s'en extraire.

Crispée, elle tire encore plus fort, concentrée sur les sensations ressenties, les muscles tendus comme des arcs.

La sueur perle sur son front, ses joues et glisse même au creux du sillon de son nez.

C'est une sensation désagréable dont elle se préoccupera plus tard.

Elle accentue la tension mais rien ne se passe, rien ne bouge. Les liens ne se détendent pas.

Tout à coup, une douleur cuisante dans la nuque juste au-dessus de l'épaule droite provoque une grimace et une crampe musculaire violente. Avec un gémissement, Héloïse laisse reposer sa tête en arrière, contre l'oreiller pour tenter de l'atténuer. Le muscle froissé est contracté en flexion, dur comme du bois. Haletante, elle laisse les ondes de souffrance la parcourir en espérant qu'elles finiront par se calmer. Mais qu'elle se soit allongée maintenant ne réussit pas à la soulager, elle découvre que cette posture accentue même la pression sur son muscle endolori. D'instinct, elle enfonce ses talons dans le matelas, soulève les fesses et pousse sur ses jambes. Ses bras fléchissent et la tension exercée sur ses épaules se relâche légèrement. Héloïse pousse un soupir de soulagement et maintient cette position durant quelques secondes, le temps que la crampe dans son deltoïde commence à s'estomper et disparaisse. Mais elle doit se rendre à l'évidence : ses efforts pour se libérer n'ont servi à rien.

Son espoir de se dégager s'amenuise.

La tête lui tourne maintenant et elle souhaite s'évanouir de nouveau pour échapper à ce supplice, à la douleur qui lui arrache des larmes brûlantes. De profondes marques rouges apparaissent maintenant sur la chair de ses poignets sous le renflement du pouce, sur le dos de la main et le réseau bleuâtre des veines. Elle sent encore un léger élancement alors même qu'elle a relâché la tension.

Elle a des fourmis dans les avant-bras et des picotements jusqu'au bout des doigts. Elle ouvre et referme plusieurs fois les mains, grimaçant de douleur à chaque fois.

Il faut sortir de là.

– Hé ho, y a quelqu'un ?

Au moment précis où elle prononce ces mots, elle les regrette en se souvenant de la gifle reçue. Aucune envie de le revoir, mais d'un autre côté, elle ne peut pas rester dans cette position.

S'efforçant toujours de ménager son cou et son épaule, Héloïse se déporte vers la gauche aussi loin que le lui permettent les liens. Ce n'est pas grand-chose, cinq ou six centimètres tout au plus, mais qui élargissent suffisamment son champ de mouvement. L'obscurité commence à l'angoisser sérieusement.

– Hééééé, je sais que t'es là, alors tu t'amènes maintenant et tu me libères !

Elle écoute, rien ! Personne ne vient.

– ÇA SUFFIT LES CONNERIES ! hurle-t-elle, s'égosillant.

Mais elle doit se rendre à l'évidence, cela ne sert à rien. Héloïse ferme les yeux très fort, la migraine lui brouille l'esprit.

La panique menace de la submerger, montant en vagues de plus en plus fortes, déjà sa vue se trouble, elle sent qu'elle va s'évanouir à nouveau.

Quelques semaines plus tôt, pendant un séjour dans une maison de repos, elle a effectué une psychothérapie mais cela n'a pas servi à grand-chose. Elle garde tout de même en tête les conseils prodigués par sa thérapeute. Lorsque la tension devient trop grande, et qu'elle menace de déborder, il faut fermer les yeux, se fermer au monde extérieur, respirer plusieurs fois à fond, compter jusqu'à dix lentement, se concentrer seulement sur son corps, sentir les pulsations se calmer peu à peu pour retrouver un rythme normal. À quelques reprises, elle a essayé, et en général, les conseils ont porté leurs fruits.

Cette fois encore, elle applique les recommandations du médecin et sent la panique refluer peu à peu jusqu'à disparaître complètement. Elle inspire une dernière fois profondément et est soulagée de constater que son pouls a ralenti, passant du galop au trot.

Pour cette fois, elle a su gérer la crise, maintenant elle doit examiner la situation calmement et trouver une solution. Il doit y en avoir une.

Comme lui a expliqué un jour son médecin, un problème parait souvent très gros jusqu'à ce qu'on en parle. Une fois révélé au grand jour, on a la surprise de découvrir qu'il était en réalité ridicule et qu'on s'est inquiété pour pas grand-chose. Alors même si elle a le sentiment que la situation actuelle est grave, qu'un grand danger la guette, elle doit absolument se calmer et trouver comment s'en sortir.

Elle a pris la décision d'arrêter cette thérapie, certains secrets ne peuvent pas être révélés… à personne.

Quelques semaines plus tôt
Cabinet du docteur Lachard

*– Oui, c'est vrai quand j'étais petite, je ne m'appelais pas Héloïse mais ne cherchez pas midi à quatorze heures, reconnaissez, vous aussi, que le prénom choisi par mes parents était affreux.*

*Hélène, non mais quelle idée !*

*Pardon si vous connaissez des femmes ou si une de vos amies s'appellent ainsi, mais moi je ne le supportais plus. Il me rappelait trop de mauvais souvenirs.*

*Les parents devraient réfléchir à deux fois avant d'attribuer un prénom à leur enfant. Ils vont le porter toute leur vie. J'ai croisé une femme qui s'appelait Lily. C'est bien pour une petite fille ou pour une* mamie, mais *comment voulez-vous assumer des responsabilités importantes en vous appelant Lily ?*

*Bonjour, je suis chef d'entreprise et je m'appelle Lily. Complètement ridicule !*

*En plus, j'avais besoin de tourner la page. Il fallait que je marque le coup.*

*Il y a bien une chose pour laquelle je suis douée, c'est de passer à autre chose, de couper les ponts.*

*Et il fallait bien avancer.*

*Certaines personnes partent dans une autre ville pour faire leurs études, pour grandir. Moi, il fallait quelque chose d'encore plus radical. Un peu comme un serpent qui change de peau.*

*J'ai mué en devenant Héloïse.*

oOo

À l'école, elle enviait les autres filles de sa classe qui s'appelaient Carla ou Noémie, des prénoms évoquant des paysages étranges, exotiques aux couleurs chaudes, des personnalités fortes, au tempérament bien trempé, pas comme Hélène. Sans même la connaître, les gens semblaient la classer déjà dans la catégorie des filles sages, gentilles, presque fades, de celles que l'on oublie sitôt le dos tourné.

Alors lorsqu'elle a souhaité commencer une nouvelle vie, la première étape a été tout naturellement de modifier son prénom en Héloïse.

Il a fallu quelques mois pour s'habituer à sa nouvelle identité, mais il était tout simplement hors de question de revenir en arrière. Avancer était primordial pour qu'elle aille mieux, pour qu'elle puisse s'en sortir.

C'était la première phase.

Elle a même fini par avoir le sentiment qu'elle s'était toujours prénommée de cette façon. Son ancienne identité a littéralement disparu de sa mémoire, effacée à jamais avec d'autres souvenirs.

Pour tous, elle est Héloïse, une femme qui marque les esprits et qui vit sa vie intensément, sans penser aux lendemains.

L'annonce à ses parents fut presque comique.

*Des années plus tôt*

Avant d'appuyer sur la sonnette, elle contemple les dalles grises entretenues avec un soin maniaque, l'œuvre de son père qui n'admet aucune imperfection.

*La nature est un animal sauvage qu'il faut savoir apprivoiser et dompter, quand vous possédez un jardin, vous devez le dominer et en être le maître !*

Il passe des heures à couper les fleurs pour qu'elles gardent une hauteur acceptable selon des critères très personnels, les mauvaises herbes sont chassées avec hargne, les buissons scrupuleusement taillés deux fois par an. Aucune folie n'est autorisée, tout est contrôlé et surveillé. Il critique ouvertement le jardin de ses voisins dans lequel l'herbe envahit tout.

Le pire pour lui ? Les baraques recouvertes entièrement par le lierre. Voir cette végétation folle galoper sur la façade, en prendre possession, s'insinuer dans la moindre fissure le rend cinglé.

« Voilà un beau gâchis ! grogne-t-il en passant devant, ça doit grouiller de bestioles. Je t'y mettrais le feu tout simplement ».

Me voilà de retour chez *Les Bidochon*, murmure-t-elle, surnom qu'elle a attribué à ses parents lorsqu'elle a découvert la bande dessinée et qui leur allait comme un gant.

Il est 14 heures, à tous les coups je parie que Raymonde, charentaises aux pieds, va venir ouvrir pendant que Robert se prélasse devant une série télévisée bidon.

Elle sonne.

Sa mère lui ouvre la porte.

Bingo ! pense Héloïse, en détaillant la femme qui affiche une expression de surprise. Les années ne la ménagent pas, elle a encore bien vieilli depuis la dernière fois. On lui donne facilement soixante ans alors qu'elle est loin de les avoir, mais il faut dire que sa tenue n'arrange rien, une robe grise informe sur laquelle elle a enfilé un long tablier bleu foncé.

Qui, de nos jours, porte encore un tablier et encore pire, toute la journée ?

Il n'y a que sa mère pour le faire.

Son regard détaille les cheveux attachés le matin, à la va-vite, en un chignon vague, les bas de contention pour soulager les jambes lourdes, et les vieilles pantoufles bleues, avec un minuscule trou au niveau de l'orteil gauche. Pas de petites économies, sa mère les changera uniquement lorsqu'elles seront complètement usées. Aucun maquillage pour cacher les cernes ou embellir le visage, les rides, bien visibles, révèlent le poids des années.

Les embrassades sont un peu hésitantes et maladroites, sa mère n'a jamais été très démonstrative, pas d'effusion de tendresse chez Les Bidochon.

Héloïse la suit au salon, son père est en train de regarder la télévision, installé à sa place habituelle dans le fauteuil situé à côté du canapé. Il lève les yeux en entendant du bruit et fronce les sourcils en la découvrant.

– Tiens, une revenante ! Tu t'es souvenu qu'on existait, déclare-t-il d'un ton sec, sans prendre la peine de se lever.

Comme d'habitude, il a suffi de quelques mots pour que son père la mette mal à l'aise et lui donne envie de tourner immédiatement les talons pour sortir de cette maison et l'oublier à jamais. Pendant un court instant, elle regrette même d'être venue puis se rappelle le but de sa visite. Elle esquisse un sourire. Dans une minute, les rôles seront inversés, ce sera à son tour de se sentir mal.

– Pourquoi es-tu là ? Qu'est-ce que tu veux ? ajoute-t-il.

– Rien, je passais dans le coin et je me suis dit que j'allais venir vous faire une petite visite, répond-elle d'un air narquois qui n'échappe pas à son père.

Il esquisse un rictus grimaçant, ne commente pas et enchaîne, l'air de rien.

– Tu es venue voir si on était encore en vie. Hé bien, oui, comme tu peux le constater de tes propres yeux, on est toujours là, à la même place, on ne bouge pas et on est en bonne santé, pas encore crevés. Ce n'est pas encore aujourd'hui que tu pourras danser sur nos tombes ni profiter de ton héritage.

À ces mots, elle voit sa mère sursauter et lui jeter un regard inquiet, mais Héloïse ne fait aucun commentaire. Il vaut mieux ignorer ce genre de réflexion. Son père est particulièrement doué dans l'art de titiller les gens, lancer des piques, critiquer jusqu'à ce que son interlocuteur perde pied et s'énerve, alors, tout fier, il a le sentiment d'avoir remporté la partie. Elle dit simplement :

– Je suis contente de voir que vous êtes en forme.

– Pffff, arrête tes conneries ! Tu t'en fous, oui, de ce qui peut bien nous arriver. Sinon, tu ne serais pas partie comme une voleuse. Tu reviens ici seulement quand tu as besoin. Qu'est ce tu veux cette fois, réplique-t-il encore plus hargneux, de l'argent ? Ça doit être ça, tu es sans le sou ! Tu comptes encore sur nous pour te renflouer. Comme si on roulait sur l'or ! J'ai travaillé toute ma vie sans rien demander à personne, moi ! Tu devrais faire la même chose au lieu de vivre aux crochets des autres. On est entouré par des assistés maintenant. Plus personne n'est assez courageux pour se débrouiller seul. On compte sur papa et maman ou sur les allocs. Il faudrait juste se sortir les doigts du cul deux minutes et ça irait mieux pour tout le monde. Alors tu veux combien ?

– Tu te trompes, je ne veux rien vous demander, et surtout pas d'argent. Je suis venue vous annoncer une nouvelle.

– Attends, ne me dis-rien, laisse-moi deviner, je parie que tu es en cloque ! Mais ce n'était vraiment pas la peine de te déplacer pour nous l'annoncer, il suffisait que tu nous envoies un faire-part par la poste, tu n'aurais pas perdu ton temps...

*Et le nôtre suggère le ton hargneux de son père.*

Héloïse sent sa respiration s'accélérer : difficile de garder son calme en entendant les paroles de son père, encore une fois, il a su la déstabiliser.

Il sait toujours.

Sa méchanceté n'a pas de bornes.

Malgré sa résolution de tenir bon, le rouge lui monte aux joues avec l'envie soudaine d'exploser. Elle s'apprête à le faire lorsqu'elle voit le sourire narquois paternel et comprend sur le champ qu'il cherche à la provoquer et qu'il est satisfait de réussir. Mais il n'y parviendra pas ce coup-ci, hors de question de le laisser faire. Alors elle inspire un grand coup, il faut en finir le plus rapidement possible et ensuite elle pourra sortir de cette maison de fous. Elle doit absolument se contrôler, ne pas rentrer dans son jeu, se montrer plus forte et plus intelligente que lui et cette fois, il ne gagnera pas la partie.

– Non, non, rassure-toi, tu n'es pas papy, je voulais juste vous dire que j'ai changé de prénom.

– Quoi ? Qu'est-ce que c'est que cette connerie ?

Héloïse sourit en constatant qu'il parait désappointé. Elle a réussi à ébranler sa cuirasse. Contente de cet effet, elle précise :

– Je ne m'appelle plus Hélène maintenant.

– Tu es folle ma pauvre fille ! Tu entends, la vieille, ce que ta fille a trouvé encore comme idée complètement cinglée ? Elle dit qu'elle ne s'appelle plus Hélène.

Sa mère ne répond pas, se contentant de garder les yeux baissés.

– Et on peut connaître ta nouvelle identité ? Morgane, Tatiana, un truc comme ça. Tu fais comme les actrices de films pornos ? Ou alors tu as préféré un prénom bien américain, à la con. C'est la grande mode. Tous les parents appellent leur marmaille Cindy, Samantha, Kimberly, comme si les bons vieux prénoms français n'étaient plus assez bien pour eux.

– Héloïse.

– Complètement ridicule, ricane-t-il avec mépris. Je ne vois pas ce que tu trouvais à reprocher à Hélène, qui était le prénom de ta grand-mère. Tu n'es vraiment pas nette ! Décidément, il y a quelque chose qui ne tourne pas rond chez toi ! Je ne sais pas ce qu'on a fait au bon Dieu pour mériter ça, mais apparemment, il pense qu'on n'a pas encore assez payé, il en rajoute. Bon, je ne vais pas perdre la journée à écouter tes conneries, je vais me coucher, tu me réveilles dans une heure, la vieille.

Il éteint la télévision, se lève et se dirige vers le couloir sans lui adresser d'autre regard ni même lui dire au revoir.

Héloïse fixe son dos jusqu'à ce qu'il disparaisse puis son regard se reporte sur l'écran noir. Elle entend sa mère murmurer, un sanglot dans la voix :

– Mais pourquoi tu as fait un truc pareil, Hélène ?

– Je viens de dire que je m'appelais Héloïse maintenant, tu n'as pas entendu ? Tu es sourde ou quoi ? réplique-t- elle rageusement avant de se diriger vers la porte d'entrée et de la claquer.

Il est temps de sortir de cette baraque et de ne plus jamais y revenir. Elle désire enterrer cette ancienne Hélène, la laisser derrière elle, avec tous ses souvenirs. Maintenant qu'elle l'a annoncé à ses parents, elle va pouvoir passer à autre chose et pour la deuxième étape, il faut couper les ponts définitivement.

Ses parents sont des gens nuisibles qu'elle devait éliminer si elle voulait avoir une chance de recommencer.

Quelques années après, elle apprit que son père était mort d'une crise cardiaque. Mais pour ne pas raviver des souvenirs pénibles, elle ne prit pas le temps d'assister à son enterrement.

Pour atteindre la seconde phase de sa nouvelle vie, elle décida de se concentrer sur son apparence physique, il était temps de devenir une autre. Dans un premier temps, elle se perfectionna dans l'art de se maquiller. Côté cheveux, elle essaya de multiples couleurs, blonde platine à brune ténébreuse en passant par le roux, le cendré... pour finalement choisir la première.

Tous les styles vestimentaires furent également testés. Elle observait d'un œil attentif la réaction produite sur son entourage pour trouver celui qui la mettrait le plus en valeur. Elle désirait devenir quelqu'un d'autre, oublier complètement la petite fille timide qu'elle avait été.

Hélène n'existait plus, elle avait été définitivement rayée de la carte.

Mais parfois un grain de sable vient se glisser dans le jouet le plus parfait et enraye tout le mécanisme.

Cabinet du docteur Lachard

*– Mon enfance ? Il n'y a pas grand-chose à en dire, je suis enfant unique. J'ai vécu d'abord en ville à Besançon jusqu'à mes seize ans puis mes parents ont décidé de partir à la campagne dans un bled paumé, un village jurassien.*

*Plus de vaches que d'habitants.*

*Papa ne supportait plus le bruit que faisaient les voisins. Il n'arrivait plus à dormir et s'énervait de plus en plus. Il fallait toujours que tout soit comme il l'avait décidé. Ancien militaire, il s'était retrouvé à la retraite très jeune. Si je devais donner un terme pour le définir, je dirais autoritaire. Il croyait que tout le monde devait vivre comme lui, se coucher et se lever à une heure précise, tôt de préférence, suivant le bel adage « le monde appartient à ceux qui se lèvent tôt ». Des proverbes, mon père en connaissait plein qu'il répétait sans arrêt : les chiens ne font pas des chats, à vaincre sans péril on triomphe sans gloire, son préféré : aux grands maux les grands remèdes. Si le monde ne fonctionnait pas correctement, c'était parce que les gens ne respectaient plus rien, qu'il n'y avait plus assez d'autorité. Selon lui, il fallait rétablir un ordre précis avec des chefs qui gouverneraient les autres.*

*Après, j'ai eu de la chance, il était stressant, toujours sur mon dos à vouloir contrôler ma vie, mais j'aurais pu tomber sur pire, un père pervers qui glisse sa main dans ma culotte.*

*Du côté de ma mère, c'était pareil, elle aurait pu être alcoolique, planquer sa vodka sous l'évier pour la boire en cachette. C'était juste une femme discrète, complètement effacée devant son mari. Elle ne vivait que pour s'occuper de lui et de la maison.*

*Dans leur couple, les rôles étaient bien répartis, c'est lui qui criait, qui commandait et qui prenait toutes les décisions, elle baissait la tête et obéissait.*

*Si j'avais des amis ? Oui, à Besançon mais après je me suis retrouvée toute seule. Il faut dire que je n'avais pas les moyens de les voir. Pas le droit au scooter. Papa disait que c'était de l'argent jeté par les fenêtres et que si je voulais, je pouvais prendre le vélo pour aller les voir mais faire soixante bornes me paraissait bien au-dessus de mes forces.*

oOo

*– Vous voulez que je vous parle des événements importants de ma vie ? De l'accouchement de Marina ? Je ne vois pas vraiment pourquoi vous voulez aller dans cette direction, mais c'est vous le médecin. Et si de cette*

*façon, je peux sortir de cette maison de fous, alors allons-y.*

*Il n'y a pas grand-chose à raconter. Tout s'est bien passé.*

*Nous étions mariés depuis un an, nous avions une maison, un boulot chacun, c'était la suite logique. Nous voulions un enfant et Marina est arrivée dans notre vie.*

*Si je la désirais ? Mais bien sûr, comme toutes les mamans.*

*Un baby-blues ? (pas la peine de lui mentir, quelqu'un avait cafté...alors autant tout lui dire). Je ne sais pas si on peut appeler ce que j'ai ressenti un « baby-blues ». Je n'arrivais pas à gérer ce que je ressentais. Parfois, je me mettais à pleurer sans raison particulière, mais je me suis renseignée, les hormones peuvent faire ça. Alors finalement, c'était normal.*

*Je me sentais parfois inutile ou maladroite. Je ne savais pas vraiment comment faire pour m'en occuper. Et cette fatigue que je ressentais en permanence n'arrangeait rien. Le matin, je me réveillais avec la sensation de ne pas avoir dormi. Avec le bébé qui réclamait son biberon toutes les trois heures, ce n'était pas toujours évident de se rendormir après.*

*En plus, il pleurait tout le temps. Et des pleurs de bébé, je peux vous dire que ça finit par vous taper sur les nerfs.*

*Et les coliques, rien de pire.*

*Le pédiatre m'a conseillé des bains chauds, des médicaments, mais le bébé pleurait toujours, et ça pouvait durer des heures. Ce son, comme un gros cafard, grignotait mon cerveau, j'avais l'impression qu'il résonnait, s'amplifiait, je n'entendais plus que lui.*

*Parfois je me disais que c'était ma faute, que j'étais trop stressée et qu'il ressentait mon angoisse. Il paraît que les bébés sont de véritables éponges qui absorbent tout ce qui les entoure.*

*Il devait percevoir ma détresse, mon angoisse.*

*Dans les bras de son père, il se calmait souvent bien plus vite que dans les miens. Il faut dire que François était complètement fou de sa fille.*

*Hélène*

Besançon, maternité *La mère et l'enfant*, 16 ans plus tôt

Les contractions s'intensifient en force et en nombre. La douleur devient d'heure en heure plus intense, plus profonde, plus aiguë. On lui tiraille les entrailles dans tous les sens. Chaque contraction s'annonce de manière lente et s'amplifie sans qu'elle puisse l'atténuer. Héloïse ne peut s'empêcher de gémir.

Faut que ça s'arrête.

Elle ne pourra pas le supporter très longtemps, elle sent déjà qu'elle n'est pas loin d'abandonner.

– Il faut pousser. Encore un effort.

Elle ne peut pas, elle se sent vidée. Le front moite, le visage crispé, elle tente tant bien que mal de se calmer, pratique la respiration du petit chien, abandonne au bout de quelques efforts car cet exercice ne la soulage pas.

Indifférent à sa douleur, le bébé pousse toujours pour se frayer un passage à l'intérieur de sa matrice. La femme se dit qu'il va tout déchirer.

*L'accouchement est un des plus beaux jours dans la vie d'une femme.*

Quelle connerie ! Ceux qui le disent ne sont jamais

passés par là.

Une infirmière se penche. Héloïse croise son regard et y décèle un net reproche. Son bébé n'est pas né et elle ne remplit déjà pas correctement son rôle de mère. Ce n'est tout de même pas si compliqué de pousser pour l'expulser. Tant d'autres l'ont fait avant elle, avec beaucoup moins de moyens.

Elle veut se redresser, mais elle a l'impression que ses muscles se sont transformés en marshmallow et qu'elle est au bord de l'évanouissement. Les contractions ont encore accéléré la cadence. Plus rapprochées, elles ne lui laissent aucun répit.

La tête du bébé se presse maintenant contre la paroi vaginale et la mère pousse un long cri avant de bloquer sa respiration et d'effectuer une puissante poussée. Les chairs se déchirent, la douleur monte mais elle maintient l'effort, encouragée par la sage-femme.

Enfin la libération.

Il est sorti.

C'est terminé.

Épuisée, elle retombe sur le matelas. Elle va pouvoir se reposer.

Un poids pèse brusquement sur sa poitrine. Elle baisse les yeux et a un mouvement de recul lorsqu'elle croise le regard d'un nouveau-né.

– Non, non, je ne veux pas, enlevez-le.

Au début, Célia Ronchou la sage-femme, surprise par la réaction, ne réagit pas mais lorsqu'elle voit que la jeune mère se détourne et que le bébé est sur le point de tomber, elle se précipite pour l'attraper.

Plus tard, Célia Ronchou rassurera le père, déstabilisé par l'attitude de sa femme, en lui expliquant que ça arrive de temps en temps. Sa femme fait une déprime postnatale connue également sous le nom de *baby blues*.

– Ne vous inquiétez pas, elle a juste besoin de temps et de votre présence.

– Mais je ne comprends pas, Héloïse avait l'air si contente d'avoir cet enfant. Et maintenant, c'est comme s'il lui faisait horreur.

– Mais non ! Il lui faut juste un peu de temps. Ça va passer. Entourez-la de tout votre amour et occupez-vous de votre petite fille. Comment l'avez-vous appelée ?

– Marina, murmure François Huchet tout bas tout en portant un regard attendri sur le bébé blotti au creux de ses bras.

Après quelques conseils donnés sur l'organisation des prochains jours, Célia Ronchou s'éloigne d'un pas lourd. Elle espère qu'elle a réussi à le rassurer mais au fond d'elle, une inquiétude persiste parce qu'elle ne lui a pas tout dit. Non seulement sa femme ne veut pas voir son bébé, mais elle affirme avoir accouché d'un garçon. Quand on lui a demandé le prénom qu'elle lui avait choisi, elle a répondu « Marin ». On a eu beau lui répéter qu'il s'agissait d'une fille, elle répétait juste « Marin ».

Il faut espérer que le temps arrange son état.

Son mari est là, il la soutiendra.

Plus confiante, elle pénètre dans une autre chambre.

## Cabinet du docteur Lachard

*Je ne sais pas si j'ai été une bonne mère.*

*J'ai essayé.*

*Mais parfois les crises me reprenaient et je n'avais envie que d'une chose, aller dans ma chambre, m'allonger sur le lit dans le noir complet et dormir, oublier le reste du monde.*

*Quelques heures de répit.*

*Vous allez me dire comme les autres que je me plaignais pour pas grand-chose, que j'avais tout ce qu'il fallait pour être heureuse, un mari, deux enfants en bonne santé, un travail, mais au fond de moi, il y avait comme un vide que je n'arrivais pas à combler. Et parfois j'avais l'impression de tomber dedans, que personne ne me tendait la main et que je ne réussirais pas à remonter.*

*Durant plusieurs jours, je n'étais plus bonne à grand-chose.*

*Les médecins n'ont pas trouvé tout de suite ce que j'avais.*

*Pendant longtemps, ils ont dit que j'étais dépressive. Ils m'ont gavée d'antidépresseurs. Je suis certaine que certains ont même cru que je faisais semblant, que j'exagérais. Ils me posaient toujours les mêmes questions, un peu comme vous. Mais je ne sais pas pourquoi je suis dans cet état-là.*

*Je me sens lasse.*

*J'ai le sentiment que je porte un poids énorme sur les épaules qui me tire vers le bas, qui me projette dans un état léthargique.*

*Toute cette responsabilité à assumer.*

*À l'école, être une bonne élève, toujours ramener de bonnes notes. Expliquer, justifier et se faire punir si la note n'est pas celle attendue par mon père.*

*Cela ne s'arrête jamais.*

*Adulte, on vous demande de tout assurer, le boulot, la maison, les enfants. Certains y arrivent facilement. Pour moi, c'était plus compliqué. Alors de temps en temps, il fallait que j'explose.*

*C'est plus facile de dire qu'une femme est hystérique. Ce mot explique et justifie les crises de larmes, les nerfs qui se détraquent.*

*Après, ils ont diagnostiqué ce que j'avais, j'étais bipolaire.*

*Alors j'ai vécu avec.*

*Marina, 13 ans*

Marina est en pleurs.

Toutes les autres mères venaient aux réunions au collège, pas la sienne, éternelle zombie, éternelle absente.

Son père qui tente de justifier maladroitement :

– C'est plus simple que ce soit moi qui vienne ce soir à ta réunion parents-professeurs.

– Mais pourquoi maman ne vient jamais ?

– Marina, ta mère est dans une période où ça ne va pas très bien. Elle n'est pas en grande forme.

Ses mots sonnent faux. Comment expliquer à une gamine de treize ans que sa mère passe son temps cloîtrée dans sa chambre pour réapparaître d'un coup, joyeuse, presque euphorique ?

Il ne le comprend pas lui-même.

Il tente juste de faire face.

Souvent, il y arrive.

Quand sa femme est dans une bonne phase, les murs résonnent de son rire joyeux, les odeurs de gâteaux et de bons petits plats embaument la maison, elle astique, range et organise des sorties, des pique-niques dans le parc, des repas avec les amis. Le rythme s'affole et il faut s'accrocher pour la suivre. C'est si agréable, l'air vibre d'une émotion positive. Mais quand elle sombre, il prend le relais, c'est lui alors qui gère la maison, c'est lui qui fait en sorte que les enfants ne manquent de rien, qui les nourrit, qui surveille les devoirs, qui veille à ce que cela ne dérape pas. Personne ne pénètre chez eux, personne ne doit savoir. Ils n'en parlent pas, et dès le lever du jour, ils marchent sur la pointe des pieds, comme des voleurs pour éviter qu'elle se réveille.

*Laissez-maman dormir, il faut qu'elle se repose.*

*Ta mère est fatiguée, elle n'assistera pas à ton goûter d'anniversaire.*

*C'est moi qui t'emmènerai ce soir à la piscine, laisse ta mère se reposer.*

*Non, tu sais bien, tes amis ne peuvent pas venir à la maison.*

Souvent les médicaments font leur effet et permettent d'atténuer les crises ou de les raccourcir.

Cabinet du Docteur Lachard

*Je voulais un deuxième enfant.*

*Au début, François était réticent, il disait qu'il fallait attendre un peu, qu'on trouve nos marques, que j'aille mieux, que le traitement fasse effet. Mais je savais que si j'avais un garçon, tout irait mieux.*

*Un peu comme si la boucle était enfin bouclée.*

*Je le sentais au fond de moi, au fond de mes tripes. Il fallait qu'il arrive.*

*Et j'avais raison. Après sa naissance, je me suis sentie bien mieux, mais la maladie est vraiment une saloperie, une sournoise, bien plus forte que moi. Elle est revenue.*

*Aujourd'hui, il faut que je trouve une solution.*

*Ils attendent.*

*Ils méritent mieux.*

*Alors faites votre travail ! Trouvez-moi une solution, un médicament, je suis prête à tout. Mais il faut que ça cesse. Je n'en peux plus de vivre de cette manière. Ce n'est pas humain. Ni pour moi, ni pour eux. Ils méritent mieux.*

*Je dois sortir d'ici. Je ne peux pas rester au milieu de ces tarés.*

*Pardon, si je vous ai choquée, je sais bien que les patients ne méritent pas cette appellation mais tout de même, certains sont très atteints. J'en croise qui passent leur journée assis sur un banc à hocher de la tête et à baragouiner, comme si une petite voix dans leur tête communiquait avec eux. D'autres vous insultent lorsque vous passez devant. Et je ne parle pas de celui qui m'a bavé dessus dans le salon d'hiver.*

*Et les hurlements qu'on entend la nuit !*

*Pensez aux autres ! Administrez-leur des somnifères, doublez les doses si nécessaire, mais qu'ils arrêtent de beugler !*

*Ça me tape sur le système.*

*Il faut que je sorte.*

*Je vous promets que je vais mieux. Que tout ira bien maintenant. Je ne ferai plus de bêtise.*

*Deux semaines, c'est long loin de ma famille.*

*Ils ont besoin que je rentre. Et moi aussi.*

## *Grégory*

À pas feutrés, l'enfant avance dans le couloir.

Il sait qu'il risque de se faire gronder par son père si jamais celui-ci le découvre, mais depuis quelques jours, il se sent triste et il veut la voir.

Il en a besoin. C'est plus fort que lui.

Arrivé devant la porte, Grégory hésite, place sa tête tout contre et écoute mais il n'entend aucun bruit.

Alors il pousse doucement et reste sur le palier pour observer. La pièce est plongée dans une pénombre qui l'empêche de bien voir. Au bout de quelques secondes, ses yeux s'habituent et il commence à distinguer le lit puis la forme emmitouflée dans les draps.

Pieds nus, il s'approche.

Le visage de sa mère, caché en grande partie par les longs cheveux, est tourné dans sa direction.

Elle dort. *Elle se repose.*

Alors il l'appelle le plus bas possible pour ne pas l'effrayer et pour que son père ne l'entende pas :

– Maman... maman… maman.

Au début, rien ne se passe. Puis un léger mouvement, les paupières se soulèvent et elle le regarde.

Il lui sourit.

Elle va le prendre dans ses bras et le câliner. Il va sentir sa chaleur, son parfum. Il est prêt déjà à bondir dans le lit et à se blottir tout contre elle.

Les mots sont presque inaudibles :

– Mon petit Marin, tu es là. Viens tout contre moi.

Elle soulève le drap, il se précipite.

C’est chaud, c’est bon. Elle l'enlace. Il se sent bien. Réconforté, il écoute sa mère lui parler :

– Maman est là, tout va bien, je t’aime mon petit Marin. Il ne pourra pas te faire de mal cette fois. Je te protégerai.

Dans la cuisine, c’est un bruit de sanglots et la voix grave de son père qu’on entend maintenant.

## Cabinet du Docteur Lachard

*– Je me sens coupable, mais je sais pourtant que je n'y suis pour rien.*

*Elle jette un coup d'œil sur le visage de la doctoresse.*

*Impassible !*

*Quoi qu'on lui dise, elle conservait toujours la même expression. Elle ne montrait jamais rien, une vraie façade professionnelle et impénétrable. Avec agacement, Héloïse se demandait souvent ce qui pourrait la faire tiquer.*

*Il lui arrivait de se perdre dans ses pensées et d'imaginer la tête du médecin si elle lui avouait avoir tué quelqu'un, elle hésitait alors à lui raconter les pires horreurs pour la faire sortir de cette impassibilité, pour qu'enfin disparaisse ce sourire imperturbable qui était insupportable à force. Elle hésitait à la provoquer, mais finalement n'osait pas.*

*Comme son mari avait l'habitude de le dire : c'était encore un de ces culs froids, que rien ne faisait frémir, même pas au lit, un vrai glaçon. Au moment de l'orgasme, toi tu jouis, tu cries, ta doctoresse, elle doit manifester son plaisir de façon très polie, très discrète pour ne pas déranger les voisins. Bien élevée, même dans les situations extrêmes.*

*Et alors elle ne pouvait s'empêcher de sourire, se sentant un peu mieux vis-à-vis de cette femme si parfaite.*

*Mais aujourd'hui, elle sait qu'elle doit s'alléger de ce fardeau, sinon il va finir par lui empoisonner l'existence.*

*Aussi sans réfléchir davantage de crainte de changer d'avis, elle poursuit :*

*– Nous avons eu un souci au bureau, un homme est venu à l'agence et il a pété un vrai boulon.*

*– Que s'est-il passé ? Racontez-moi, je vous écoute.*

*– Il est entré, et dès le début, en voyant sa tête, j'ai deviné que ça allait mal se passer, que la situation allait dégénérer. Il avait l'air carrément en pétard, ses yeux faisaient peur. Et j'avais bien deviné. Il s'est mis à crier qu'on était des salauds, qu'on lui avait pris sa maison !*

*– S'en est-il pris à vous physiquement ?*

*Cette question est posée d'un ton parfaitement neutre, un peu comme si elle s'inquiétait du temps qu'il faisait dehors.*

*– Non, il ne m'a rien fait. Et je ne vois pas pourquoi il aurait dû. Je ne suis pas responsable de la saisie de sa baraque. C'est lui le véritable responsable de cette situation, de cet échec. Trop facile d'accuser les autres !*

oOo

Menteuse ! Menteuse !

Le sourire mielleux qui inspire confiance, le discours bien rôdé. Il ne faisait pas le poids.

oOo

Avec effroi, Héloïse l'avait vu s'approcher à grands pas furieux. Pas moyen de fuir.

– Toi, avait-il hurlé.

Elle avait tenté de reculer, mais plus rapide, il l'avait rejointe au moment où elle entrait dans un des bureaux. Pire qu'une solution, elle se trouvait maintenant seule avec lui. Il lui avait agrippé l'épaule, au même moment, un cri avait retenti : c'était Martine, qui appelait les collègues à la rescousse.

C'est toi la salope qui a vendu ma maison !

– Je n'y suis pour rien. C'est la faute de la banque, avait-elle tenté d'argumenter.

Mais en voyant son regard noir, elle avait compris trop tard que ce n'était pas du tout les mots qu'il souhaitait entendre, bien au contraire, cela ne fit que décupler sa fureur. Il s'était mis à la secouer violemment, ses mains accrochées fermement à ses épaules.

– Je t'interdis de te dédouaner comme ça. C'est toujours la même chose. Personne ne veut être responsable et assumer quoi que ce soit. Dans cette agence, vous rejetez sur la banque. Et eux, ils font la même chose. Je suis allé les voir pour qu'ils m'accordent un peu de temps. Je ne leur demandais pas grand-chose, juste quelques jours supplémentaires, le temps que je me retourne, que je puisse trouver une solution. Ils ont eu la même réponse : mais ce n'est pas de notre faute ! J'ai quasiment supplié mon banquier, mais il n'a rien voulu entendre. Avec son air arrogant, il a prétendu que ce n'était pas lui qui décidait, qu'une décision aussi importante n'était pas dans ses compétences. Il ne faisait qu'obéir à sa hiérarchie. C'est facile de se retrancher derrière ce type d'arguments. Comme il ne servait à rien, j'ai demandé à voir un responsable et j'aurais dû m'en douter, ils ont tout bonnement refusé, soi-disant que Monsieur le directeur était trop occupé. Moi, je suis dans la merde, je suis en train de tout perdre, ma baraque, mon entreprise, ma femme et lui… il n'a même pas une minute à m'accorder ! Il a sans doute des préoccupations plus importantes comme jouer au golf, ou vendre encore un de ces crédits qui vous prennent à la gorge. Les rues sont pleines de pigeons prêts à se faire plumer par lui et ses sbires. J'ai tout perdu et c'est TA FAUTE !

Encore plus furieux, il avait accentué la pression, avait levé le bras droit et lui avait attrapé le cou. Il l'avait envoyée valdinguer contre le mur du fond. Elle l'avait fixé, épouvantée, son regard était empli de haine.

Apeurée, elle avait cherché de l'aide et avait croisé les yeux paniqués de sa collègue qui s'était mise à beugler.

Mais il ne l'avait pas lâchée pour autant et avait même recommencé à serrer, l'air lui avait manqué et il s'était mis à lui cracher au visage :

– À tes yeux, je ne représente rien, je ne suis qu'un simple client, un de plus. Tu es vraiment une garce, je vais te faire payer ça.

À ce moment-là, la panique l'avait envahie, elle avait tenté de le repousser mais il était bien trop fort. La pression s'était accentuée encore. L'air commençait à lui manquer. Sa vue avait commencé à se troubler, ses tempes avaient bourdonné, la peur de mourir l'avait envahie. Sa vie allait s'arrêter ici, elle n'aurait jamais pu imaginer terminer ainsi.

Soudain, la pression s'était relâchée, l'air était entré de nouveau. En suffoquant, elle avait vu que Bastien empoignait fermement son agresseur et qu'il l'obligeait à reculer. Christophe Belot, encore furieux, avait tenté de riposter, mais Bastien était en bien meilleure forme que lui, il n'avait eu aucun mal à esquiver le coup et lui avait bloqué le bras, l'empêchant de faire un mouvement supplémentaire.

– Je vous préviens, si vous ne sortez pas tout de suite, j'appelle la police.

Son ton était ferme, et n'avait laissé place à la moindre réplique. L'homme avait semblé le réaliser puisqu'après quelques secondes, avec une lueur de rage pure dans les yeux, il avait hoché la tête pour montrer qu'il abandonnait la partie. Bastien avait hésité, désirant sans doute s'assurer que l'homme ne tenterait rien d'autre, puis il lui avait relâché le bras.

Christophe Belot s'était tenu immobile quelques secondes, les yeux fermés, l'atmosphère de la pièce semblait encore emplie de fureur, on sentait comme de l'électricité, chacun avait retenu son souffle, redoutant la suite. Mais Héloïse avait vu son agresseur hausser les épaules comme s'il avait décidé d'abandonner définitivement la partie et se diriger vers la sortie.

Juste avant de franchir la porte, il s'était retourné, Bastien avait serré les poings, déjà prêt à intervenir de nouveau si besoin. Mais Christophe Belot les avait regardés l'un après l'autre, son regard s'était arrêté sur elle, et il avait dit d'un ton froid :

– Ce n'est pas fini, tu me le payeras !

Bastien avait avancé d'un pas dans sa direction, mais il était parti en claquant la porte. Les collègues d'Héloïse lui avaient conseillé de porter plainte pour agression physique, mais elle avait trouvé que cela ne ferait qu'envenimer les choses.

Et les policiers poseraient trop de questions.

Tout n'était pas bon à dire.

Affichant un calme qu'elle était loin pourtant de ressentir, elle s'était installée à son bureau et avait recommencé à travailler sur un des dossiers en cours. Les autres étaient retournés à leurs propres occupations et c'est seulement quelques instants plus tard qu'elle s'était aperçue que ses mains tremblaient encore, que son pouls battait trop vite. Elle avait relevé les yeux, et tout en s'assurant que Martine Dubois ne la regardait pas, elle avait levé la main droite pour tâter son cou, qui était encore très douloureux.

*Ce n'est pas la peine de tout dire à sa thérapeute, c'est déjà bien assez pour aujourd'hui.*

*– Vous sentez-vous coupable ?*

*– Un peu parfois. Mais il faut que je passe à autre chose, que je rebondisse. Il n'est pas si important.*

*Héloïse enchaîne sur ce qui la préoccupe vraiment.*

*En comparaison, cet incident n'est pas grave. Un minuscule caillou qui s'est glissé sous sa chaussure et qui la gêne légèrement mais qu'elle finira par évacuer d'un simple coup de pied.*

*Il lui suffit de penser à autre chose et rapidement il ne sera plus qu'un simple souvenir, noyé parmi les autres.*

oOo

*– Où voulez-vous en venir, docteur ? J'ai l'impression que les séances ne servent à rien. Vous me demandez de*

*vous raconter des souvenirs, de vous déballer ma vie. Mais je ne me sens pas mieux pour autant. Concentrons-nous sur le présent plutôt.*

*Vous insistez, vous revenez toujours à mes parents.*

*Quand on ne se sent pas bien, quand on déprime, on farfouille du côté de l'enfance pour dénicher un quelconque traumatisme qui expliquerait tout.*

*Un homme tue sa femme, on accuse une mère castratrice qui n'a pas voulu lâcher son petit chéri et qui le couvait d'attentions multiples, peut-être même qu'elle l'avait allaité trop longtemps. Mais si... les statistiques ont démontré que l'allaitement pouvait influencer sa relation avec les femmes.*

*Excusez-moi, Docteur, pour mon langage, mais je pense que ce sont des conneries.*

*Il y a de fortes chances, si on poursuit l'investigation, de tomber sur une maîtresse plus jeune et plus fraîche que l'épouse, la cuisse ferme et la bouche en cul de poule qui n'en pouvait plus d'attendre le cinq à sept à la sauvette dans un hôtel minable de banlieue. Elle aussi voulait goûter la douceur du foyer et sortir de la clandestinité.*

*Alors je le répète : mes parents n'étaient peut-être pas les plus drôles au monde, je ne me marrais pas tous les jours en leur compagnie, mais j'aurais pu tomber bien pire. Mes parents étaient juste comme ces milliers de foyers : soirée devant la télévision et promenade le week-end en famille.*

*Vous m'avez posé des tonnes de questions sur l'enterrement de ma mère. Je ne suis pas folle, je vois bien que vous pensez que cet épisode a peut-être engendré une sorte de cassure chez moi.*

*Mais vous vous trompez !*

*Je l'ai fait, c'est tout et pas la peine de chercher plus loin. Il n'a pas été le moment le plus fun de mon existence, je vous l'accorde, toutefois je ne me suis pas effondrée non plus. Ce qui est arrivé après n'a rien à voir avec.*

*Oui, j'en suis certaine. J'étais crevée et tout le monde m'en demandait toujours plus.*

*Qui tout le monde ?*

*Mais tous, à commencer par mon mari, mes enfants.*

*Il fallait que je gère la maison, qu'elle soit toujours rangée, bien tenue. Je devais accompagner les enfants à leurs activités, la musique et la natation pour Marina, le judo et le foot pour Grégory. Et je n'avais plus une minute pour moi, pour souffler un peu. J'avais le sentiment d'être toujours sous pression depuis des années et aucune possibilité de laisser la tension retomber.*

*Vous cherchez ailleurs, du côté de la mort de ma mère et là, vous vous gourez sur toute la ligne.*

*Mais non, vous dites n'importe quoi !*

*Je ne leur en ai pas voulu à mes enfants. Pourquoi j'aurais ressenti un sentiment pareil ?*

*Mon rôle de mère me demande d'être présente pour eux. Simplement, j'ai sans doute trop présumé de mes forces. Je n'ai pas senti que je commençais à flancher, qu'il fallait ralentir le rythme et j'ai eu un gros coup de fatigue. Je ne vois pas pourquoi on devrait en faire tout un plat. S'il n'y avait pas eu ce médecin à l'hôpital pour suggérer à mon mari de venir vous consulter, je ne serais même pas là.*

*Maintenant tout va bien, je suis une grande fille, et je vais arranger la situation. J'ai retenu la leçon.*

*Je vous promets : croix de bois, croix de fer, si je mens je vais en enfer.*

oOo

*– Comment je me sentais après l'enterrement de ma mère ? Je ne comprends pas pourquoi je dois revenir sans arrêt sur ce sujet.*

*Comment voulez-vous qu'on se sente ?*

*Vous vous doutez que je n'avais pas envie de sauter de joie ou de faire la fête. C'était ma mère, même si je ne la voyais plus vraiment. On s'était perdu de vue toutes les deux depuis des années, on peut même dire qu'on était devenu quasiment des étrangères.*

*Quand on dit qu'on se sent plus proche d'amis que de gens de sa famille, je suis tout à fait d'accord. Je n'avais vraiment pas de points communs avec elle, aucune ressemblance. Le chagrin n'a pas été aussi important que pour certains. Je pense que le plus compliqué a été finalement d'affronter tous les regards braqués sur moi en permanence, qui me dévisageaient et qui attendaient. Ils étaient tous là, les voisins, ceux qui l'avaient côtoyée au quotidien, qui la connaissaient bien mieux que moi pour dire la vérité. Avec eux, il y avait quelques membres de la famille. Je ne les avais pas vus depuis des années, mais eux, ils ne m'avaient pas oubliée. C'est dommage, j'aurais nettement préféré. Tout ce petit monde semblait me guetter, attendre une réaction quelconque. Je me doute bien de ce qu'ils attendaient, que je me mette à chialer par exemple. Ils étaient venus assister à un spectacle, et moi j'étais nulle, je ne leur en donnais pas pour leur argent. Pourtant, ce n'était pas compliqué, il fallait exprimer son chagrin, verser des larmes, peut-être même que de légers sanglots les auraient contentés. Mais je n'ai pas pu, je ne me sentais pas triste et je n'ai jamais aimé faire semblant. Jouer la comédie, ce n'est pas mon truc.*

*– Vous êtes sûre ? C'était quand même votre mère !*

*Cette psy ! Toujours à creuser pour dénicher la petite bête, à la titiller en espérant découvrir des recoins sombres ! Avec son métier, elle devait avoir l'habitude des cinglés, des gens tordus et dès qu'un patient posait le pied dans son cabinet, elle se mettait sans doute en quête des premiers signes, des symptômes qui lui permettraient de le classer dans telle catégorie de malades.*

*Mais avec elle, la psy pouvait toujours chercher !*

*Héloïse se retint de l'envoyer sur les roses, mais il fallait aller jusqu'au bout.*

*Il parait qu'elle en avait besoin.*

*Pour son mari, pour qu'il arrête de lui rabâcher le même baratin, elle avait accepté.*

*Ah, celui-là, elle le retenait ! Parfois, il avait vraiment des idées à la con.*

*Il croyait quoi ?*

*Qu'elle allait se mettre à disjoncter ! Il était temps que cela s'arrête, que la psy le rassure en lui expliquant que tout allait bien, qu'elle se portait à merveille et que rien ne déraillait dans sa tête. Pas de case en moins, pas de fusible à remplacer, sa gentille épouse n'était pas bonne à enfermer dans un asile de fous.*

*Oui, Héloïse était triste et pleurait de temps en temps, mais à qui cela n'arrivait-il pas ? Elle était juste humaine.*

*Qui n'avait pas, par moments, de gros coups de*

*blues ? Ils lui tombaient dessus sans prévenir, ils pouvaient durer quelques jours, après elle était de nouveau joyeuse, débordante d'énergie.*

*Alors pourquoi en faire tout un plat ?*

*Simplement de sa part, on ne l'acceptait pas. Il fallait qu'elle assure tout le temps. Elle n'y arrivait pas et les autres devaient le comprendre. S'occuper de la maison, élever deux enfants et être toujours de bonne humeur était plus difficile qu'il n'y paraissait. Alors, parfois, en effet, elle prenait des somnifères, mais juste pour se reposer et pour être d'attaque. Elle ne voyait pas où était le mal.*

*Quoi ! Qu'est-ce qu'elle voulait savoir encore ?*

*Ah oui !*

*Le jour de l'enterrement de sa mère ?*

*Que s'était-il passé sur l'autoroute ?*

*– Je vous en ai déjà parlé, il n'y a pas de quoi fouetter un chat, je me suis juste endormie, j'étais crevée, avec le trajet, l'organisation des obsèques, la fatigue m'est tombée dessus brutalement alors que j'étais au volant. Je suis consciente maintenant que ce n'était pas prudent de prendre la route dans cet état, que j'aurais dû dormir sur place et attendre quelques jours. Mais je ne voulais pas rester plus longtemps. J'avais envie de me retrouver dans ma maison avec mes enfants. L'accident m'a servi de leçon, plus jamais je ne ferai une bêtise pareille.*

*– Non, je ne roulais pas si vite. Les gendarmes ont dit que si, mais ils ont exagéré. Ou alors je le faisais sans m'en rendre compte. J'avais tant envie de rentrer chez moi. En plus, on n'a pas le nez en permanence sur l'aiguille du compteur.*

Le pied appuie sur la pédale d'accélérateur, l'aiguille grimpe, atteignant les 140 km / heure, les 150 km / heure, dépassant les 160 km / heure. Héloïse se sent grisée par la vitesse. Elle allume la radio, monte le son et se laisse emporter par la musique. Le paysage défile, les lignes blanches glissent les unes derrière les autres.

Exténuée, elle secoue la tête pour tenter de chasser les ondes de fatigue, sa nuque est raide, ses yeux tiraillent douloureusement.

Une atroce migraine lui vrille le crâne et elle a du mal à supporter les feux de croisement des autres voitures. Ils l'éblouissent maintenant de plus en plus douloureusement.

*– Non je ne me sentais pas triste.*

Lasse. Si lasse. Le chagrin fond sur elle comme un grand oiseau noir. Il l'englobe de ses ailes. Son estomac se tord de tristesse. Mon Dieu, comme c'était douloureux ! De nouveaux bleus sur les anciens.

Pourquoi sa mère lui avait fait un truc pareil ?

Comment avait-elle pu le lui cacher pendant toutes ces années ? Faire semblant que tout allait bien pendant que de son côté sa fille se torturait. Elle avait bien dû voir sa détresse pourtant, ses larmes qu'elle n'arrivait pas toujours à cacher, son oreiller trempé au petit matin, ses cheveux collés sur le front.

Elle lui avait menti.

Toutes ces années n'étaient que des mensonges. Et Héloïse ne s'était rendu compte de rien. Tout le monde avait continué son bonhomme de chemin comme avant. Mais pour elle, il n'y avait pas eu de suite. Sa vie s'était arrêtée quand il était parti. Ce vide, cette souffrance dans la poitrine qui était intenable ! Une boule au fond de la gorge et elle avait beau avaler sa salive, elle ne disparaissait pas.

*– Je ne comprends pas pourquoi vous insistez autant. J'ai eu un accident. J'étais crevée et je me suis sans doute assoupie. Je ne me rappelle pas bien.*

La délivrance, laisser la voiture aller tout doucement sur le bas-côté, s'endormir pour ne plus jamais penser. Elle était si fatiguée. Les visages de ses enfants surgirent un bref instant devant ses yeux, les traits fins de Marina, le regard doux de Grégory. Mais elle les repoussa doucement loin dans les tréfonds de sa conscience pour les oublier. Ce n'était pas le moment. C'était trop tard, elle ne pouvait plus rien pour eux. La voiture se dirigea vers la gauche, ses mains ne contrôlaient plus la direction. L'esprit de la femme était parti. Un autre visage apparut, qu'elle ne chassa pas cette fois, celui d'un jeune homme brun qui lui souriait amoureusement.

« Je suis désolée Antoine, pardonne-moi » murmura-t-elle avant de fermer les yeux doucement.

La voiture glissa encore sur la chaussée et percuta de plein fouet la rambarde de sécurité.

oOo

*– Encore ! Mais je ne fais que vous parler de l'accident que j'ai eu en rentrant de l'enterrement de ma mère depuis plusieurs séances. Depuis que je suis dans cette clinique, je ne parle que de ça et je ne vois pas*

*vraiment où vous voulez en venir.*

*Mais je le fais pour mon mari, pour qu'il soit enfin rassuré. Que vous puissiez lui dire que je n'ai pas essayé de me foutre en l'air, que c'était juste un accident.*

*Vous croyez que tout s'est déclenché à ce moment précis.*

*J'ai eu un moment de fatigue, ça arrive à tout le monde. Je suis sûre que c'est mon mari qui vous a dit que quelque chose avait changé, que j'allais encore plus mal qu'avant.*

*Bien sûr, vous ne me le confirmerez pas.*

*Je voudrais bien le voir, lui, faire face, le sourire aux lèvres, à la mort de ses parents.*

*Il faudrait savoir ce que vous voulez, vous dites que je suis insensible, que je refoule mes émotions et que je dois les laisser sortir et ensuite vous vous étonnez si je montre du chagrin.*

*Oui, pas* vous, je sais bien. *Je parlais en général.*

*Les gens nous mettent toujours dans des cases, ils croient nous connaître, anticipent nos réactions. Et dès qu'on sort de ces lignes bien définies, ils s'étonnent. C'est peut-être une façon de se rassurer. Mais moi, je ne supporte pas cette idée. Elle nous enlève notre liberté et nous oblige à réagir dans une certaine direction, pour faire plaisir aux autres, pour correspondre à cette image.*

*Depuis tout petit des tas de modèles.*

*Une bonne fille qui obéit à ses parents, une bonne épouse qui prend soin de son mari et enfin une bonne mère qui s'occupe convenablement de ses enfants.*

*Vous y croyez, vous, au destin ?*

*Moi si.*

*Je suis persuadée que quoi qu'on fasse, on ne peut*

*rien y changer. Des marionnettes, de simples marionnettes. Pas celles d'un dieu. Ce serait trop simple. Mais plutôt l'idée de prisonniers. Et cette idée est insupportable par moments. Elle surgit dans ma tête et tourne sans arrêt. Je ne pense plus qu'à ça, comme une obsession ou un virus qui me ronge de l'intérieur, il m'enlève toute envie. Il n'y en a plus qu'une, dormir. Rester allongée pendant des heures dans le noir complet, et le silence.*

oOo

*– Vous voulez remonter plus loin ? Mais j'ai l'impression que je vous ai déjà tout raconté.*

*J'ai l'impression que pour le moment on fouille, on décortique chaque étape à la recherche de quelque chose qui m'échappe complètement. Et si on se gourait complètement de méthode, si on était à côté de la plaque. Je ne veux pas vous critiquer, vous avez fait de longues études, vous êtes médecin mais parfois j'ai tout de même le sentiment qu'on fait fausse route. Ne pensez-vous pas qu'on fait tout un flan d'une broutille ? Mes nerfs ont lâché, la belle affaire. La solution réside dans le repos. Il me faudrait des vacances, deux semaines loin de tout, au soleil, sous les cocotiers, rien de tel pour se requinquer.*

*Non, ce n'est pas ce que j'ai dit, je ne veux pas être loin de mes enfants, ni de mon mari. Pourquoi vous cherchez toujours à déformer ce que je vous raconte ? Je pensais juste à une plage au soleil, histoire de prendre du bon temps et surtout ne rien faire, ne s'occuper de rien : plus de tâches ménagères, plus de gestion de la maison. Un rythme beaucoup plus tranquille. Dormir quand on en a envie. Se reposer. De longues siestes pour recharger les batteries.*

*Qui vous en a parlé ? Personne n'est censé être au courant.*

*Elle se sent en colère maintenant. Mais de quoi se mêle ce médecin de pacotille ? Héloïse a l'impression qu'on est en train de fouiner dans ses affaires personnelles, qu'on fouille dans son intimité, encore pire que si on avait ouvert le tiroir de sa commode pour renifler ses petites culottes.*

*François n'avait pas le droit. Je lui avais dit de ne jamais en parler à quiconque, je lui faisais confiance. Et il vous a tout raconté !*

*Oui, je suis énervée, et je trouve ma réaction compréhensible. Il appartient au passé et il n'a rien à voir avec mon accident. Mais si vous insistez, on va en parler. J'avais seize ans, j'ai pété les plombs, et je me suis retrouvée en hôpital psy.*

*Pourquoi j'ai pété les plombs ? Mais je ne sais pas vraiment. À cet âge, il n'en faut pas beaucoup : des mauvaises notes à l'école ? Ou j'étais mal dans ma peau, complexée par rapport aux autres filles du lycée ? Quand on est adolescent, il y a tout un tas de bonnes raisons pour se sentir à fleur de peau. Il n'y a rien qu'à lire les statistiques : durant cette période, il y a beaucoup de suicides. Alors, voilà, j'ai fait partie des ados qui n'ont pas réussi à passer ce cap sereinement. Et j'ai fait ma crise d'adolescence, un peu plus fort que les autres.*

*En entendant le prénom que murmure le docteur Lachard, Héloïse ne peut retenir une légère plainte.*

*Elle ne veut pas parler de lui.*

*François*
Secrétariat du docteur Lachard

*– Bonjour, je suis monsieur Huchet, le mari d'Héloïse, j'aurais voulu parler au docteur Lachard.*

*Le ton est calme.*

*Le calme avant l'orage.*

*– C'est à quel propos ?*

*– À propos de ma femme.*

*– Le docteur est très occupé. Elle ne pourra pas vous répondre, je...*

*Mais Sandrine Palin, la secrétaire, ne peut continuer, François Huchet, bouillonnant de colère se met à hurler :*

*– Vous allez me la passer tout de suite, ou je vous préviens, je prends ma voiture et je débarque dans votre cabinet pour tout casser ! Et croyez-moi ce ne sont pas des paroles en l'air !*

*Sandrine Palin a bien dû le comprendre car François entend tout à coup la voix du docteur Lachard prendre la suite du dialogue.*

*– Que se passe-t-il Monsieur Huchet ?*

*– Vous avez laissé sortir ma femme !*

*– Elle est majeure.*

*– Mais elle est malade.*

*– Non, le terme "malade" n'est pas vraiment approprié.*

*– Arrêtez de jouer sur les mots. Vous deviez la soigner, pas la renvoyer dans la nature.*

*– Nous avions convenu un accord lorsque nous nous sommes vus tous les trois lors de la première séance. Votre femme acceptait de rester deux semaines en maison de repos, de suivre des séances régulières avec moi pour que nous puissions comprendre ce qui s'était passé juste après l'enterrement de sa mère.*

*– Elle a essayé de se suicider.*

*– Ce fait n'est pas certain.*

*– C'est tout ce que vous trouvez à me répondre pour vous dédouaner, que ce fait n'est pas certain. Mais moi je vous dis qu'elle a tenté de se foutre en l'air en se jetant dans le fossé. Je ne sais pas ce qui s'est passé à l'enterrement, mais ma femme a dégringolé la pente. Quand elle est rentrée à la maison, elle est restée au lit pendant deux jours à lire des lettres qu'elle avait ramenées de chez ses parents mais qu'elle a refusé de me montrer. Ma femme ne va pas bien. Et c'est même pire depuis qu'elle a suivi vos séances.*

*– Je ne peux pas vous laisser dire une chose pareille. Tout ceci est naturel ; votre femme traverse les sept étapes du deuil. Elles sont nécessaires à sa reconstruction. D'abord le déni en refusant la mort de sa mère, puis la culpabilité. Votre femme ne voyait plus ses parents depuis de nombreuses années et ce silence pèse sur sa conscience comme un poids mort qui l'empêche d'avancer. Puis la colère, le marchandage, la douleur, la reconstruction et enfin l'acceptation. Votre femme n'a pas*

*encore franchi tous les paliers et cela peut lui demander du temps, il faudra être patient, très...*

*– Elle est partie.*

*– ...*

*– Vous avez entendu ? Ma femme nous a quittés, tous les trois, pas que moi, elle a abandonné ses enfants. Quelle mère peut faire ça ? Elle a fait ses valises, a laissé une lettre dans laquelle elle expliquait que c'était mieux pour tout le monde. Vous allez me dire qu'elle va mieux ? Que c'est bon signe peut-être ?*

*– Il faut lui laisser le temps de faire son deuil. Elle a sans doute besoin de passer par là pour rebondir.*

*– Vous avez toujours réponse à tout. Mais je vous préviens : si Héloïse commet une bêtise, je vous en tiendrai personnellement pour responsable.*

*Et avant que le docteur Lachard puisse ajouter quoique ce soit, François Huchet raccroche brutalement.*

*Héloïse*
Sermange, deux mois plus tôt

*– Je suis ta tante Anna, j'ai une mauvaise nouvelle, ta mère vient de nous quitter. Elle a fait une chute dans les escaliers, c'est la voisine qui l'a découverte. Elle avait l'habitude de lui apporter le pain tous les matins et cette fois, ta mère n'est pas venue ouvrir. La voisine s'est inquiétée et elle est entrée. Elle l'a trouvée en bas des marches.*

oOo

Après l'appel de sa tante et un temps de réflexion, Héloïse a décidé d'assister seule à l'enterrement de sa mère.

La cérémonie, elle allait pouvoir gérer mais retourner dans cette foutue baraque lui paraissait au-dessus de ses forces.

Affronter les démons du passé.

Limiter les dégâts.

oOo

L'enterrement était plus éprouvant qu'elle ne l'avait imaginé avec tous ces gens qu'elle ne connaissait pas ou qu'elle revoyait. Tous ces visages qui la fixaient, l'observaient, analysant ses réactions, attendant le moment où le chagrin allait fondre sur elle et l'envahir, la faire chanceler, puis étonnés qu'elle ne manifesta rien, aucune larme, aucun signe de tristesse, finalement choqués par cette absence de tristesse.

Comment pouvait-on rester aussi froide devant le cercueil de sa mère ? Voilà la question qu'elle lisait sur de nombreux visages.

Elle voyait bien à leurs sourires crispés, à leurs expressions figées qu'ils la trouvaient méprisable.

Héloïse resta de marbre, aussi droite, froide et impassible qu'une statue et son attitude les choqua profondément.

Mais pourquoi aurait-elle pleurniché sur la mort de sa mère ?

Une page se tournait définitivement dans sa tête en même temps qu'une impression de liberté retrouvée la gagnait.

Dans l'assistance, elle entendait des reniflements, quelques pleurs plus ou moins discrets, mais ses propres yeux étaient restés secs. Sa tante Anna était de l'autre côté de la fosse, la tête baissée en direction du trou. C'était une femme d'une cinquantaine d'années, un mètre soixante, cinquante kilos, des cheveux châtains courts, des yeux verts, qui avait pris une voix douce pour lui adresser ses condoléances, mais devant la sécheresse de sa nièce, elle avait préféré ensuite garder ses distances.

Elle pressait un mouchoir blanc sur ses yeux pour

étouffer ses sanglots.

*C'est pitoyable, si tu crois que je vais me mettre à chialer comme toi, tu peux toujours t'accrocher ! Hors de question que je leur fasse ce plaisir !*

Héloïse parcourut l'assistance des yeux, détaillant certains visages à la recherche de traits familiers.

À droite de sa tante, la femme avait une grande bouche, de longs cheveux roux cachés en partie sous un fichu bleu foncé. Elle était affligée de deux grosses verrues sur la joue gauche. On aurait dit son ancienne voisine, Micheline Tournier. Celle-là, comme commère, il n'y avait pas pire, toujours à regarder par-dessus le mur pour espionner chez les autres. Elle voulait toujours tout savoir, prête à fureter partout pour découvrir les petits secrets. « La fouine », voilà comment Héloïse la surnommait. Petite, quand elle avait le malheur de ne pas lui dire bonjour, elle se faisait immédiatement remonter les bretelles par cette vieille bique. Et comme ça ne suffisait pas, elle allait ensuite se plaindre à ses parents et la gamine se prenait une rouste par son père.

Mais la gamine avait grandi et n'avait plus peur de la fouine. Si jamais cette dernière venait la saluer, elle ferait même semblant de ne pas la reconnaître. Elle imaginait déjà la tête qu'elle allait faire. Et là, il n'y avait plus personne pour l'écouter se plaindre de son manque d'éducation.

Le vieux là-bas, assez grand, avec des cheveux gris recouverts en partie par une casquette, appuyé sur une canne, on aurait dit… Héloïse hésita, détailla encore les traits du visage et eut la confirmation, il s'agissait bien de Pierre Roger, l'ancien maire de Sermange, un chieur de première, toujours à chercher des noises à tout le monde. Personne ne l'appréciait. Marié à une femme charmante. Ce mariage était un mystère ! Qu'est-ce que cette dernière pouvait bien lui trouver ? Pauvre Nicole, comme elle avait dû souffrir pendant toutes ces années avec un crétin pareil ! D'ailleurs, Héloïse trouva étrange qu'elle ne soit pas à ses côtés. Elle eut beau parcourir l'assemblée, elle ne vit pas trace de l'épouse de Pierre Roger. Elle avait peut-être fini par ouvrir les yeux et avait réalisé avec quelle merde elle vivait. Sans doute avait-t-elle trouvé bien mieux : en même temps, ce n'était vraiment pas compliqué. Elle s'était barrée loin de cette vie minable. Héloïse ne comprenait pas ce qu'il faisait ici. Il s'en prenait à tout le monde. Un jour, il avait sonné chez ses parents pour se plaindre des aboiements de leur chien, soi-disant qu'il les entendait depuis chez lui : un pur mensonge puisqu'il habitait à plus de cent mètres.

– *Je vous préviens, si votre sale clébard jappe encore une fois, je vais à la gendarmerie et je porte plainte ! Il finira par être piqué et j'aurai enfin la paix,* avait-il menacé avant de partir.

Ce soir-là, son père, fou furieux, avait passé sa colère sur elle.

oOo

Une dernière pelletée dans le trou et c'était terminé. Le cortège s'éloigna doucement le long de l'allée, en direction de la sortie.

Tout en marchant, elle avait l'impression désagréable d'être un animal sous la loupe de scientifiques cherchant à détecter les changements et les émotions du cobaye.

Pas la peine de prendre les voitures, la maison se trouvait à quelques mètres du cimetière.

En tête du cortège, elle observa les rues qu'elle avait parcourues, enfant, dans tous les sens. Elle remarqua l'état délabré de certaines maisons. Elle n'avait jamais compris qu'on puisse vivre dans un tel trou paumé. Il n'y avait absolument rien à Sermange, juste trois sites historiques classés, deux fontaines et un château, pour environ trois cents habitants. Rien d'autre !

Aucun commerce, même pas une boulangerie ! Juste un bar dans lequel se réunissaient tous les poivrots du coin. Quand, enfant, elle passait devant à vélo, des faces rouges l'interpellaient : « Hé petite, viens boire un coup avec nous ! » puis elles s'esclaffaient bruyamment lorsque la gamine pédalait plus vite.

Les touristes ne s'arrêtaient pas à Sermange. Bien sûr, on y vivait, on construisait sa maison, mais pour les activités, on partait ailleurs.

Enfant, puis adolescente, elle avait passé ses vacances à s'ennuyer désespérément.

Après la collation, convenances obligent, les gens partirent.

Enfin !

Héloïse se retrouva seule dans la maison.

Les nerfs tendus à l'extrême, la jeune femme s'écroula sur un fauteuil du salon, soulagée de pouvoir faire disparaître le sourire forcé qu'elle avait affiché tout au long de la journée. D'une main tremblante et froide, elle repoussa une mèche de cheveux derrière son oreille.

Puis elle fit le tour du salon, s'arrêtant devant la bibliothèque qui contenait plusieurs rangées de livres sentimentaux, le genre qu'affectionnait tout particulièrement sa mère.

Elle inspecta chaque pièce pour faire le tri dans sa tête des objets à donner à Emmaüs de ceux, inutiles, qui ne serviraient à personne et qu'elle devrait jeter.

Parfois elle hésitait devant un meuble. Devait-elle le garder ? Il appartenait à une autre vie.

Sa propre famille n'était jamais venue dans cette maison.

Les enfants s'étaient d'abord interrogés : pourquoi ne connaissaient-ils pas leurs grands-parents maternels ? Mais leur père s'était chargé de leur expliquer que les ponts avaient été coupés entre eux et leur mère. Alors ce n'était pas la peine de l'embêter avec ça.

Devant la porte de la chambre de ses parents, Héloïse marqua une hésitation.

Enfant, il lui était formellement interdit d'entrer dans cette pièce sous peine de représailles terribles et immédiates. Dans cette famille, les règles étaient strictes et nombreuses et elles concernaient essentiellement son éducation.

Un enfant ne met pas les coudes sur la table.

Un enfant se couche tôt.

Un enfant ne coupe pas la parole à un adulte, doit être poli, range ses affaires, aide sa mère…

Dès qu'elle faisait un pas de travers, la sanction tombait immédiatement. Son père se chargeait de l'appliquer et de rappeler les interdictions.

– Je te préviens, si jamais je te découvre dans notre chambre, tu recevras la raclée de ta vie !

Pour celle-ci, jamais elle n'avait désobéi.

Aujourd'hui adulte, et tout en sachant que son père ne

pouvait plus rien lui faire, elle n'arrivait toujours pas à entrer.

La main crispée sur la poignée, elle prit une profonde inspiration, souffla un grand coup et l'abaissa. La porte s'ouvrit avec un grincement sinistre qui la fit frissonner un peu comme si la maison voulait la mettre en garde contre un danger. Elle s'en voulut immédiatement d'être aussi peureuse. Un rien l'effrayait ce soir, mais elle ne pouvait s'en empêcher. Il régnait à l'intérieur des murs une atmosphère étrange, comme si ses parents étaient encore présents, les meubles semblaient imprégnés de leur odeur. C'était troublant et en même temps angoissant.

Héloïse devait se reprendre, elle était une grande personne et ne croyait pas du tout aux fantômes.

La chambre devait mesurer environ dix mètres carrés, mais difficile d'évaluer la superficie exacte car elle était encombrée par tout un bric-à-brac : une armoire, des étagères sur lesquelles s'empilaient des vêtements, de la vaisselle, des cartons, des papiers et autres babioles gardées au fil des années. Son regard engloba tout depuis le seuil. À côté du lit, sur la table de chevet, se trouvait un cadre. Héloïse s'en approcha lentement comme attirée, et découvrit la photographie de mariage de ses parents. Elle la prit pour l'examiner plus attentivement. Sa mère paraissait toute vulnérable, jeune fille frêle aux longs cheveux bruns, enveloppée d'une longue robe en dentelle blanche, qui intensifiait encore la blancheur de son teint. Les yeux levés en direction de son mari, elle semblait déjà dominée par la haute silhouette masculine, soumise avant même le mariage. De son côté, son père portait un costume sombre, sans aucune fioriture, dans lequel il semblait engoncé, les cheveux coupés très courts, les yeux fixés sur le photographe, il ne jetait même pas un regard en direction de sa promise.

– Tu ne l'as jamais aimée et ton indifférence se voit déjà sur cette photo. Pourquoi a-t-elle eu envie de t'épouser ? Elle devait bien voir quel homme dur et froid tu étais. Je ne comprendrai jamais. Ou alors, elle t'aimait et il ne faut pas chercher d'autre explication. Elle était prête à tout pour toi, même à accepter les pires horreurs. Toi à part ta petite personne, rien d'autre ne t'intéressait, murmura Héloïse, d'un ton rageur, les yeux fixés sur la photo.

D'un geste brusque, elle reposa le cadre et se tourna vers le lit recouvert d'une couverture en laine. Sa mère passait des heures à tricoter, se fermant au monde extérieur, uniquement concentrée sur les points et les motifs.

Héloïse tendit la main, attrapa le tissu et le tint quelques secondes entre les doigts, songeuse : l'image de sa mère assise, le bruit discret des aiguilles à tricoter, flottaient dans son cerveau, mais il ne fallait pas commencer à s'apitoyer, cela ne lui ferait aucun bien. Pourtant elle ne put s'empêcher de porter la couverture à son nez pour renifler l'odeur maternelle.

La reposant sur le lit, elle le contourna pour se diriger vers la commode située sous la fenêtre, un meuble avec quatre tiroirs dans lesquels son père entassait les papiers de la famille dans des pochettes.

Il était temps d'y jeter un premier coup d'œil.

Dans celui du haut, elle trouva les factures, classées soigneusement par année, elle les mit de côté pour vérifier plus tard si aucune n'était à régler. Pas la peine de voir débarquer un huissier un matin qui lui réclamerait une somme impayée.

En dessous, une enveloppe contenait des timbres que sa mère avait conservés, pour sa collection… direction la poubelle. Sa mère avait la manie de tout collectionner : les timbres, les bouchons de champagne, les pin's, les dés à coudre, les étiquettes de bouteilles de vin, les pièces, les coquillages, les petits cailloux qui brillent, les boucles d'oreilles, les pétales de fleurs, les flacons de parfum. Quand ils partaient en vacances, elle revenait toujours avec un petit sac d'objets trouvés un peu partout et elle triait, classait et nettoyait pendant des heures. Au fil des années, sa chambre était devenue un véritable capharnaüm.

Héloïse n'avait pas les mêmes tocs que sa mère, elle ne trouvait aucun intérêt à conserver toute sorte d'objets inutiles.

Après la commode, elle ouvrit la grande armoire en chêne clair et commença à débarrasser les piles de vêtements qu'elle avait décidé de donner à la Croix Rouge. Chandails, jupes, pantalons, elle ne s'attarda sur aucun d'eux, se contentant de les déposer sur le lit.

Le meuble se vidait, la première étagère était déjà libérée.

oOo

Avant de s'attaquer à l'autre étagère, elle marqua un temps d'arrêt devant les sous-vêtements maternels. Dans sa famille, tous les membres étaient très pudiques, aussi il ne serait jamais venu à l'esprit de ses parents de se montrer en partie déshabillés devant leur fille.

Héloïse hésita, elle avait l'impression de violer l'intimité de sa mère, mais il fallait le faire pour passer à autre chose, plus vite cette maison serait vidée de son contenu, plus vite elle pourrait s'en débarrasser et tourner définitivement la page.

Voilà ce que je fais de tes habits, maman chérie ! Regarde un peu !

Les vêtements volèrent dans le carton. En déplaçant une seconde pile, ses doigts effleurèrent du papier.

Héloïse marqua un temps d'arrêt, fixant le bout légèrement marron qui dépassait.

Pourquoi sa mère avait-elle dissimulé une enveloppe dans son armoire ?

On ne pouvait la voir en ouvrant les portes, il fallait déplacer le contenu pour la découvrir. Héloïse tendit le bras, mais même ainsi, elle était trop petite. Elle chercha un tabouret sur lequel grimper, et vit une valise emplie de vieux vêtements. Elle s'en saisit et la plaça devant l'armoire, puis elle monta dessus avec précaution en espérant qu'elle ne céderait pas sous son poids. Tout en se tenant à l'étagère pour soulager la charge, elle se hissa, tendit le bras et attrapa l'enveloppe.

Elle ne comportait aucune indication particulière.

Cachetée avec un soin particulier, il y avait même du scotch noir pour la sceller.

Héloïse essaya de la déchirer sans succès.

Pendant qu'elle se dirigeait vers la cuisine pour y dénicher une paire de ciseaux, une multitude de questions surgirent dans son esprit.

Que contenait cette enveloppe pour que sa mère juge utile de la cacher derrière ses vêtements ? Est-ce que son père en connaissait l'existence ? Elle doutait que sa mère ait pu lui cacher quoi ce que ce soit. Maintenant, elle ne la connaissait peut-être pas si bien qu'elle le croyait. Tout en réfléchissant, Héloïse palpait l'enveloppe et sentit qu'elle contenait plusieurs feuilles.

Dans le tiroir situé sous la plaque de cuisson, elle trouva des ciseaux. Fébrilement, elle découpa un des bords, écarta l'ouverture pour y jeter un coup d'œil puis glissa les doigts à l'intérieur pour attraper le contenu. Elle hésita une fraction de seconde. N'allait-elle pas découvrir quelque chose de trop intime, qui finalement ne la concernait pas, violer l'intimité maternelle ? Si sa mère l'avait planquée là, c'était bien pour que personne ne tombe dessus. Le plus simple serait de jeter l'enveloppe à la poubelle sans même regarder, mais se connaissant, elle ne tiendrait pas dix minutes avant d'aller la rechercher pour y jeter un coup d'œil. Une autre solution serait d'y mettre le feu. Un peu radical mais au moins de cette façon, l'affaire serait réglée.

Sa vie était belle après tout, alors pourquoi la changer ? Elle avait réussi à se reconstruire, en gommant son passé.

Pourquoi risquer de tout bouleverser en découvrant des secrets qui ne la concernaient pas et qui risquaient de lui polluer l'esprit ?

Si elle avait vécu tout ce temps sans connaître l'existence de cette enveloppe, elle pouvait bien continuer. Même son père n'aurait jamais eu idée d'aller fouiner là. L'idée d'une relation extra-conjugale fit surface : cette enveloppe contenait une correspondance enflammée entre deux amants illégitimes. L'image d'un homme poilu, gras, avachi sur le corps maternel la fit grimacer, mais c'était complètement ridicule. Jamais quelqu'un d'aussi coincé que sa mère n'aurait pu se laisser aller à ce qu'elle qualifiait d'affreuse ignominie.

Rien de pire à ses yeux.

Cette sainte nitouche ne supportait pas les films dans lesquels une femme trompait son mari. Indignée, elle éteignait systématiquement la télévision et refusait catégoriquement de voir la suite.

Allez, il fallait se jeter à l'eau, se morigéna Héloïse. Découvrir enfin ce que c'était. Et faire avec ensuite.

L'enveloppe contenait des lettres attachées soigneusement avec un ruban rose. Ses doutes se confirmaient, sa mère avait bien caché son jeu, elle faisait mine d'être offusquée par les épouses volages alors qu'elle se faisait elle-même culbuter.

Pas la peine de les lire, elle allait les jeter directement à la poubelle, mais sur la lettre du dessus, elle fut surprise de lire son propre prénom.

D'abord Héloïse ne comprit pas de quoi il s'agissait. En examinant de plus près l'écriture, celle-ci lui sembla familière. Un mauvais pressentiment l'envahit puis en la retournant, elle lut les coordonnées de l'expéditeur… une lame acérée lui transperça le cœur, ses jambes flanchèrent, les murs tournèrent autour d'elle.

Ce n'était pas possible !

Choquée, elle attrapa une des chaises et s'écroula dessus, les mains crispées sur la correspondance.

Le regard fixe, elle ne voyait plus le papier peint, le lustre, les meubles blancs, tout avait disparu. Son cœur continuait à battre à une vitesse folle. Elle ne réalisait pas encore complètement, mais se sentait au bord du malaise, et avait conscience que son monde était près de basculer.

oOo

L’enveloppe contient une feuille.

Quand Héloïse l'ouvre, une pierre tombe brutalement sur sa poitrine, l’empêchant de respirer correctement.

Il l’appelait mon amour, ma petite chérie, mon petit ange, lui faisait des tonnes de promesses qui lui réchauffaient le cœur et lui donnaient le sentiment d'être sur un petit nuage.

Pourquoi sa mère a-t-elle gardé les lettres que lui a envoyées Antoine ?

Quand Héloïse a quitté la maison de son enfance, elle a décidé de les laisser dans sa chambre, dans une boite à chaussures au-dessus de son armoire.

Cette correspondance appartenait à une époque révolue.

Elle tient à présent les lettres, les palpe du bout des doigts machinalement, sans même réfléchir à ce qu’elle fait, obnubilée par ses réflexions, pourtant l’épaisseur du paquet la surprend. Dans ses souvenirs, le garçon lui en a envoyé tout au plus sept ou huit, or elle en compte vingt et une.

Héloïse se passe la main dans les cheveux s’efforçant de calmer le tumulte qui règne dans son esprit.

Elle n’y comprend rien.

Elle commence la lecture.

Les huit premières ne lui apprennent rien de nouveau mais à partir de la neuvième, son monde chavire complètement.

oOo

C’était un amour de vacances mais il lui avait promis de lui écrire.

Et il l'avait fait au début.

À chaque passage du facteur, la jeune fille guettait pour voir si le courrier lui était destiné.

Dès qu’elle recevait une de ses lettres, Hélène se battait avec son père pour qu’il ne la lise pas.

*À seize ans, tu es trop jeune pour faire des cachotteries.*

*J’ai le droit de la lire !*

*Je suis ton père !*

Elle avait tenu bon, hors de question qu’elle lui montre ces missives enflammées. Munie de son butin, elle se précipitait dans sa chambre pour parcourir les lignes en sentant son cœur se réchauffer devant les promesses qu'il lui faisait de l’aimer toujours. Il n’était pas avec elle physiquement mais les mots la réconfortaient.

Puis étaient apparus les premiers symptômes physiques qu’elle n’avait pas su identifier, d’abord des nausées le matin qu’elle mettait sur le compte d’un virus qui traînait dans le coin et qu’elle avait chopé, ou d’un aliment qu’elle avait avalé et pas supporté. Patraque, elle se sentait en permanence fatiguée. Des habits qui deviennent trop petits, trop serrés, bien plus rapidement qu’avant comme si son corps grandissait bien trop vite, un coup de la puberté.

Naïve et trop jeune, elle ne savait pas, elle ne se doutait pas de ce qui était en train d’arriver, de ce qui grandissait au fond de ses entrailles : de minuscules petites cellules qui se multipliaient.

Mais sa mère avait l'œil et l'expérience, elle avait vite compris, et en avait parlé à son père…

Et il s'en était alors mêlé.

Un soir, comme un cataclysme qui emporte tout sur son passage, des insultes avaient explosé dans la maison :

– Tu n'es qu'une catin, une traînée ! Comment as-tu pu faire un truc pareil ? À seize ans, coucher avec le premier venu ! Ce n'est certainement pas comme ça qu'on t'a élevée. Où sont les valeurs qu'on t'a inculquées depuis ta naissance ? Tu les as piétinées. Tu ne respectes absolument rien et tu te vautres dans les bras du premier qui passe ? Qui est le responsable ?

Mais avant même qu'elle puisse répondre, il avait enchaîné brutalement :

– Non, finalement, je ne veux même pas le savoir. Je m'en fous complètement de connaître son identité à ce salopard. Je ne veux même pas que son nom soit prononcé sous mon toit. Jusqu'à maintenant, on t'a laissée libre de faire ce que tu voulais car on pensait que tu étais une fille bien, respectable, en qui on pouvait avoir confiance, pas comme toutes ces traînées qui ont le feu au cul. On s'est vraiment trompés sur toi, mais je dois reconnaître que tu sais drôlement bien jouer la comédie et que tu nous as bien menés en bateau ta mère et moi. Tu as su te faire passer pour une gentille fille, bien sage, alors que toi aussi, tu n'es qu'une petite pute !

Ces mots l'avaient tétanisée.

– À partir d'aujourd'hui, crois-moi, les choses vont radicalement changer dans cette maison ! Tu n'as pas respecté ta part de contrat ! Tu t'es moquée de nous ! Tu nous as ridiculisés une fois, mais crois-moi, c'est bien la dernière ! Si je dois contrôler tes allées et venues, alors je vais te surveiller. Je vais être sur ton dos matin et soir. La belle vie est terminée ! À partir de maintenant, je vais tout recadrer, tu peux compter sur moi ! Si tu croyais que tu pouvais te foutre de ma gueule sans que je réagisse, c'est mal me connaître !

Pendant toute sa tirade, elle n'avait pas pu en placer une, son père fulminait littéralement, et elle tremblait de peur, recroquevillée dans un coin de la pièce.

Qu'allaient penser les voisins ?

Il passerait pour un mauvais père. On allait les regarder de travers, les montrer du doigt. Des gens chuchoteraient et ricaneraient derrière leur dos. Il ne voulait pas devenir la risée du coin. Il n'avait rien fait de mal, lui, jamais, et il ne permettrait pas à sa fille de ternir sa réputation.

Alors il avait fallu cacher son état, mettre des vêtements plus amples pour dissimuler les rondeurs, pour éviter que les autres ne s'en aperçoivent, comprennent et se mettent à jaser. Dans un petit village, les gens veulent tout savoir sur leurs voisins, toujours un œil ou une oreille qui traîne, les rumeurs vont très vite, aussi fallait-il faire très attention, redoubler de vigilance pour ne rien laisser deviner.

Et les efforts avaient payé !

Personne ne s'était douté de sa grossesse. Aucun vent d'une quelconque rumeur.

Il y avait eu des larmes : la jeune fille se sentait seule, abandonnée, mais les sanglots résonnaient bien à l'abri des oreilles indiscrètes, dans sa chambre. Personne ne devait savoir, personne ne pouvait l'aider.

Le seul réconfort de la jeune fille résidait dans les lettres qu'elle recevait.

Jusqu'à ce qu'elle n'en reçoive plus.

Le facteur distribuait le courrier mais n'apportait plus rien qui lui était destiné.

Inquiète, elle avait bien essayé de l'appeler mais la ligne n'était plus attribuée. Il lui avait dit qu'ils allaient déménager, qu'elle ne devait pas s'inquiéter, qu'il serait un peu occupé mais ensuite il lui écrirait pour lui donner sa nouvelle adresse.

Longtemps, elle avait espéré.

Elle ne voulait pas croire son père.

*Une grue naïve, voilà ce que tu es ! Il a eu ce qu'il voulait. : tu as écarté les cuisses. Tu crois que tu l'intéresses encore ? Tu rêves ! Il en a déjà trouvé une autre, plus jolie et plus intéressante que toi !*

Le matin, elle partait à l'école, le cœur gros, obsédée par la même idée : pourquoi ne lui donnait-il plus de nouvelles ? Est-ce que son père avait vu juste : Antoine en aimait une autre ? Est-ce qu'une lettre l'attendrait à son retour ? Elle n'écoutait plus rien en cours. À quoi bon ? Plus rien ne l'intéressait.

Finalement, son père avait gagné. Elle s'était résignée. Antoine l'avait oubliée, tout simplement. Le soir, elle pleurait dans son lit. Elle se sentait perdue sans personne vers qui se tourner, sans main à laquelle se raccrocher.

Elle lui avait tout donné : son amour, son corps, sa confiance et maintenant, il était parti. Il l'avait abandonnée.

Ses nuits étaient peuplées de cauchemars dans lesquels on la montrait du doigt en la traitant de tous les noms d'oiseaux.

Le jour, elle crevait de trouille ; on allait deviner que sous les vêtements un petit être grandissait. Tout le monde allait lui dire qu'elle l'avait bien cherché, qu'elle n'était qu'une traînée. Plus personne ne la respecterait.

Dès qu'elle rentrait du lycée, son père l'enfermait directement dans sa chambre. Seule entre ses quatre murs, elle sortait la boite à chaussures dissimulée sous son lit et relisait les lettres du garçon une bonne partie de la nuit.

Personne ne se douta de rien, personne ne s'étonna des vêtements trop larges, des joues plus rondes et des kilos en trop. Il n'y en avait pas eu beaucoup de toute façon, son père avait rationné son alimentation pour éviter qu'elle ne prenne trop de poids. Elle avait maigri, avait cru bêtement que peut-être ils s'étaient trompés. Elle n'était pas enceinte. Elle n'avait plus ses règles mais cela ne voulait rien dire.

Les nausées avaient persisté.

Et un jour, en plein cours de français, elle avait poussé un petit cri. Heureusement personne ne l'avait entendu.

Hélène avait senti des chatouillis dans son ventre, quelque chose avait remué. Apeurée, elle avait fixé sa feuille.

Que lui arrivait-il ?

De petits coups, comme des pincements très légers, mais sans être vraiment douloureux. Elle ne comprenait pas vraiment ce qui se passait. Encore un petit coup, plus vigoureux dans le côté droit de son flanc. C'était en elle. Sensation tellement étrange, tellement inouïe.

Il était là.

Un bébé poussait dans son corps.

Il se manifestait, l'appelait.

C'était affolant, cet être vivant à l'intérieur d'elle, qui avait besoin d'elle.

L'émotion qu'elle éprouva à cet instant fut si intense que son cœur battit plus vite pendant quelques minutes. Elle ne put s'empêcher de poser sa main sur son ventre comme pour caresser le bébé à travers sa peau. Émerveillée, elle perçut un autre coup. Toute la journée, elle communiqua avec lui.

Quand finalement il commença à être difficile de cacher la grossesse, son père fit appel à un de ses amis médecins pour obtenir un certificat médical. Ainsi, elle fut autorisée à manquer l'école.

Cloîtrée dans sa chambre, prostrée sur son lit, la jeune fille passait ses journées à sangloter, les mains posées sur son ventre, murmurant des paroles douces, pour ne pas déclencher la colère paternelle.

Quand elle posait la main sur son ventre, il bougeait aussitôt comme pour répondre, une sorte de dialogue continu entre la mère et l'enfant.

Alors elle pleurait.

Si seule.

Enfin, direction l'hôpital pour accoucher.

Aucune visite.

Les infirmières la regardaient avec un petit air de pitié, quelques-unes la dévisagèrent avec un reproche dans les yeux et parfois sur les lèvres :

*C'est inadmissible qu'une fille aussi jeune puisse tomber enceinte !*

Mais Hélène ne broncha pas. Après tout, elle avait son fils, ce petit être fragile qui la regardait de ses grands yeux, les mêmes que ceux d'Antoine. Et il avait besoin d'elle.

Quand son père vint les chercher pour les ramener, il

ne jeta même pas un regard en direction du bébé emmitouflé dans une couverture.

– Monte ! cracha-t-il, tout en claquant sa portière.

La jeune mère aurait voulu lui dire que c'était un garçon, mais devant son air renfrogné, ne prononça pas une parole et se contenta de monter à l'arrière, Marin serré contre son corps.

oOo

Jamais elle n'a lu cette lettre auparavant, Héloïse fixe les premières lignes avec l'espoir d'avoir mal compris mais il faut se résoudre à accepter ce qui est écrit. Elle a l'impression de manquer d'air, que ses jambes vont la lâcher d'une minute à l'autre. Et en même temps, elle se doit d'aller jusqu'au bout, elle reprend sa lecture :

*Mon amour,*

*Je ne comprends pas pourquoi tu ne me réponds pas, ce silence me tue à petit feu. J'attends ta lettre depuis plus d'une semaine. Je regarde tous les jours mais il n'y a rien pour moi.*
*Au début, j'ai bien essayé de me rassurer, je me suis dit que tu étais trop occupée, trop de devoirs au lycée, tu n'avais pas le temps mais je savais que tu pensais à moi et cela me consolait.*
*Mais ensuite j'ai commencé à trouver le temps long, je ne comprends pas du tout ce silence. Je passe mes journées à m'en demander les raisons et je commence même à me dire que tu ne m'aimes plus, et ça, c'est inimaginable.*
*On s'est promis tant de choses.*
*J'ai confiance en toi.*

*Je voudrais te serrer à nouveau dans mes bras, t'embrasser, te dire que je t'aime encore et encore et pour toujours. Tu es la personne qui compte le plus pour moi, jamais je ne pourrai oublier tous ces moments heureux que l'on a eus ensemble, ton sourire qui illumine ton visage, ton corps que j'ai adoré caresser pendant des heures, et que je voudrais encore tenir dans mes bras, t'embrasser encore et encore.*
*J'aime tout en toi.*
*Tu serais là, j'oublierais immédiatement ma souffrance et je serais de nouveau le plus heureux au monde.*
*J'espère que tu me répondras bientôt.*
*Antoine qui t'aime comme un fou et qui t'aimera toujours*

La lettre lui échappe des mains et tombe sur le sol, à ses pieds sans qu'elle tente de la récupérer.

Fébrilement, elle ouvre les suivantes et découvre la même anxiété, remplacée peu à peu, au fil des lignes, par un profond chagrin qui la déchire, une douleur intense comme si on lui enfonçait un couteau dans les entrailles et qu'on s'amusait à le tourner dans tous les sens.

Le garçon est parvenu à la conclusion qu'elle ne voulait plus de lui, qu'elle souhaitait l'oublier, effacer leur histoire d'un coup d'éponge, tirer un trait sur tout ce qu'ils avaient partagé, tous ces moments de bonheur dans les bras l'un de l'autre, tous ces baisers passionnés échangés au milieu de mille promesses. Il a conclu qu'elle l'avait sans doute déjà remplacé par un autre.

Au début, elle sent du soulagement à l'idée que le jeune homme ne l'avait pas laissée tomber à l'époque. Toutes ces années, elle a cru qu'il ne l'aimait plus et elle découvre que ce n'était pas le cas.

Puis ce sentiment est remplacé par de la colère en réalisant qu'on lui a caché ses lettres.

Jamais, elle ne les a reçues.

Antoine a imaginé qu'elle l'avait laissé tomber comme un kleenex usagé. Il a cru que tout ce qu'elle lui avait juré n'était que des belles promesses, des mensonges. Il avait confiance en elle et au final il n'aurait pas dû.

Son père est responsable de la situation !

Tout est entièrement de sa faute !

Jamais sa mère n'aurait pu lui faire une chose pareille, elle savait parfaitement à quel point Antoine était important pour sa fille.

Dans la dernière missive, Héloïse sent une telle détresse qu'elle a le sentiment qu'on lui arrache le cœur pour le piétiner rageusement.

Les deux adolescents ont cru, chacun de leur côté, que l'autre l'avait oublié.

Pendant cinq minutes, elle pleure sur ce passé qui l'a profondément marquée. Par la suite, elle n'a jamais réussi à faire confiance totalement aux autres et c'était encore pire à l'égard des hommes.

Au début d'une relation, elle se laisse approcher, séduire mais très rapidement la peur d'être abandonnée de nouveau prend le pas sur le reste et elle se ferme, s'endurcit pour ne plus souffrir. On la croit distante, peu démonstrative. En se baladant par exemple, jamais elle ne prend la main de l'autre, pas de baiser échangé en public. Ce n'est pas de la pudeur mais la peur de se montrer vulnérable.

Les larmes s'espacent peu à peu. C'est du passé. Il faut l'oublier, tirer un trait définitif, de toute façon, elle ne pourra rien y changer maintenant.

Antoine a dû certainement faire comme elle, il a souffert mais au fil du temps, la douleur s'est amenuisée. Si c'est comme pour elle, jamais elle n'a disparu complètement, toujours présente dans un petit coin, comme une écorchure légère qui démange de temps en temps. Alors on passe délicatement la main dessus et on oublie. Il faut avancer. Mais Héloïse est parfaitement consciente que sa vie ne sera plus la même désormais. Elle va devoir digérer l'idée qu'il ne l'a pas trahie, que pendant toutes ces années, elle l'a mal jugé.

Pendant longtemps, elle s'est forgée une sorte de carapace et elle réalise aujourd'hui que cette barrière ne la protégeait de rien.

Mais comment faire maintenant ?

Sa personnalité s'est construite avec sa méfiance des autres, avec sa retenue.

Que va-t-elle faire après cette découverte ?

Comment va-t-elle la gérer ?

Plongée dans ses réflexions, elle ouvre l'enveloppe pour y ranger les lettres et ses doigts effleurent un autre papier. Intriguée, elle repose la correspondance sur la table et agrandit l'ouverture.

Il y a bien encore quelque chose.

Lorsqu'elle a sorti les lettres, elle ne l'a pas senti, et il est resté au fond. Elle secoue l'enveloppe, le papier tombe sur ses genoux. Il s'agit d'un article de journal.

Pourquoi sa mère a-t-elle gardé ce document, et surtout pourquoi l'avoir joint aux lettres ?

Quand Héloïse parcourt les quelques lignes, elle est

submergée par une émotion si violente qu'elle en perd le souffle.

Cette fois, son monde s'écroule complètement.

*Sud Ouest, 4 décembre 1982*
*Suicide d'un adolescent*

*Un jeune de seize ans se donne la mort en avalant des somnifères.*
*Au petit matin, la mère d'Antoine Tournier s'est étonnée que son fils ne vienne pas prendre son petit déjeuner. Inquiète, elle est allée voir ce qui le retenait dans sa chambre. Là, elle a fait malheureusement une très macabre découverte : l'adolescent était étendu sur son lit, le visage livide, recouvert déjà par le masque de la mort. En effet, lorsque les pompiers sont arrivés, il était malheureusement trop tard. La dose de médicaments avalée par l'adolescent ne lui a laissé aucune chance.*
*Selon les parents, il n'allait pas bien depuis quelques semaines mais jamais ils n'auraient pu imaginer une issue pareille.*

Héloïse lâche l'article qui tombe à ses pieds. Elle pousse alors un long cri qui se répercute sur les murs de la chambre. De longs sanglots la secouent.

Le soir, elle range ses affaires, prend la route et envoie la voiture dans le fossé.

Son mari décide de l'hospitaliser en “maison de repos” pour qu'elle soit suivie.

# *Marc*

Ils sursautent tous les deux et se retournent presque simultanément pour découvrir Marc en train de les fixer, les yeux brillants de larmes contenues.

– Qu'est-ce que tu as dit ? demande Christophe Belot.

– Cette femme, Héloïse Huchet, je l'ai vue hier.

– Mais… mais…, sa mère bafouille, visiblement sous le choc. Elle respire un grand coup et se lance :

– Comment tu connais son nom ? Et explique-moi ce que signifie « tu l'as vue » ?

– Ce n'est pas compliqué pour le nom, quand je vous ai entendu parler d'une femme qui avait vendu notre maison, j'ai regardé dans les papiers que tu conserves dans ton bureau, je n'ai pas mis longtemps avant de trouver ceux de la vente avec les coordonnées de l'agence immobilière. Son nom apparaît dans le contrat.

– Tu as fouillé ? l'interrompt sa mère d'un ton sec.

– Laisse-le finir ! Tu as dit que tu l'avais trouvée ?

Corinne, éberluée par ce que son enfant leur raconte, ne pense même pas à s'offusquer de l'ordre que vient de lui donner Christophe. L'important est de savoir ce qu'a fait leur fils et l'interrompre ne ferait que le freiner, au risque qu'il se ferme, mais elle voit une lueur d'inquiétude passer soudain dans les yeux de Marc. Trop tard. Il semble réaliser tout à coup la gravité de ce qu'il vient d'avouer. Il ne veut plus les regarder et fixe le sol maintenant, y cherchant peut-être le moyen d'échapper à la situation.

– Vas-y, on t'écoute ta mère et moi, insiste Christophe en s'efforçant de garder le ton le plus neutre possible pour ne pas brusquer son gamin.

Mais l'adolescent semble très embarrassé et garde les yeux baissés. Ils attendent tous les deux qu'il continue. Au bout de quelques minutes, Corinne commence à trouver le temps long et s'apprête à le houspiller pour qu'il s'explique quand elle le voit relever lentement la tête :

– Eh bien, je savais comment elle s'appelait : Héloïse Huchet. J'ai vérifié l'adresse de l'agence sur internet et j'y suis allé. J'ai attendu. Au début, je ne savais pas vraiment quoi faire. Les employés sont sortis les uns derrières les autres, mais je ne reconnaissais personne. J'ai cru que je l'avais manquée ou qu'elle ne travaillait pas ce jour-là. Mais alors que je me disais qu'il fallait que je rentre, je l'ai vue sortir à son tour, la femme qui était venue sonner un jour à la maison et à qui j'avais permis de rentrer et de vous attendre dans le salon. Elle m'avait dit qu'elle devait vous parler de toute urgence et comme je savais qu'on avait des ennuis, je ne voulais pas vous en rajouter. J'ai supposé qu'elle travaillait à la banque et qu'elle venait proposer un prêt, une solution pour vous sortir de vos galères.

En écoutant les paroles de Marc, ses parents ont la même pensée : mais comment a-t-il eu connaissance de toutes ces choses ?

Tous les deux ont pourtant essayé de le préserver. Ils se disputent régulièrement, ils ne sont d'accord sur rien sauf sur un point qui leur parait essentiel : leur fils doit être laissé de côté, il faut le protéger. Pas la peine de le mêler à tout ça, de l'emprisonner dans leur propre rancune et ils constatent en l'écoutant qu'ils ont échoué lamentablement.

Marc, comme tous les enfants, a senti que quelque chose lui échappait, qu'on tentait de le tenir à l'écart. Il a vu au-delà des apparences et a deviné ce que ses parents tentaient de lui dissimuler.

Il sait tout.

L'adolescent, pris dans son explication, ne s'aperçoit pas du malaise parental :

– Quand elle a débarqué chez nous, elle n'avait pas voulu me dire pourquoi elle était là, alors je pensais bien faire. Comme un con, je l'ai laissée rentrer dans le salon pour qu'elle vous attende, et quand vous êtes arrivés, j'ai bien vu à vos têtes que je n'aurais pas dû. On aurait dit qu'elle venait vous annoncer la mort d'un proche. J'ai tout de suite pigé que j'avais fait une grosse connerie.

Corinne tique en entendant les grossièretés prononcées par son fils mais elle se retient de l'interrompre. Ce n'est pas le moment de lui dire de modérer son langage, il y a bien plus important. Le cœur empli d'anxiété, elle attend la suite.

– Quand j'ai voulu rester dans la pièce, vous m'avez dit d'aller dans ma chambre, comme si ça ne me concernait pas. Je fais tout de même partie de la famille et je ne suis plus un gamin. Après son départ, vous m'avez baratiné avec des histoires de grandes personnes mais je ne suis pas idiot, quand je l'ai vue dans son agence pourrie, j'ai fait le rapprochement entre sa visite chez nous, la vente peu après de notre maison et la bonne femme dont papa parle tout le temps, celle qu'il accuse de nous avoir tout piqué. Elle a profité de nos soucis pour se faire du fric. Et c'est normal qu'elle paie.

En entendant les derniers mots prononcés, les mêmes pourtant que ceux qu'il a si souvent utilisés, Christophe a un haut-le-cœur. C'est comme les gros mots, lorsqu'ils sortent de votre bouche, vous ne vous en rendez pas forcément compte mais si jamais vous entendez les mêmes insultes répétées par votre enfant, elles vous sautent d'un coup au visage.

Christophe réalise avec effroi que son fils a repris son discours. À force de l'entendre sans doute, il en a fait le sien.

Il tourne des yeux effarés en direction de sa femme et constate le même désarroi dans les siens.

Qu'a fait leur fils ?

Avec l'impression qu'une brèche vient de s'ouvrir et va les engloutir, Christophe Belot se force à poser la question qui le terrorise mais il lui faut tout de même connaître la réponse.

– Marc, que s'est-il passé quand tu as vu cette femme ?

Il a beau essayer de rester calme, son ton doit inquiéter l'adolescent. Ce dernier se referme d'un coup comme une huître et baisse de nouveau les yeux.

Non, non, pitié ! pense aussitôt Christophe, se retenant de sauter sur son fils pour le secouer tel un prunier. C'est urgent, il doit parler maintenant. Mais il sait aussi que Marc ne se livrera pas s'il utilise la méthode forte, bien au contraire, il finira sans doute par se murer dans un silence obstiné et il ne pourra jamais supporter de ne pas savoir ce qui s'est passé.

Pourtant, il lui est très dur de maîtriser son affolement, son sang bouillonne dans ses veines.

– Marc, regarde-moi, il faut vraiment que tu nous dises ce que tu as fait, à ta mère et à moi, on veut juste t'aider, tu comprends ?

L'adolescent garde les yeux baissés quelques secondes puis se résout à les relever pour regarder d'abord son père, puis sa mère, qui d'un léger signe, confirme ce que vient de dire son mari. Alors le jeune se jette à l'eau :

– Hier soir, maman m'a autorisé à aller en boite et je l'ai vue : elle était avec des amis. Au début je ne savais pas très bien ce que j'allais faire, mais je ne pouvais pas laisser passer une occas' pareille. C'était pas juste, elle s'amusait pendant que, nous, on avait tout perdu. Simplement je ne savais pas très bien comment faire, et puis à un moment, elle est partie aux toilettes et je l'ai suivie.

Le gamin parle de plus en plus lentement, visiblement de plus en plus embarrassé. Christophe se retient pour ne pas le brusquer.

– J'ai attendu qu'elle ressorte, je voulais…

Et là, il fut incapable de dire la suite.

– Quoi ? Qu'est-ce-que tu voulais ? interroge Christophe qui n'obtient aucune réponse.

– Qu'est-ce-que tu as fait, Marc, pitié, non ne me dis pas que tu l'as tapée, pas toi ? hurle tout à coup sa mère au désespoir.

En entendant ces mots, Marc semble sortir de son état léthargique et s'écrie :

– Non, je voulais mais je n'ai pas pu. Pourtant j'aurais aimé lui fracasser la tête pour tout le mal qu'elle nous a fait.

Il sanglote comme si finalement il était honteux de ne pas avoir frappé cette femme. Christophe réalise que c'est entièrement de sa faute. À force de répéter qu'il allait lui faire sa fête, son fils en a fait sa propre croisade et se sent maintenant dans la peau du vaincu. Heureusement qu'il n'a pas pu !

Que se serait-il passé si leur enfant l'avait frappée ? Jusqu'où serait-il allé ?

Il se met à imaginer le pire : à l'heure qu'il est, Marc aurait pu être derrière les verrous, son avenir détruit à cause de lui, accusé de coups et blessures, voire pire.

– Marc, tu es sûr, tu nous dis la vérité, tu ne lui as rien fait à cette femme ? Tu ne l'as pas touchée ?

– Non je voulais, je te jure. Quand elle est ressortie des chiottes, je me suis même mis en travers de son chemin pour lui bloquer le passage, pour qu'elle me regarde en face. Elle ne m'a même pas reconnu. Elle ne savait même pas qui j'étais. Je n'avais qu'une idée : la massacrer. Je l'ai insultée, je lui ai dit qu'elle était responsable de nos galères. À ce moment-là, je ne sais pas très bien ce qui s'est passé, mais son regard est devenu tout bizarre et elle s'est mise à bégayer, comme si tout à coup je lui fichais une trouille bleue, pourtant je n'avais rien fait de spécial. Elle a dit alors un truc que je n'ai pas compris.

– Quoi ?

– Elle m'a appelé « Antoine » d'une voix toute bizarre.

– Et tu es certain, tu ne nous dissimules rien, tu ne lui

as rien fait du tout, il faut vraiment que tu nous dises, c'est grave, Marc ?

– Puisque je te dis que non, je me suis dégonflé, elle avait l'air complètement barrée, peut-être qu'elle venait de prendre un cacheton qui commençait à lui faire de l'effet alors j'ai lâché l'affaire et je suis parti retrouver mes potes. Toi, à ma place tu lui aurais mis la raclée qu'elle méritait !

– Mais non. Toi, tu as fait ce qu'il fallait, c'était moi qui disais n'importe quoi !

– Quoi ?

– Oui, la tabasser ne m'aurait pas permis de récupérer notre maison, bien au contraire.

– Mais elle l'aurait bien mérité après ce qu'elle nous a fait.

– Non, tu ne comprends pas, elle n'y est pour rien. Bien sûr, elle l'a vendue mais un de ses collègues aurait pu le faire, c'est tombé sur elle... mais le responsable dans l'histoire, c'est moi et personne d'autre.

– Non, toi, tu n'as rien fait !

– Si, tout est de ma faute, j'ai cru que j'allais pouvoir faire tous les chantiers, que j'allais pouvoir tout assurer, j'ai trop présumé de mes forces, et après je n'ai pas pu assumer. Je nous ai mis dans la merde et je n'ai pas eu besoin d'elle pour le faire. Les clients avaient payé d'avance et ils voulaient leurs baraques dans les temps annoncés, certains avaient des frais engagés, des locations à payer, des prêts-relais et eux aussi n'y pouvaient rien. Ils ne pouvaient pas attendre, eux aussi avaient des enfants qu'ils devaient protéger. Dans ce genre d'histoire, malheureusement, on a le sentiment que d'autres en profitent mais en même temps, il faut être réaliste, ils font juste leur boulot, les banquiers, les agences… Alors oui, c'est vrai, la banque nous a pris la maison, mais elle a voulu récupérer son investissement, je ne pouvais plus la payer, mais je le savais parfaitement quand j'ai fait le crédit, c'était le risque. Ils ne m'ont pas mis une arme sur la tempe pour me faire signer les papiers, c'est moi qui ai fait le con, eux ils ont juste appliqué les clauses.

– Mais ils auraient pu attendre ! réplique Marc, juste le temps que tu trouves une solution. Tu aurais pu faire quelque chose mais ils ne t'ont pas laissé le temps.

– J'ai répété la même chose pendant longtemps mais les banquiers doivent des comptes, et je ne suis rien pour eux. S'ils faisaient une exception pour nous, ils auraient dû la faire pour d'autres et ils sont comme tout le monde, ils doivent gagner de l'argent. C'est tombé sur nous, pas de pot ! Mais il y aurait pu y avoir pire. Quand je réalise que tu aurais pu faire une grosse connerie hier, je me dis que finalement ce n'était pas si grave. Ensuite, l'agence a vendu notre maison. Et moi, comme un lâche, il me fallait un coupable, je n'arrivais pas à me dire que tout était de ma faute. Tu dis que toi, tu en es un, mais au contraire, tu as fait ce qu'il fallait. Taper sur une femme ! Voilà ce que tu voulais faire et je t'y ai encouragé. Je voulais me venger, je n'ai pas arrêté de dire ces conneries, comme si je pouvais tout rattraper de cette façon, au contraire, j'aurais perdu encore plus gros. Marc, tu as tout l'avenir devant toi. Un peu plus, tu le gâchais pour résoudre mes propres conneries. Je m'en veux, crois-moi, tu ne sais pas à quel point. Mais jamais je ne te laisserai dire que tu es un lâche, tu dois savoir que je suis fier de toi au contraire.

Il s'approche lentement de son fils et le prend dans ses bras, celui-ci pleure maintenant à chaudes larmes.

Il le serre très fort, laissant la peur quitter son corps, s'évanouir peu à peu.

Il aurait pu perdre son fils.

Il sent alors une main se poser doucement sur son épaule, relève la tête et lit une tendresse qu'il n'a pas vue depuis longtemps dans les yeux de Corinne. Elle s'approche doucement et enlace, elle aussi, leur enfant.

Alors Christophe ouvre les bras encore plus grand pour les englober tous les deux. Il s'attend un peu à ce qu'elle se crispe et est surpris de constater qu'au contraire elle passe également son bras autour de sa taille.

Il est d'un coup plus serein.

## *Bastien*

– Il y a eu un cambriolage ? interroge Bastien, les yeux écarquillés devant le spectacle qu'il découvre dans le salon.

– Non, c'est moi !

– Toi ! Mais pourquoi ?

Il s'approche pour l'embrasser mais Sophie le repousse sèchement et ne prend pas la peine de répondre à sa question. Elle attaque :

– Tu n'es pas rentré de la nuit ! Où étais-tu ?

– J'ai eu un souci avec Sylvain. Je te raconterai. Mais pour l'appart, je ne comprends pas, tu viens de dire que c'est toi qui as mis un bordel pareil ?

– Oui, mais ne change pas de sujet. Tu ne vas pas t'en tirer aussi facilement. Je veux savoir où tu étais et pourquoi tu n'es pas rentré cette nuit ?

– Je te l'ai dit, j'étais avec Sylvain. Il avait des emmerdes et il a fallu que je lui donne un coup de main pour le tirer de là.

– Comment ça des emmerdes ? Et ce coup de main t'a pris toute la nuit et t'a même empêché de m'appeler ? Tu crois vraiment que je vais gober une excuse aussi bidon.

Tu n'as pas trouvé mieux ? Tu me prends pour une conne ou quoi ?

– Ne t'énerve pas, je vais tout t'expliquer et quand tu sauras, tu verras que je ne pouvais pas t'appeler. C'était vraiment la galère ! Il fallait absolument gérer cette affaire une bonne fois pour toutes. Mais maintenant, tout est réglé. On a fait ce qu'il fallait.

Pendant qu'il parle, elle l'observe pour tenter de deviner s'il ment ou non. Puis ses yeux descendent lentement et s'arrêtent sur sa chemise et sur une grosse tâche rouge.

– Mais c'est du sang ! Tu as du sang sur ta chemise, Bastien !

Ses yeux horrifiés le détaillent et elle réalise alors que son amant est en piteux état, sa chemise et son jean sont sales et déchirés par endroits. Il a une ecchymose sur la joue droite, une coupure sur la gauche. Et cette grosse tâche de sang.

– Mais qu'est-ce que tu as fait Bastien ? crie-t-elle alors.

oOo

– Comment as-tu pu faire une connerie pareille ? Tu as perdu la raison !

Sophie est debout face à son amant, les mains sur les hanches, le regard dur. Bastien tique devant le ton cassant. Jamais il ne l'a vue dans une telle colère. Il a appris à la connaître et sait qu'elle peut être capable de s'emporter violemment, la principale cause étant la jalousie. Lorsqu'elle le soupçonne de draguer une autre femme, il a droit à une scène qui peut durer plusieurs heures. Pour la calmer, il faut se justifier et faire des tas de promesses. Mais il est prêt à en passer par là car il y trouve aussi son compte.

Elle paye bien.

En plus, malgré sa surveillance quasi constante, il réussit tout de même à assouvir certaines envies.

Pour l'apaiser, il tente de prendre un air contrit, avec les yeux d'un cocker qui vient de pisser sur le beau tapis du salon et qui demande pardon à sa maîtresse. Il accroche un sourire hésitant sur son visage. Mais le sien reste fermé, elle le fixe froidement. La trahison de son ex-mari hante son esprit. *Les amis* qui l'ont regardée avec une fausse compassion, tous ces murmures moqueurs autour d'elle : *la pauvre ! Non mais tu te rends compte, il est parti avec une jeunette. Ils couchaient sans doute ensemble depuis des mois et comme toujours l'épouse n'a rien vu !*

On a fait mine de compatir mais en réalité on l'a fuie comme la peste car dans son milieu, on n'admet pas de déballer de tels événements privés sur la place publique. Il faut cacher, dissimuler, faire semblant, garder la face, préserver les convenances et lui, en procédant ainsi, il l'a livrée tout simplement en pâture.

Et le même cirque va recommencer aujourd'hui !

Mais, en pire cette fois, car les gens n'admettront certainement pas qu'un simple gigolo la rende ridicule. Un mari friqué, c'était déjà limite mais au moins ils étaient tous les deux du même milieu.

Avec Bastien, elle sera juste risible.

Hors de question qu'elle le laisse faire !

La colère enfle et déborde.

La gifle part d'un coup sans qu'il puisse la prévoir, et

il en sent les vibrations jusque dans sa colonne vertébrale.

– Non mais tu me prends vraiment pour la dernière des connes ! Je t'ai attendu toute la nuit, j'ai pensé qu'il t'était arrivé un truc grave, que tu avais eu un accident ! J'ai même failli appeler les hôpitaux pour leur demander si tu faisais partie des derniers admis. Je t'ai pourtant prévenu que plus jamais je ne voudrais qu'on se fiche de moi. Hors de question que je devienne à nouveau la risée du quartier. Et toi, tout ce que tu trouves à faire, c'est de rentrer au petit matin, la gueule enfarinée et tu oses en plus me raconter des cracs. Tu le savais que tu ne devais pas te moquer de moi de cette façon, alors ton cinéma, tu peux aller le faire ailleurs !

– Mais comment tu peux croire que j'ai inventé un truc pareil ! Tu as vu le sang, non ? Tu penses que j'aurais pu aller jusqu'à me barbouiller avec pour te balader ? Comment tu peux imaginer que je puisse organiser un stratagème aussi gros juste pour aller baiser !

Il la voit hésiter, un quart de seconde, mais elle secoue la tête vigoureusement.

– Non, je ne te crois pas. Les hommes sont tous les mêmes. Ils sont prêts à dire les pires mensonges pour assouvir leurs bas instincts. Je suis certaine que tu as simplement passé la nuit avec une garce et que tu as tout inventé pour essayer de justifier tes frasques.

En entendant sa réponse, son espoir fond instantanément.

– Mais je te dis la vérité. On l'a écrasé mais on ne pouvait pas le laisser là, sinon quelqu'un allait nous surprendre et on risquait des ennuis, surtout Sylvain. Lui il risquait vraiment gros et je ne pouvais pas le laisser dans la merde.

Les yeux de Sophie lancent des éclairs. À voir la fureur qui étincelle maintenant dans son regard, elle est devenue une bombe à retardement, il doit faire attention à ce qu'il va dire, elle est prête à exploser à tout moment et à lui arracher les yeux avec les ongles.

– Tu vas me faire croire que tu y as passé toute la nuit ! Et où l'avez-vous enterré ?

– Dans un bois. C'est ce qui nous a pris du temps, on a roulé du côté de la forêt de Chailluz. Il a fallu être prudents, on avait la trouille de se faire attraper. Un simple contrôle nous aurait été fatal. Si jamais ils jetaient un coup d'œil dans le coffre, on était foutus. Alors on n'a pas voulu faire d'excès de vitesse. Une fois là-bas, il a fallu trouver un endroit tranquille, à l'écart et creuser un trou assez gros pour qu'on ne le retrouve pas.

– Mais pourquoi vous ne l'avez pas balancé tout simplement dans une poubelle ?

– On ne préférait pas, on ne sait jamais. Un clochard aurait pu le trouver en fouillant.

– Mais c'est complètement dingue ce que tu me racontes, fait Sophie, sentant la colère déborder à nouveau.

– Je te dis la vérité pourtant et…

– Mais je n'arrive pas à comprendre comment tu as pu te mettre dans une situation pareille, l'interrompt-elle. Si les policiers vous avaient arrêtés, c'était pire. En plus, je suis sûre que vous aviez bu tous les deux. Mais j'y pense, qui conduisait ?

– Moi !

– Mais tu aurais pu te faire arrêter.

Lorsque Bastien entend cette phrase, il est soulagé. Si elle commence à être inquiète, c'est déjà mieux pour lui. Mais il se retient de le montrer, car il faut encore prendre des pincettes et faire attention aux mots employés. À voir ses mains crispées et la tension de son corps, elle est encore prête à exploser à tout moment.

– Je n'y ai pas vraiment pensé sur le moment, j'étais dans l'urgence, Sylvain avait besoin de moi. Quand on est sortis de ce bar, on avait vraiment beaucoup bu mais, le con, il a voulu tout de même conduire. Je ne voulais pas mais rien à faire, il ne voulait rien entendre. Je lui ai rappelé pourtant qu'il n'avait plus son permis, qu'on le lui avait retiré le mois dernier et qu'il risquait gros si jamais on le prenait de nouveau au volant, en plus complètement bourré. Mais il s'en foutait complètement. Je ne pouvais pas le laisser rentrer tout seul dans un état pareil et son appart était juste à quelques rues. Je me suis dit que ça ne prendrait que quelques minutes et que j'étais là en cas de besoin. Après, ce n'est vraiment pas de pot. Le clébard est sorti des buissons quasiment sous le capot de la bagnole. Impossible de l'éviter. Même moi, je suis certain que je n'aurais rien pu faire. Dès qu'il l'a vu, Sylvain s'est jeté comme un malade sur la pédale de frein mais on arrivait trop vite. On lui est rentré dedans de pleine face, le clebs a littéralement volé par-dessus la bagnole. On s'est arrêté un peu plus loin pour sortir et jeter un coup d'œil. On voulait se barrer mais on a vu qu'il avait un collier avec le nom du propriétaire et son adresse. Alors on a flippé et on s'est dit que ça allait peut-être nous retomber dessus si jamais on le laissait dans la rue et on l'a embarqué.

Il s'approche comme pour la prendre dans ses bras

mais elle recule, encore furieuse. Il a cru que la colère s'était envolée mais il s'aperçoit à ses poings serrés qu'il se trompe.

Les images de deux corps enlacés tourbillonnent encore dans la tête de Sophie, son amant en compagnie d'une femme beaucoup plus jeune, en train de forniquer sur un lit, expérimentant des positions de plus en plus acrobatiques tout en se moquant d'elle. Riant aux éclats. Elle n'arrive pas à les chasser et elles l'obsèdent.

Sophie envoie un regard dur à son amant. Il reconnaît l'expression de la jalousie et il vaut mieux faire profil bas, éviter absolument l'affrontement direct.

La femme se penche brusquement vers lui, les narines pincées. Ses cheveux glissent sur ses épaules et elle articule les syllabes comme si elle les martèle :

– Je ne suis pas certaine de pouvoir te croire.

– Pourtant, c'est la vérité.

– Pourquoi tu n'es pas rentré tout de suite après ? Qu'est-ce que vous avez fait après votre soi-disant petit tour en forêt ? Il est onze heures, précise-t-elle après avoir jeté un coup d'œil à l'horloge du salon. Et ne me dis surtout pas que tu as mis tout ce temps pour l'enterrer !

– Après, on est rentrés. Je ne pouvais pas laisser Sylvain tout seul. Il flippait trop. Il disait qu'il avait tué quelqu'un, il n'arrêtait pas de se traiter d'assassin, il ne voulait plus conduire alors je l'ai ramené.

Ce qu'il ne précise pas, c'est qu'une fois à l'appartement, ils ont recommencé à boire pour oublier tout ça, gommer les derniers épisodes et retrouver l'état euphorique du début de soirée et achever la nuit sur une note positive.

Assommé par l'alcool, Bastien a fini par s'endormir sur le canapé.

## *Corinne*

Il s'est endormi, annonce Corinne en pénétrant dans la cuisine.

Christophe Belot est content. Son fils n'a pas détruit son avenir, ils sont passés à côté d'un désastre.

Qui sait les conséquences si jamais il avait décidé de frapper Héloïse ! Prison, casier judiciaire, vie brisée...

La vision de son fils derrière des barreaux au milieu des malfrats crée un moment de panique dans son bas-ventre et son estomac. Il a l'impression de redevenir un enfant affolé qui sent le croque-mitaine caché sous son lit. Des images explosent dans sa tête comme un feu d'artifice empoisonné, Marc en train de se faire molester par les caïds, voire pire, les fesses à l'air pendant qu'un autre se plaçait derrière lui, ouvrait sa braguette... des bagarres, des coups de couteau, le corps de son fils étendu au milieu d'une flaque de sang.

On entend tellement de choses dans les journaux.

Il a l'impression que la peur l'empoisonne.

Il étouffe.

Alors il lève les yeux vers Corinne, cherchant du réconfort. Mais il ne rencontre qu'un regard impassible, sans aucune chaleur. Il fait un pas dans sa direction, elle ne bouge pas. Il ne comprend plus.

Tout à l'heure, elle l'a entouré de ses bras.

Tout à l'heure, ils étaient à nouveau réunis, tous les trois, une vraie famille.

Et maintenant, il retrouve une femme aussi froide qu'un glaçon.

– J'ai eu si peur. On aurait pu perdre notre fils. Et tout ça par ma faute, je m'en veux tellement, dit-il la voix tremblante.

– Il n'a rien fait, c'est le principal, répond froidement Corinne.

Une sonnette d'alarme retentit dans l'esprit de Christophe. Quelque chose ne colle pas. Il la connaît bien et perçoit clairement que son attitude n'est plus la même que tout à l'heure. Elle a repris ses distances et ce ton froid qu'il déteste.

– Mais je croyais...

Elle le coupe :

– Que tout allait reprendre comme avant ?

– Tu t'es blottie contre moi !

– J'étais soulagée pour notre fils. J'ai eu la peur de ma vie quand je l'ai entendu raconter sa rencontre avec cette garce. Mais je sais tout Christophe et je ne peux pas oublier. C'est gravé dans ma tête et les images me tuent chaque jour un peu plus.

– Je ne comprends pas.

– Cette garce et toi. Comment t'as pu Christophe ?

## *Sophie*

Sophie Lonbou crie :

– Je ne te crois pas.

– Tu penses que je pourrais aller jusqu'à inventer un bobard pareil juste pour aller tirer un coup.

– Les hommes sont prêts à tout pour sortir leur queue et la fourrer dans un cul.

– Arrête Sophie, tu es vulgaire et ce langage ne te ressemble pas. Tu me connais… je n'irais pas jusque-là.

– Mais pourquoi n'as-tu pas appelé ? Un simple coup de fil aurait suffi à me rassurer.

– Tout est allé très vite, je n'ai pas eu le temps.

Bastien garde les yeux fixés sur sa maîtresse pour observer ses réactions, aussi perçoit-il immédiatement son changement d'attitude. D'abord prête à exploser de rage, elle s'était peu à peu calmée. Il commençait même à croire que la crise était passée, mais dès qu'il prononce les derniers mots, elle se ferme instantanément. Il réalise trop tard sa bévue. Jamais il n'aurait dû dire un truc pareil. Quel con !

Il fallait trouver une raison valable : plus de batterie, pas de réseau, perte ou vol de son téléphone, tout aurait été plus judicieux.

– Tu n'as pas eu le temps ! Voilà ton excuse ! C'est tout ce que tu as à me dire pour avoir passé la nuit dehors. Tu crois que ça va suffire ?

Trop tard, les vannes sont ouvertes. Il va devoir encaisser le raz de marée.

– Toute la nuit, je t'ai attendu, comme une conne ! Et toi, tu n'as pas trouvé quelques minutes à me consacrer pour me passer un simple coup de fil !

– Mais....

Vite, il doit réfléchir, argumenter, sauver les meubles.

– Mais je t'assure, si j'avais pu, je l'aurais fait.

– Casse-toi !

Il est soufflé.

– Quoi ?

– Tu as bien compris, tu n'es qu'un menteur alors tu te tires de mon appartement. Je ne veux plus t'avoir dans mes pattes. Tes mensonges, tu peux les garder pour une autre grognasse qui les gobera et qui s'étouffera avec. Je suis persuadée que tu es allé la sauter. Elle n'a pas dû supporter que je la vire. Mais tu vois, finalement, tu peux la rejoindre !

– Qui ?

– TIRE-TOI !

Elle hurle maintenant. Jamais il ne l'a vue dans un tel état de fureur, ses yeux étincellent, ses mains tremblent, et il ne sait pas vraiment quelle attitude adopter.

– Vous avez sans doute bien rigolé en vous envoyant en l'air ! Vous ne vous attendiez sans doute pas à ce que je découvre tout.

– Mais explique-moi, je ne comprends pas de qui tu parles.

Cette fois, c'en est trop pour elle, sa rage déborde. Sophie approche rapidement et sans qu'il ait le temps de réagir et de parer, elle le frappe au visage : une gifle violente puis des coups s'abattent sur ses épaules.

– Tu es un salaud, tu m'entends, un SALAUD, je t'ai tout donné et toi tu te moques de moi !

– Mais je n'étais pas avec une autre femme cette nuit, proteste-t-il tout en essayant de lui attraper les poignets.

– Tu mens, je t'ai vu avec elle….

Sophie arrête de le frapper pour s'éloigner de quelques pas.

– Avec qui ? Bon dieu, je ne sais même pas de qui tu parles !

– Avec cette traînée d'Héloïse. Ne fais pas l'innocent ! Je vous ai surpris tous les deux dans le couloir et ce n'est certainement pas la peine de prétendre que vous discutiez boulot. Ne me prends pas plus pour une conne. Elle était carrément en chaleur, tu l'as embrassé et elle s'est frottée contre toi. J'ai même cru que vous alliez baiser comme des animaux dans le couloir. Vous vous en foutiez carrément qu'un des employés débarque dans le couloir et vous découvre.

À ces mots, il chancelle. Elle le perçoit nettement et ricane de mépris.

– Tu croyais sans doute que je ne me méfierais pas et que je ne l'apprendrais jamais. Tu vois, tu t'es planté. Et tu as vraiment été trop con. Pour une simple partie de jambes en l'air, tu peux dire adieu à tout ce que tu vois ici.

Elle étend le bras et englobe tout, l'appartement, les meubles luxueux, la garde- robe chic, la terrasse qui domine la ville.

– Tu avais tout et en un claquement de doigts, hop, envolé ! Et crois-moi, tu auras du mal à en retrouver une qui sera prête à t'entretenir et à te filer du fric. J'ai des relations. Tu es fini ! Terminée la belle vie ! Tu vas atterrir dans le caniveau, au milieu de la racaille et de la vermine, où est ta place. Tu n'aurais jamais dû en sortir. Et tu pourras dire à ta salope que c'est la même chose pour elle.

Elle lui crache tout son mépris au visage, tout ce qu'elle a accumulé de rancœur durant ces dernières années se déverse sur lui. Il se sent congédié et insulté.

– Bon qu'est-ce que tu attends ? Tu te barres maintenant !

Et elle fonce dans sa direction pour le pousser vers la porte. Elle a beau être menue, sa colère décuple ses forces.

– Tu n'as pas intérêt à faire un truc pareil, dit-il alors calmement.

Le ton la surprend, elle stoppe net et le fixe pour comprendre la raison de ce changement soudain de comportement. Il parait trop sûr de lui.

– Je fais ce que je veux et c'est pas un petit merdeux dans ton genre qui va m'en empêcher ! persifle-t-elle dédaigneusement.

– Je ne pensais pas m'en servir un jour, mais tu ne me laisses pas le choix.

Et sans rien ajouter, il attrape sa veste posée sur une chaise et en extirpe son portefeuille. Perplexe, elle le regarde faire sans comprendre. Il sort un document et s'approche alors. Elle devine à son expression narquoise que la situation a changé. Manifestement il a le sentiment d'avoir repris le contrôle.

– Tiens, je t’en prie, jette un coup d’œil là-dessus et tu me dis ce que tu en penses.

Intriguée, elle s’approche à petits pas et regarde ce qu'il lui montre. Une expression de panique envahit ses traits.

– Mais où as-tu eu cette photo ?

Le souffle coupé, elle reste coite devant lui, un long frisson la parcourt lorsqu’elle entend son rire résonner dans la pièce.

– Tu vois, je suis au courant de certaines choses te concernant et c’est bien dégueu ! Si tu ne veux pas que tout le monde l’apprenne, je te conseille de bien écouter.

Sophie a les doigts crispés sur la photographie et ne peut retenir un tremblement. Elle a du mal à retrouver son calme après l'avoir découverte.

– Quand j’entame une relation, je fais toujours des petites recherches au cas où. J’avoue que je n’ai pas été déçu, répond-il d’un air satisfait. Alors tu en dis quoi de ma petite trouvaille ? Perso, je trouve que tu n'es pas mal sur ce cliché. Je suis certain que les autres penseraient la même chose que moi s’ils avaient la chance de te voir.

Tout en prononçant ses derniers mots, il s’approche et pose ses doigts sur le sein droit de Sophie.

– Tu es encore assez bien roulée pour ton âge !

Elle sursaute et le repousse violemment.

– Tu ne me touches pas, je te l’interdis.

– Oh, Sophie, tu n’as pas toujours tenu le même discours. Tu joues le rôle de la femme prude et effarouchée maintenant, et tu crois peut-être que quelqu’un va y croire.

Il se fiche ouvertement d’elle maintenant, sans aucune limite. Terminés le ton mielleux et l’expression tendre qu'il adoptait en sa présence. Bastien a fait tomber le masque et l'être qui apparaît au grand jour est froid, cynique et méprisable.

– Tu me donnes envie de vomir.

Nullement touché par cette remarque, il ricane.

– Je m'en fous complètement de ce que tu penses de moi. Tu as cru que tu pouvais m'acheter comme on achète une nouvelle bagnole et me balancer ensuite à la casse. Tu t'es gourée ! Tu te crois peut-être meilleure que moi mais tu n'es qu'une salope avec de l'argent.

Elle blanchit sous l'insulte. Satisfait de son effet, il continue :

– Je suis certain que je pourrais me faire un paquet de pognon avec ce cliché si je décidais de le donner à un journaliste. Tu imagines un peu : la sainte Sophie Lonbou en train de se faire sodomiser par un mec pendant qu'elle en suce un autre. Il ne ferait peut-être pas la une mais j'imagine déjà la tête de tous ces snobs bien-pensants qui se croient supérieurs aux autres et qui seraient offusqués qu'une des leurs se retrouve dans des journaux à scandale. La honte pour toi, la honte pour eux ! Peut-être que leur femme fait la même chose mais chut, tout doit rester entre quatre murs, personne n'est au courant et la bonne qui est grassement payée ne dira rien. IL n'y a pas pire salope que la mondaine. Finalement je vais peut-être me laisser tenter et le faire publier.

– Tu n'oserais pas ! murmure-t-elle, la voix emplie d'une profonde angoisse.

– Ah tiens, on dirait que tu as peur maintenant ! Tu fais beaucoup moins la maligne tout à coup. Je n'ai plus droit à des *tire-toi* ?

– Si tu le fais, je suis finie, ajoute-t-elle faiblement.

Le sourire de Bastien s'élargit encore un peu. Il a les cartes en main maintenant et il exulte. Il la tient en son pouvoir et il peut l'anéantir d'un simple claquement de doigts. Elle est entièrement à sa merci. Quelle jubilation !

– Ne t'en fais pas, j'ai beaucoup mieux comme projet. Je ne vais pas la filer aux journaux mais ce petit service n'est pas gratuit.

– Combien ?

– Tu piges vite. Bravo ! Je veux cinquante mille euros en échange de mon silence.

– Quoi mais tu es malade !

Il s'approche d'elle à grandes enjambées, la toise froidement et déclare d'un ton qui n'admet aucune réplique :

– Je ne plaisante pas Sophie. Je te laisse deux jours pour réunir cette somme, je sais parfaitement que ce n'est qu'une formalité pour toi. Par contre, si tu ne me prends pas au sérieux, et si je dois repartir d'ici les mains vides dans deux jours, je t'assure que je vais directement voir les journaux pour leur filer l'info.

Sur ces dernières paroles, il lui tourne le dos pour s'éloigner vers la sortie. Juste avant d'abaisser la poignée, il ajoute :

– Au fait, tu peux la garder, j'en ai plusieurs copies.

Tandis que la porte se referme lentement sur le jeune homme, Sophie s'écroule sur une chaise. Son regard trouble fixe un point à l'horizon sans même l'identifier puis ses yeux se posent sur le document qu'elle tient toujours.

Que va-t-elle faire pour pouvoir s'extirper de ce désastre ?

Clignant des yeux, Héloïse a la conscience immédiate que quelque chose a changé. La lumière ! Sa chambre est maintenant éclairée.

Comment est-ce possible ?

Elle s'est endormie malgré son angoisse, le sommeil l'a envahie et emportée. Le corps humain est une belle mécanique, lorsqu'il doit reprendre des forces alors même que la situation est oppressante, il fait en sorte de se ménager. Héloïse cale sa nuque contre l'oreiller et se dévisse le cou pour étudier la chambre et découvrir les changements éventuels, mais rien ne semble différent.

La faim et la soif commencent à se faire sentir.

Sa langue gonflée lui procure une sensation désagréable dans la bouche, l'impression d'avoir ingurgité du sable et qu'il en reste encore une bonne partie bloquée sous le palais. Elle déglutit plusieurs fois sans réel succès.

Elle tire de nouveau sur les liens, il lui faut se libérer, ensuite elle pourra lui demander les raisons de ses actes.

Et son explication aura intérêt à être bonne.

Puis elle se remémore la violence qui a envahi son

regard et elle conclut que la meilleure solution sera finalement de se barrer tout simplement très loin. Il sera temps ensuite d'appeler les flics pour qu'ils se chargent de régler l'affaire.

Il parait bien trop dangereux pour qu'elle se frotte à lui.

Forte de cette résolution, elle souffle un grand coup, tend ses muscles, mais elle a beau tirer de toutes ses forces, rien ne se passe, ses poignets sont toujours aussi serrés qu'avant. En poussant un soupir de découragement, elle relâche un peu la pression exercée sur ses bras. Il lui faut trouver un autre moyen pour se sortir de cette galère.

De sombres pensées envahissent son esprit, elle se voit rester dans cette chambre des jours durant, sans rien boire, sans aucune nourriture. Une sourde angoisse prend à nouveau possession de son esprit, lui comprime les poumons, l'air commence à manquer, elle respire mal.

Stop !

Il faut se calmer, encore, ne pas céder à la panique. C'est un sadique qui espère justement ce genre de réaction, c'est son truc de la voir souffrir. Il serait bien trop content et elle ne veut pas lui faire ce petit plaisir.

Elle s'humecte nerveusement les lèvres et se résout à crier une nouvelle fois :

– J'ai soif ! J'AI SOIF !

Elle attend… les secondes lui paraissent durer des heures.

Rien, il n'est plus là, il l'a tout simplement abandonnée et s'est barré en la laissant attachée. Et elle va crever comme ça sur son lit, à quelques mètres seulement de son frigo rempli de bouteilles d'eau fraîche malheureusement hors d'atteinte.

Rageusement, elle tire un grand coup sur ses liens et ressent immédiatement un élancement encore plus douloureux que les fois précédentes, sensation qui semble se propager dans tout son corps, lui coupant la respiration. Des larmes perlent aux coins de ses yeux. Il lui faut quelques minutes pour retrouver une respiration plus posée.

Soudain, elle entend un léger bruit, croit rêver mais non, il y a bien des pas dans les escaliers. Quelqu'un est en train de monter les marches. Un sentiment de soulagement emplit son cœur. Elle va être libérée. Enfin !

En essayant de se redresser pour regarder du côté de la porte de la chambre, elle tire sur ses bras liés et grimace sous la douleur. Elle ne les sent plus, a la désagréable impression qu'ils sont morts.

Elle se force à rester immobile, concentrée sur ce son qui se rapproche.

La porte s'ouvre.

Elle cille. Son cœur bondit dans sa poitrine. Le souffle lui manque.

Lui !

Mais c'est impossible !

# *Délia*

Tout en tirant la poubelle jusqu'au trottoir pour le passage des éboueurs le lendemain, Délia Rousseau ne peut s'empêcher de fixer la maison des voisins en se posant mille questions. Pourquoi le voisin a-t-il inventé cette histoire de chat ?

Qui était dans la chambre ? Si ce n'était ni les enfants ni Héloïse, François étant avec elle, il ne restait plus personne.

Où est passée Héloïse ?

Depuis qu'ils sont revenus de leurs vacances, ils n'ont pas aperçu une seule fois la mère de famille. Et Pierre a beau lui seriner que cela ne doit pas l'inquiéter, qu'il existe une explication simple à son absence, elle le sent. Quelque chose ne tourne pas rond chez les voisins.

Pierre, de toute façon, rien nc le tracasse, hormis les joints de culasse et autres pièces de moteurs. Il peut cogiter pendant des jours pour résoudre un problème mécanique, jusqu'à l'obsession. Mais ce qui se passe chez ses propres voisins ne semble pas le concerner.

Délia ne peut pas faire comme lui.

Sur le trottoir, la poubelle des voisins a déjà été

installée.

Délia se sent bête lorsqu'elle soulève le couvercle pour jeter un coup d'œil à l'intérieur. Sa curiosité ne lui apporte que des reflux malodorants et la vue d'une pile de sacs.

À côté sont entassés d'autres sacs.

Malgré ses genoux un peu fragiles, la femme se baisse et attrape un bout de tissu qui dépasse. Elle pousse un cri et le lâche aussitôt lorsqu'elle s'aperçoit que le chemisier porte une trace de sang au niveau du poignet. Les battements de son cœur s'accélèrent.

Son appréhension a monté d'un cran. Elle avale sa salive avec une grimace.

Les doigts tremblants, elle saisit de nouveau le vêtement pour l'examiner. Sur l'étiquette, il est inscrit la taille M. Deux choix se présentent, la mère ou la fille. La tâche n'est pas très grande mais l'emplacement n'indique rien de bon. Le cœur battant encore un peu trop vite, elle plonge la main à l'intérieur pour sortir les autres vêtements.

Tous féminins.

Et quelques-uns, elle est certaine de les identifier comme appartenant à Héloïse.

Cette fois, que va bien pouvoir trouver Pierre comme explication ?

Il semble évident qu'il se passe quelque chose de pas catholique dans cette famille. C'est un fait établi, la mère a disparu et les preuves sont devant ses yeux avec ses vêtements qui sont jetés.

Une porte claque.

La femme sursaute et se redresse, les joues rouges, mélange de honte d'être surprise en train de fouiller dans les affaires des voisins et reste de l'angoisse ressentie devant la tâche de sang.

Grégory marche dans sa direction. L'adolescent ne l'a pas encore remarquée. Ses yeux brillent.

Quand il l'aperçoit, il baisse la tête et son visage se ferme un peu plus.

Délia l'a toujours trouvé renfrogné et c'est pire depuis quelques mois. Sans doute l'adolescence avec tout ce que cela implique.

En passant à côté d'elle, il répond à sa salutation, mais sans chaleur.

Elle reste pensive quelques instants. Elle jurerait qu'il pleurait en sortant de la maison. Cette certitude, ajoutée à sa découverte, la décide.

# *Héloïse*

– Qu'est ce qui t'arrive ? On dirait que tu as vu un fantôme ?

Les traits s'estompent, leur forme duveteuse se distend, puis le visage disparaît. Héloïse tremble encore légèrement lorsqu'elle croise son regard. Il se tient devant elle, la détaillant de la tête aux pieds. Ses yeux froids examinent chaque recoin de son corps, s'attardant tout particulièrement sur son visage. Elle secoue la tête pour en chasser définitivement la vision.

– Mais qu'est-ce que tu fais ? Tu es malade ! Détache-moi tout de suite !

En prononçant ces paroles, elle s'étouffe quasiment de rage. Elle a pris son ton le plus convaincant mais sans effet sur lui. Son expression reste de marbre et il ne fait aucun geste pour se rapprocher, il se contente de répondre :

– Non

Son ton froid la glace immédiatement, elle stoppe tout mouvement pour le regarder, perplexe.

– Tu n'as pas compris, ajoute-t-il.

– Mais compris quoi ? Que tu es un grand malade ?

Si, ne t'en fais pas ! J'ai bien saisi. Je n'ai vraiment pas de pot. Sur tous les gens qui étaient à la soirée, il a fallu que je trouve le seul cinglé qui était dans la boîte et que je le ramène chez moi. Décidément, en amour je n'ai jamais eu de chance, et c'est pas aujourd'hui, apparemment, que les choses vont changer. Mais maintenant, tu arrêtes tes conneries et tu me détaches tout de suite, t'entends, TOUT DE SUITE, hurle-t-elle.

– Je ne peux pas faire ça. Il faut qu'on parlc, toi et moi, mais tant que tu ne seras pas calmée, j'attendrai. Ce n'est pas la peine de crier, ça ne sert à rien, tu vas juste me gonfler, je vais devenir méchant et je suis certain que tu n'as pas envie que je le sois, non ?

– Non, mais je ne sais même pas de quoi tu veux parler !

– Tout simplement de ton passé !

– Qu'est que tu racontes ? Tu veux que je te raconte ma vie ? C'est dans ce but que tu m'as attachée ? Non mais ça ne va pas bien dans ta tête ! On n'attache pas les gens pour les connaître, ce n'est pas ainsi que les rencontres amoureuses fonctionnent. On se découvre, on parle, on fait connaissance, on ne les emprisonne pas. Tu te crois dans un mauvais film ? Tu as voulu te la jouer barge et compagnie et tu penses que j'aime ce genre de scénario, que je vais rentrer dans ton jeu. Tu te trompes, ce n'est pas du tout mon truc, les plans sado-maso, je n'ai jamais aimé. Et tu ne vas certainement pas réussir à me faire changer d'avis en procédant de cette manière, tu peux me croire sur parole, alors maintenant, stop, on arrête tout ce cirque et tu me libères !

– Mais tu n'as vraiment rien compris, je ne suis pas là pour ton cul.

– Pourtant il t’a bien plu, mon cul ! ne peut-elle s’empêcher de répliquer.

Sans répondre, il se contente de la fixer avec dans les yeux une expression si méprisante qu’elle a envie de disparaître. Elle se sent honteuse, ce n’est pas sa faute si elle se retrouve nue devant lui, mais elle a le sentiment qu’elle aurait dû se couvrir.

– Réfléchis bien, je suis certain que tu sais parfaitement que tu as des choses à te reprocher et qu’il est temps de les régler, de libérer ta conscience de ce poids. Personne ne peut vivre en se sentant coupable ! Et tu peux hurler autant que tu veux, personne ne t'entendra.

Et sur cette dernière phrase, il lui jette un regard glacial et claque la porte.

Paniquée, elle hurle à nouveau :

– NON, NE ME LAISSE PAS !!! PITIÉ ! REVIENS !

Elle tire de toutes ses forces sur ses liens, mais une douleur fulgurante lui traverse l’épaule gauche, qu'elle s'est sans doute déboîtée. Elle grince des dents.

Au bout de quelques secondes, Héloïse retrouve un semblant de calme et sa respiration devient plus régulière. Ses yeux sont rougis par les larmes et son regard exprime une profonde détresse.

Des sanglots semblent prêts à sortir de nouveau mais elle les refoule. Il faut voir le bon côté des choses, elle n’est plus dans le noir, il a laissé la lumière allumée.

Elle détaille les murs blancs, sans cadre, sans photographie, elle n'a pas eu le temps, ni l'envie d'ailleurs de personnaliser ce petit meublé avec ces meubles bon marché, qui ne résistent pas toujours très bien aux différents locataires, une simple commode sur laquelle elle entasse des pots de crème, une brosse à cheveux et quelques tubes de maquillage. Rien qu'elle pourrait utiliser pour tenter de se libérer si tant est qu'elle puisse les atteindre.

À côté, un fauteuil sur lequel elle place chaque soir les vêtements à mettre le lendemain. Elle découvre une culotte et un soutien-gorge blancs, soigneusement pliés, sans doute ceux qu'elle portait il y a deux jours. Ce n'est pas elle qui les a placés là.

Rien, aucune arme, aucun objet qui pourrait l'aider à s'extirper de ce guêpier.

Mais comment aurait-elle pu prévoir ? Elle n'aurait jamais imaginé qu'un jour, un malade la retiendrait prisonnière contre son gré sur son propre lit. Ce scénario est digne d'une série télévisée ou d'un livre de Jean-Christophe Grangé.

Elle n'entend aucun bruit dans la maison, à croire qu'il n'est plus là. Mais il n'aurait tout de même pas osé partir en la laissant attachée.

Que va-t-elle devenir sans eau ?

Que lui veut-il ?

Elle a beau réfléchir, elle ne trouve pas la réponse. Elle garde en mémoire les dernières paroles qu'il a prononcées : *libérer sa conscience d'un poids.* Mais elle ne voit pas où il veut en venir. Elle tente de comprendre mais sans résultat.

Ou alors il est tout simplement fou. Comme elle vient de le lui dire, elle est tombée sur un taré. Une vague de panique la submerge et fait disparaître toute trace de raison. Elle tente de la maîtriser mais cette fois, elle ne réussit pas à la canaliser et son esprit part à la dérive.

Elle hurle de terreur.

– Je ne comprends pas, balbutie Christophe.

– Ta liaison, crache Corinne.

– Mais…

– Tu pensais que je ne l'apprendrais jamais ?

– …

– Je suis au courant. Et je ne sais pas comment tu as pu faire un truc pareil. Avec cette garce ! Elle nous a pris notre maison et pour la remercier, tu la sautes !

Il pourrait nier, prétendre qu'elle se trompe, crier haut et fort qu'il n'est pas coupable. Il n'en fait rien.

C'est trop tard.

Il capitule.

– Je suis désolé, murmure-t-il, honteux.

– C'est trop facile.

– Non, crois-moi je ne sais pas comment c'est arrivé. Je me sentais seul. Face à tout. J'étais en train de perdre l'entreprise de mon père et entre nous les choses n'allaient pas fort.

– Tu te cherches encore des excuses.

– Non, j'assume. Je sais que j'ai fait une connerie. Elle était là, elle m'écoutait, et j'avais l'impression que je comptais à nouveau. Je l'ai regretté mais je ne pouvais pas effacer ce que j'avais fait. Ça n'a vraiment pas duré ni compté.

– C'est censé me réconforter ? Mon mari couche avec une autre femme mais je dois me consoler en me disant que c'était juste quelques nuits.

La voix est pleine de colère mais Corinne ne crie pas car elle ne veut pas réveiller leur fils. En aucun cas, il ne doit être mêlé à ces histoires de coucheries. Christophe est anéanti. Il ne se doutait pas du tout que sa femme avait découvert son écart.

C'était la première fois.

À ses yeux, les maris infidèles sont des salauds et il a rejoint cette catégorie. Il n'a jamais cessé de le regretter depuis. Héloïse s'est moquée de lui. Elle a usé de ses charmes pour le séduire, cela lui a facilité la vente de la maison. Ce n'était peut-être pas son but au départ mais elle n'a eu aucun scrupule à lui faire croire qu'il était important pour elle et à profiter de son écart pour brader la maison.

– Pourquoi tu ne me l'as pas dit ? interroge-t-il.

– Je ne sais pas. Tout cela me paraissait tellement dégueulasse. J'avais confiance en toi. Après, de toute façon, cela ne servait plus à rien d'en parler. On était séparé. Il fallait que je passe à autre chose. J'espère que tu en as bien profité ! souligne-t-elle ironique.

Mais ses yeux brillent et il voit nettement qu'elle retient ses larmes. Il comprend qu'elle a beaucoup souffert et cela lui fait mal à son tour. Il s'approche et l'entoure de ses bras. Il s'attend à être repoussé mais elle n'en fait rien. Les sanglots secouent ses épaules.

Ils restent enlacés plusieurs minutes en silence.

Puis les mots le brisent, des paroles de colère, de tristesse, de rancœur mais aussi de remords et enfin de tendresse. Des mots qui soignent les plaies du cœur.

# *Héloïse*

Il la frappe pour la réveiller, un coup sec sur la joue. Héloïse pousse un cri de douleur et ouvre les yeux. Le visage impassible, l'homme se tient debout devant elle.

Il lève le bras, elle tente d'esquisser le coup suivant mais n'y parvient pas, la sensation qu'un boulet de canon la percute et la laisse K.O., le souffle coupé.

Elle gémit.

– Alors tu as réfléchi depuis tout à l'heure ? On peut parler cette fois, sérieusement, ou je dois encore te laisser du temps pour que ton cerveau se mette en marche ?

– Je ne comprends absolument pas ce que tu veux ? Qu'est-ce que je t'ai fait ? On ne se connaît même pas, je ne t'avais jamais vu avant. Alors pourquoi tu me fais un truc pareil, répond-elle avec des sanglots dans la voix.

– Tse tse, tu n'es pas très raisonnable ! Mais je me doutais bien que j'allais devoir te rafraîchir la mémoire. Tiens, lis, ça va sans doute t'aider à la retrouver. Je vais te détacher, mais je te préviens : fais attention ! Tu restes bien tranquille pendant que je le fais, car si je te vois bouger ne serait-ce qu'un seul petit muscle, je deviendrai très méchant et tu ne veux pas, n'est-ce pas, que je te fasse mal de nouveau ?

Tout en prononçant ces mots, il la fixe avec une telle lueur de violence dans les yeux qu'elle se contente de hocher la tête, tétanisée par la peur.

Satisfait, il se penche.

Elle recule. Réflexe pour se protéger.

Tout en remarquant son geste, il ne bronche pas. Et il lui détache un des liens, celui qui retenait son bras droit.

Puis il se relève rapidement et sort sans prononcer d'autres mots.

– NON, ATTENDS ! RESTE-LÀ ! hurle-t-elle désespérée de se retrouver seule de nouveau et encore prisonnière.

Elle fixe la porte avec l'espoir qu'elle s'ouvre de nouveau, les larmes coulant maintenant sur ses joues, sans pouvoir les contenir. Puis elle réalise qu'elle peut bouger son bras et passe quelques minutes à faire des mouvements de flexion douloureux, ensuite le sang circule de nouveau librement dans ses veines, ce qui lui fait un bien fou. Elle bouge son bras jusqu'à ce que les picotements disparaissent complètement. Son regard est alors attiré par la feuille blanche, juste à côté d'elle. Héloïse déplie lentement le papier et commence la lecture :

*Hélène, Mon amour,*

*Depuis le jour où je t'ai rencontrée, mon cœur a battu plus vite. J'ai éprouvé des sentiments que jamais avant je n'avais ressentis pour une autre fille et je suis certain que jamais je n'éprouverai ça pour une autre, après toi.*

*Dès que je t'ai vue apparaître devant moi, je t'ai*

*trouvée si belle, je ne voyais plus que toi, les autres n'existaient plus, on me parlait mais je n'entendais rien.*

*J'ai cru au début que je ne serais pas assez bien pour toi, que jamais tu ne ferais attention à moi, mais tu m'as souri et j'ai su que tu deviendrais l'amour de ma vie. Ensuite, on a fait connaissance et j'ai tout aimé chez toi, ton caractère, ta douceur, ta curiosité, ta spontanéité.*

*Tu es vraiment quelqu'un d'unique.*

*Je suis heureux de t'avoir dans ma vie.*

*Durant notre premier baiser échangé sur cette plage au clair de lune, je t'ai sentie toute tremblante dans mes bras, j'ai compris que tu avais peur. Pour toi c'était la première fois. J'ai adoré t'embrasser, tes lèvres étaient si douces.*

*Jamais je ne ferai quelque chose qui puisse te faire du mal.*

*Je t'aime chaque jour de plus en plus.*

*Notre amour me rend plus fort.*

*Tu es si belle. Tes yeux magnifiques me rendent fou d'amour, tes jambes longues et fines, tes seins superbes, ton corps de sirène me fascinent. J'adore le sentir se blottir dans mes bras.*

*Chaque jour passé avec toi représente un moment de pur bonheur et je sais que ce sera toujours ainsi. Je veux passer le reste de ma vie avec toi.*

*Mes sentiments pour toi sont si forts, si intenses que parfois j'ai peur. Peur que tu ne m'aimes plus, peur de te perdre. Je serais alors le garçon le plus triste du monde, mais je sais que cela n'arrivera jamais car je t'aime comme un fou.*

*Mon amour, je t'aime plus que tout.*

*Tu es entrée dans ma tête, dans mon cœur et il*

*faut me croire, tu n'es pas près d'en sortir.*

*Je serai toujours là pour toi, dans les bons moments comme dans les mauvais. J'ai l'impression que j'ai commencé à vivre vraiment le jour où je t'ai rencontrée.*

*Je t'aime comme un fou.*

*Je n'imagine pas une seconde ma vie sans toi. C'est dans tes bras que je me sens le mieux. Toi seul me donne le sourire.*

*Et je te promets de tout faire pour te garder à mes côtés, pour te rendre heureuse, de ne jamais te faire souffrir.*

*Ton sourire m'éblouit, je me perds dans tes yeux mais c'est un pur bonheur.*

*Je te le redis : ma vie sans toi n'a aucun sens. Je t'aime et t'aimerai toujours.*

*Antoine, ton amour pour la vie.*

Elle la relit jusqu'à la connaître par cœur. Les larmes effacent quelques mots.

– Alors tu la vis comment cette plongée dans tes souvenirs ? Tu l'avais complètement oublié, n'est-ce pas ?

La femme est assise sur le bord du lit, incapable de détourner son regard de la feuille, qu'elle tient d'une main tremblante.

En entendant la question, Héloïse lève un regard hagard.

– Pourquoi me montres-tu cette lettre ?

– Tu es surprise, tu ne t'y attendais pas ?

– Mais c'est loin ! Pourquoi m'en parler maintenant ? En quoi ça te regarde ?

– Ton attitude est à gerber ! Et je ne te laisserai pas

t'en tirer aussi facilement ! Pour toi, finalement, il ne représentait pas grand-chose, n'est-ce-pas ?

– Je t'interdis de dire une chose pareille, il était tout pour moi, TOUT !

Les yeux emplis de rage, elle aurait voulu le frapper, lui faire mal jusqu'à ce qu'il se taise et qu'il la supplie à son tour d'arrêter. Il n'a pas le droit de cracher sur son histoire.

– Il a été mon premier amour, mon premier baiser. Avant lui, je ne savais pas ce que voulait dire être amoureux. Avant, j'avais déjà cru l'être mais ce n'était rien en comparaison de ce que j'ai éprouvé dans ses bras. Je l'ai adoré. Mes sentiments pour lui ont été sans doute les plus forts de toute ma vie. Je l'aimais tellement que je le voyais partout. Quand je me promenais et que je croisais quelqu'un, son visage se superposait à celui de la personne, comme s'il était en permanence à mes côtés, alors personne, et certainement pas toi, n'a le droit de me dire qu'il n'a pas compté pour moi. Je te l'interdis ! Tu m'entends : TU N'AS PAS LE DROIT DE DIRE UNE CONNERIE PAREILLE !

La colère la gagne maintenant, les mots sortent tels des serpents de sa bouche sans qu'elle réfléchisse. Elle veut l'atteindre.

– Mais oui, sors les violons… Un peu facile de dire un truc pareil maintenant, de jouer le rôle de l'amoureuse éplorée. Tu te crois dans Roméo et Juliette ? Tu vas nous jouer la scène du final ? Arrête... je vais sortir les mouchoirs. Mais si vraiment tu l'aimais autant que tu le dis, tu aurais répondu à ses lettres ! Le pauvre ! Il a dû devenir cinglé à l'idée que tu ne voulais plus de lui. Mais en même temps, à cet âge, on ne peut pas être dans la durée. On passe vite à autre chose, n'est-ce-pas ? Tu as craqué pour un autre, un garçon plus gentil, plus beau, et tu l'as remplacé tout simplement. Tu n'as pas pensé à ce qu'il pouvait ressentir. Il était fou amoureux mais pour toi ce n'était pas la même chose visiblement. Un vrai cœur d'artichaut qui ne se rend pas compte du mal qu'il fait autour de lui ou qui s'en fout. C'est dégueulasse ce que tu lui as fait et ne dis pas maintenant que tu en avais quelque chose à faire de lui. Tu t'en foutais complètement ! Tu as joué avec lui et après, tu l'as jeté comme une merde.

– NONNNNN, ARRÊTE, hurle-t-elle, tu déformes tout. Je ne l'ai jamais su.

– Je ne te crois pas. Tu peux me dire ce que tu veux maintenant mais derrière tes mensonges, tes faux airs de princesse, je te connais. Tu n'es qu'une menteuse et une tricheuse ! Les gens te prennent pour ce que tu n'es pas. Mais en même temps, je les comprends, comment pourraient-ils se douter que tu passes ton temps à tricher, à faire semblant, à leur mentir ? Tout n'est qu'apparence chez toi. Que des tricheries et des mensonges ! Ils ne savent pas ce qui se cache dessous. Pour mieux les tromper, il n'y a qu'à voir, tu as même changé de prénom et maintenant tu ne sais faire que ça, mentir aux autres, les duper. Tout est faux chez toi ! Du toc, voilà ce que tu es !

Il claque la porte en sortant.

– AU SECOURS ! hurle Héloïse. AIDEZ-MOI, PITIÉÉÉÉÉ !

Une partie de son cerveau l'avertit qu'elle a tort de crier aussi fort, qu'elle réussira juste à l'énerver. Mais elle ne peut pas s'en empêcher, la panique l'envahit et elle sent que ses pensées se brouillent.

À force de crier, sa voix s'enroue. Dans sa tête résonne un énorme marteau. Et sa soif devient de plus en plus intense.

La peur prend place dans son esprit, dominant la moindre pensée rationnelle.

Alors malgré la petite voix raisonnable qui la met en garde, elle continue :

– AU SECOURS, je suis là, quelqu'un… Au secours, à l'aide… PITIÉ, PITIÉÉÉ.

Sa voix finit par se casser et, les yeux exorbités, elle tourne la tête à gauche, du côté de la porte, pour distinguer un mouvement. Elle espère de toutes ses forces mais rien… la sueur colle maintenant ses cheveux à son front. Elle prend une profonde inspiration, mais même en comptant jusqu'à dix, elle ne réussit pas à se calmer, son esprit affolé cherche à fuir la réalité. Ses yeux s'embuent, des larmes coulent sur ses joues, elle sent leur goût salé, elle perd pied.

Elle pousse un gémissement étouffé et ferme les yeux. Elle part à la dérive vers des contrées plus rassurantes.

Sa respiration, plus régulière, se fait encore plus lente et elle commence à somnoler.

oOo

L'envie de vomir arrive subitement. Les élancements dans ses épaules sont intolérables maintenant, se propagent en ondes lancinantes et Héloïse a la fâcheuse impression que ce n'est que le début de l'enfer.

Son moral a encore baissé d'un cran, elle a commencé à envisager la possibilité qu'il a tout simplement décidé de l'abandonner, seule, attachée à son lit et qu'elle va mourir de faim et de soif.

Elle a introduit un cinglé, un malade qui ne raisonne pas de la même manière que la majorité des gens, qui ne respecte pas les codes de la société. Inutile de tenter de trouver une logique quelconque à son comportement, il n'y en a pas, seule l'envie de la torturer le guide. Elle a déniché un Mickey mais apparemment elle n'est pas suffisamment à son goût pour devenir sa Mallory[1] et il a plutôt décidé d'en faire une de ses victimes. Son nom s'ajoutera à celui des autres.

Son esprit dérive vers des suppositions encore plus monstrueuses.

Elle chavire brutalement dans un monde inconnu, celui d'une réalité horrible, qu'elle n'a jamais imaginée de sa vie, et perd tous ses anciens repères. Des images de tortures, entrevues dans des films, envahissent son esprit, des hommes aux sourires inquiétants, qui épient leurs proies pendant des jours, cachés dans un fourré et qui leur sautent dessus juste avant qu'elles ne pénètrent à l'intérieur de leur maison, des scènes de violence durant lesquelles la victime supplie son bourreau de l'épargner, mais il reste imperturbable et lui fait subir les pires outrages, n'hésitant pas à violer son intimité, à la torturer. Des images de visages de femmes suffoquant sous un sac plastique, le visage tordu par l'angoisse, les yeux emplis par la détresse, des mains qui repoussent maladroitement une silhouette pesant de tout son poids, des corps qui tentent d'échapper à un sexe turgescent qui s'introduit

[1] Note de l'éditeur : *Mickey* et *Mallory* sont les héros du film *''Tueurs nés''* d'Oliver Stone avec Woody Harrelson et Juliette Lewis.

brutalement, forçant toutes les barrières.

Héloïse sombre.

Les remords la rongent.

Elle voudrait revoir ses enfants, les serrer dans ses bras, leur dire qu'elle les aime, qu'elle regrette tous ces moments passés loin d'eux.

L'homme joue avec elle.

Il lui a dit qu'il veut la voir souffrir, que ce n'est que justice. Comme un chat avec une souris, il l'a attrapée dans ses griffes, il la laisse se reposer un peu pour mieux l'attaquer juste après, il se régale de la voir se tordre et tenter de fuir.

oOo

Héloïse se réveille d'un sommeil agité, plein d'images effrayantes qu'elle a bien du mal à chasser. Des ombres menaçantes qui grimacent et la pourchassent. Combien de temps a-t-elle dormi ? Quel jour est-on ? L'esprit encore confus, elle garde le sentiment qu'une menace pèse encore, tout près d'elle, tapie dans un coin, planquée au fond d'un placard, ou sous le lit, prête à lui sauter dessus.

Elle ne veut pas se rendormir.

Elle cherche à lutter contre le sommeil, mais sous l'effet des médicaments qu'elle absorbe depuis des semaines, la partie est perdue d'avance, il l'envahit peu à peu de nouveau, ses yeux se ferment malgré ses efforts pour les garder ouverts et elle sombre.

Elle dodeline de la tête. Son corps se relâche.

Soudain, elle ouvre de nouveau les yeux, paniquée. Elle a perçu quelque chose et c'est dangereux.

Est-ce un bruit perçu par son inconscient, une sorte de sixième sens qui l'avertit d'un futur danger ?

Est-il revenu dans la pièce sans qu'elle l'entende ?

A-t-il profité de son extrême faiblesse pour ouvrir la porte doucement, sans qu'elle perçoive le moindre son ?

Cette pensée la fait tressaillir. Elle craint de nouveaux coups.

Elle regarde autour d'elle.

Soulagée, elle pousse un long soupir : il n'est pas présent.

Il faut tout de même se méfier, rester sur ses gardes.

Dormir la mettrait dans une position fragile, à son entière merci.

Elle secoue la tête vigoureusement pour repousser la grande fatigue qui pèse sur elle. Elle continue de sentir comme de l'électricité dans l'air alors elle commence à détailler la chambre. Tout a l'air tranquille puis ses yeux se dirigent vers le coin situé à gauche de la fenêtre, là où reste encore une partie dans l'ombre.

Rien, ce n'est que le papier peint.

Mais alors qu'elle commence à se détendre, elle perçoit un mouvement. Pas grand-chose mais cela suffit pour qu'elle comprenne qu'il est là, appuyé contre le mur et qu'il l'observe.

Jamais il ne la laissera. Elle est sa prisonnière.

Elle hurle de frustration.

La silhouette se détache du mur pour s'approcher lentement du lit. Sans un mot, ses yeux la parcourent, s'attardant sur ses jambes nues, son ventre, ses seins et détaillant enfin longuement son visage. Il semble satisfait de la découvrir dans un état de grande anxiété, les yeux emplis de détresse, les cheveux emmêlés par la sueur. Un sourire carnassier relève le coin de ses lèvres, il symbolise parfaitement le prédateur content d'avoir sa proie à sa merci, savourant pleinement sa victoire. Il sait qu'elle ne peut rien faire contre lui, rien faire pour se protéger.

Elle lutte contre les larmes, elle ne doit pas lui faire ce plaisir, il ne faut pas capituler, mais c'est maintenant au-dessus de ses forces, elle est exténuée et terrorisée. Difficile de ne pas fléchir.

Avec un gémissement, les larmes coulent sur ses joues. Le découragement prend le dessus sur sa colère, elle n'a plus d'espoir et la douleur l'a achevée.

– Alors tu es enfin prête à dire toute la vérité ? À avouer tous tes crimes ?

Il a la voix solennelle et se tient au-dessus d'elle, adoptant l'attitude d'un juge sévère. Son procès va commencer, mais sans avocat pour la défendre.

Le problème, c'est qu'Héloïse ne voit pas où il veut en venir. Elle a bien compris qu'il semble l'accuser de quelque chose mais que veut-il qu'elle confesse exactement ?

– Je ne comprends pas, geint-elle.

– À force, ce jeu ne m'amuse plus du tout, il faut te montrer plus raisonnable, sinon je vais finir par me fâcher pour de bon. On va commencer par des questions toutes simples. Quel est ton prénom ? demande-t-il.

– Héloïse, répond-elle perplexe.

– Mensonge ! Tu t'appelles Hélène, c'est ainsi et pas autrement que tes parents t'ont appelée à la naissance. Tu commences mal !

– Oui, tu as raison, mais j'ai changé, je suis devenue Héloïse. Je ne suis plus Hélène.

Elle s'efforce de soutenir son regard, après tout, cela ne le regarde pas si elle a voulu changer de prénom et elle ne voit pas pourquoi il pourrait lui reprocher une chose pareille, mais il la foudroie du regard.

– Tout n'est qu'apparence et mensonges chez toi. Quand on naît, on reçoit un prénom de la part de ses parents. Tu as bien été baptisée ?

– Oui mais…

– Le baptême est un sacrement, ton prénom a été béni par Dieu ce jour-là et toi tu oses cracher dessus, la coupe-t-il brutalement.

Sans même lui laisser le temps de répliquer, il enchaîne :

– Ensuite on peut évoquer ton apparence, de quelle couleur sont tes cheveux ?

À cette question, la femme s'énerve :

– Mais qu'est-ce que ça peut te foutre ? Pourquoi tu me poses toutes ces questions, ce n'est pas important de savoir si je suis brune ou blonde, non ?

Il esquisse un sourire sarcastique, la détaillant de la tête aux pieds.

– Ne me force pas à redevenir méchant et dis-moi juste quelle est la couleur naturelle de tes cheveux ?

– Châtain foncé.

– Bien, enfin tu dis la vérité, je vois que tu commences à comprendre. En changeant leur couleur, tu as continué de mentir.

– Tu débloques complètement. Beaucoup de femmes se font une teinture.

– S'il n'y avait que ce détail ! Tout le monde te prend pour une bonne mère alors qu'il n'en est rien.

– Mais je suis une bonne mère, je me suis occupée de

mes enfants. La nuit, quand ils étaient malades et qu'ils m'appelaient, qui se levait ? Moi ! Quand ils tombaient, s'écorchaient le genou et qu'ils réclamaient un câlin pour les consoler, j'étais là, j'ai toujours été là. Je les ai élevés, j'ai fait mon rôle de mère.

– Et après, tu t'es tirée !

– Je n'allais pas bien.

– Ben voyons !... Mais laissons ces deux-là de côté pour le moment. Je voudrais qu'on évoque celui que tu as abandonné avant.

Héloïse semble sonnée par les derniers mots. Pendant quelques secondes, elle reste sans voix, incapable de répondre, son regard fixe les murs sans les voir. Elle est happée par ses pensées. Un ricanement moqueur la ramène brutalement à la réalité.

– Je suis certain que tu ne t'attendais pas à ce que quelqu'un puisse te rappeler cet épisode honteux de ton passé, qu'on te mette le nez dedans. Tu croyais que personne n'était au courant. Ton mari et tes enfants ne doivent pas le savoir.

– Non, confirme-t-elle faiblement.

Si quelques minutes plus tôt, la femme a fait preuve de détermination à comprendre ce qui se passe, à l'affronter, ce n'est plus le cas maintenant. Elle parait complètement désemparée, comme si les barrières qu'elle a pris soin de construire commencent à s'effriter pour tomber l'une après l'autre. À présent, elle est sans défense, mais il accentue encore la pression.

– Tu affirmes être une bonne mère mais si on dresse le bilan, on s'aperçoit vite que tes enfants dont tu es si fière, tu les as tout simplement abandonnés. Ils devenaient sans doute trop encombrants, et tu les as bazardés comme on jette de vieilles frusques. Et pour l'autre, il en a sans doute été de même.

– Pour Marina et Grégory, je pleurais tout le temps. Tout me glissait entre les doigts. Je n'arrivais plus à gérer. Il ne fallait pas qu'ils me voient dans cet état. Ils commençaient à se poser des tonnes de questions, à s'inquiéter pour leur maman, et je ne voulais pas les chambouler.

– Pour ne pas les traumatiser, tu te barres de la maison ! Et une fois seule, une fois débarrassée de tes responsabilités, qu'est-ce que tu as fait ? Tu as commencé à t'éclater, à sortir avec tes nouveaux amis, à boire comme un trou au point que le lendemain tu ne te souviennes plus de rien. C'était ça la méthode pour aller mieux sans doute ! Tu crois vraiment qu'en ce moment tes gamins ne sont pas perturbés par ton départ ? Ils doivent avoir l'impression qu'ils sont de la merde. Voilà ce que tu leur as mis sur les épaules en les abandonnant. Toute leur vie, ils penseront qu'ils ne sont pas importants et qu'ils ne méritent rien puisque même leur propre mère ne les a pas aimés.

– Mais ce n'est pas vrai. C'est exactement le contraire.

– Tu mens ! Et pour l'autre, le bébé, pour lui quelle est ton excuse ? Que vas-tu inventer ?

– C'est mon père le responsable !

oOo

– Tu as abandonné ton fils !

– Non. Je ne sais pas qui t'a dit ça, mais c'est un mensonge.

Depuis des heures, elle lui répète la même chose. Il a profité de son inconscience pour extirper les lettres dissimulées sous son oreiller. Et il les a lues. À chaque coup qu'il lui administre, il lui crache cette accusation au visage.

Elle se sent trop faible pour expliquer.

Depuis combien de temps n'a-t-elle pas mangé ?

Elle n'a plus aucun repère, plus aucune idée de l'heure qu'il est.

– Ne me mens pas, tout est marqué dans ces documents : tu as eu un enfant le 5 avril 1983. Regarde, j'ai son certificat de naissance, il est né à la maternité *La Mère et l'Enfant*, à Besançon, un beau bébé qui pesait trois kilos quatre cents, un garçon. Comment tu l'as appelé ? Tu t'en rappelles au moins, ou son prénom aussi, tu l'as tout simplement gommé de tes souvenirs ?

– Marin, murmure-t-elle faiblement.

– Et tu y penses de temps en temps à ton fils ?

– Oui, souvent.

– Menteuse ! Je suis certain que tu l'as oublié aussitôt après l'avoir bazardé. Tu as couché sans prendre tes précautions, ensuite malheureusement pour toi, tu es tombée enceinte mais tu t'en es vite débarrassée.

En poussant des gémissements de douleur, elle se redresse sur l'oreiller. Elle ne sent plus son corps mais elle ne peut pas le laisser dire une chose pareille.

– Non je ne l'ai pas abandonné, ce n'est pas ma faute.

– Ah voilà, ton éternelle excuse : « Je ne suis pas coupable, quelqu'un d'autre s'est chargé du sale boulot » À notre époque, plus personne ne veut assumer ses responsabilités. L'autre jour, aux informations, j'ai entendu une mère raconter que son gamin, trop turbulent, est monté sur le bord d'une fenêtre et est tombé du deuxième étage. Elle chialait. Mais elle oublie de préciser que son fils n'avait que quatre ans. QUATRE ANS ! Comment on peut accuser un gosse de cet âge ? J'ai été écœuré de voir des gens plaindre cette bonne femme criminelle. Certains ont même supposé qu'elle avait déjà trop souffert et qu'il ne fallait pas en rajouter en l'envoyant en prison. Mais si tu veux mon avis, ce n'est pas la prison qu'elle mérite mais la peine de mort. Si une mère n'est pas capable de surveiller son gamin, qui le fera ? Toi, quelle est ton excuse ? Il t'empêchait d'aller en boîte avec tes copines ? Il pleurait trop la nuit, tu ne l'as pas supporté ?

– Non, je l'aimais !

– Mais si c'était le cas, tu l'aurais gardé… ton gamin.

– J'étais trop jeune. Mon père ne m'a pas laissé le choix.

– Qu'a-t-il fait ? Il t'a grondé ?

Son air ironique est insupportable. Malgré la douleur, elle tente de se lever mais elle ne réussit qu'à soulever légèrement le bras dans sa direction, il ricane.

– La vérité ne te plaît pas, hein ? Mais il faut bien que quelqu'un la dise.

– Il m'a obligée à l'abandonner. Il est responsable, tu entends, hurle-t-elle.

– Je trouve cette solution très commode. Il est mort maintenant, le pauvre, il doit se retourner dans sa tombe en t'entendant dire des horreurs pareilles sur son compte. Tu ne vaux pas grand-chose en tant que mère, mais à ce que je vois, tu ne vaux pas mieux en tant que fille, tu es prête à tout pour sauver la face et pour te faire passer pour une victime.

– C’est la vérité, je voulais le garder. Je n’ai pas pu !

Les larmes recommencent à couler, des larmes de détresse.

– J'en ai marre, tu ne sais faire que chialer. Je vais me boire une bière et je reviendrai quand tu seras calmée, on reprendra alors notre petite conversation.

La porte se ferme. Héloïse se laisse aller sur l’oreiller. Elle n’a même plus le courage de crier. Des images apparaissent, des bouts de son passé : son père en train de lui aboyer dessus, de l’injurier. La jeune fille a dû assumer, seule, les nouvelles responsabilités de mère, sans conseils, sans soutien.

oOo

Marin s’était montré d’emblée un bébé difficile, pleurant souvent la nuit, sans véritable raison. Ces pleurs continuels mettaient les nerfs de toute la famille à rude épreuve. La jeune fille avait beau essayer de le calmer en le berçant, il ne s’arrêtait pas. Elle lui chantait des berceuses, le câlinait, rien ne fonctionnait.

Lorsqu’elle rentrait du lycée après les cours, sa mère lui tendait son fils comme un simple paquet. Et c’était à elle de prendre la relève. Il était hors de question qu’elle l’emmène dans le salon, son père ne voulait pas l’avoir dans son champ de vision. Ce n’était pas son problème, hors de question que le bébé le dérange. Ce manège avait duré deux semaines.

Puis, un jour, elle était rentrée de l’école, il n’était plus là.

La maison était vide.

Elle avait couru dans toutes les pièces de la maison, le

cherchant partout puis s’était rendu compte avec consternation que toutes les affaires du petit avaient disparu. Ses vêtements n’étaient plus sur l’étagère, ses biberons s'étaient volatilisés. Plus aucune trace de son bébé comme s’il n’avait jamais existé.

Un bruit de clé dans la porte d’entrée, sa mère était rentrée, les bras chargés de deux sacs de course. La jeune fille lui avait sauté dessus, renversant les provisions, des pommes avaient roulé dans le couloir, une bouteille de jus d’orange avait explosé, maculant le papier peint de tâches orange. Mais elle s’en fichait, elle avait hurlé :

– Où est-il ?

Sa mère s’était contentée de la fixer quelques secondes puis elle avait baissé les yeux pour regarder le désastre. Elle s’était penchée pour commencer à ramasser les morceaux sans une parole.

Héloïse avait cru devenir folle. De rage, elle avait empoigné sa mère par les cheveux et avait tiré de toutes ses forces. En criant, cette dernière avait tenté de la repousser mais la jeune fille était comme possédée par le diable et elles avaient glissé toutes les deux dans le jus de fruits et étaient tombées dans le couloir.

À ce moment-là, son père était arrivé. Il avait rangé la voiture au garage pendant que sa femme était rentrée la première, il avait fixé les deux corps encore à terre pendant quelques secondes puis il avait attrapé sa fille par le bras et avait tiré violemment. Elle avait tenté de résister mais il était le plus fort :

– Tu arrêtes ton cinéma maintenant !

Ce furent les seules paroles qu'il prononça avant de l’envoyer dans sa chambre. La jeune fille avait pleuré pendant des jours.

Elle était mineure, ils étaient ses parents, ils avaient le pouvoir. Personne n'avait pu l'aider mais ce jour-là elle s'était fait la promesse que dès qu'elle le pourrait, elle partirait de chez eux et n'y remettrait plus jamais les pieds.

oOo

*Mon amour, mon Hélène,*

*Je t'aime de jour en jour un peu plus. Ton sourire m'éblouit. Depuis que je te connais, je sens que cet amour est de plus en plus fort pour toi. Je t'aime, parce qu'avec toi, le monde est plus beau, le ciel me parait bien plus bleu, les étoiles brillent bien plus fort.*
*Quand tu me regardes, je me sens heureux.*
*Mais, je t'aime aussi, pour tous ces rêves partagés, pour tes peines cachées, et chacun de tes rires, je t'aime, dans tes bras je me sens le plus heureux. J'aime ton corps, le caresser, je pourrais le faire pendant des heures, tu as un corps si désirable, qui me rend fou.*
*Je sens que je suis comme un fou loin de toi, le temps me semble si long. Je t'aime, je te veux, toi et personne d'autre…*
*Je veux prendre soin de ton cœur, si tu le veux bien. Je veux, qu'ensemble, nous construisions notre bulle de bonheur qui n'appartiendra qu'à nous. Un cocon d'amour et de tendresse soustrait au regard des autres. Loin de toi, je me sens triste et ne pense qu'à une chose, te retrouver. À mes yeux, tu es quelqu'un de rare, quelqu'un d'exceptionnel. Ma princesse, je t'aime et je suis fou de toi*
*Je rêve de toi, je pense sans cesse à toi*

*Sans toi je ne suis plus aussi heureux.*
*Tu es la plus belle*
*Tu es le sang qui coule dans mes veines*
*Tu es le bonheur qui me réjouit*
*Un jour sans toi*
*Est un jour fade sans amour, sans bonheur*
*Un jour sans toi me parait être une éternité.*
*Je t'aime passionnément.*

*Antoine*

Une larme coule le long de la joue d'Héloïse pour aller finir sa course sur le papier. L'encre se dilue. Elle passe le doigt dessus pour l'enlever, provoquant l'inverse de l'effet escompté. La tache s'étend, Héloïse frotte le papier mais sans réussir à réparer les dégâts. Pour elle, il a cherché les mots les plus tendres. Elle a deviné qu'il passait parfois plusieurs heures pour lui écrire les lettres tant il voulait exprimer ce qu'il ressentait. Elle s'est moquée gentiment de lui mais au fond d'elle, elle en était heureuse.

« Pour te prouver mon amour, je suis prêt à soulever des montagnes » affirmait-t-il souvent.

Les sanglots redoublent. Elle a mal, la douleur est devenue physique.

Maintenant, elle ne fait que relire encore et encore.

– Alors encore en train de chialer !

Il est là au pied du lit, la fixant de ses yeux moqueurs, un sourire ironique sur les lèvres.

– Qu'est-ce que tu as cette fois ? Tu t'es enfin rendu compte que tu ne valais pas grand-chose ?

Tout à coup, la colère monte en elle, lui donne des forces. Elle se redresse et balance sa jambe dans sa direction. Les liens qui la retiennent au lit ne l'empêchent pas de l'atteindre à l'épaule. Il se rejette vivement en arrière et la repousse ensuite violemment. Elle retombe sur le lit, en pleurs.

– Ne refais jamais plus un truc pareil ou moi aussi je vais m'amuser.

Son ton est menaçant. Elle se retourne pour le fixer, ses poings sont serrés, son regard sombre, son expression ressemble à celle d'un animal dangereux prêt à lui sauter à la gorge, elle frissonne de peur.

– Je te laisse te calmer et je reviens dans cinq minutes, pas besoin de t'entendre te lamenter sur ton pauvre sort. C'est pathétique !

La porte se referme. Elle la fixe quelques instants, s'efforçant de deviner où il va. Lorsque les battements de son cœur ont ralenti, elle se souvient de ce qu'elle était en train de faire : la lettre.

Où est-elle ?

Angoissée, elle a peur qu'il ne l'ait prise mais découvre avec soulagement que la feuille gît sur la moquette.

Elle tend le bras mais est immédiatement stoppée dans son élan par ses liens.

Impossible de l'atteindre de cette façon.

Elle essaie avec la jambe, mais c'est trop court également.

Elle ne peut pas la laisser là dans la mesure où il est possible qu'à son retour, il la ramasse et l'emporte. Ou pire, il pourrait avoir envie de la déchirer si jamais il devinait toute l'importance qu'elle lui accorde, juste pour s'amuser, pour lui faire du mal, ou alors la brûler devant ses yeux. Elle ne peut prendre un tel risque, c'est tout ce qui lui reste d'Antoine maintenant. Il faut absolument la récupérer et la cacher.

C'est un souvenir bien trop précieux.

Jamais elle ne permettra qu'il le détruise.

Elle s'allonge sur le lit et tend au maximum sa jambe : toujours trop court. Alors elle décide de tirer sur les liens, persiste malgré une légère douleur dans son poignet qui prend de l'ampleur. Des gouttes de transpiration commencent à perler le long de son front, l'une d'elle descend le long de l'arête de son nez, la chatouillant mais la femme ne veut pas relâcher la tension exercée sur son corps. Elle serre les dents pour ne pas gémir. Soudain, des pas retentissent dans le couloir, il revient. Il faut absolument la récupérer, il va arriver et la trouver dans cette position, il ne mettra pas longtemps avant de comprendre à quel point ce document compte pour elle.

Avec une grimace de douleur, elle tire encore un peu sur les liens, ses poignets la lancent maintenant comme si on voulait les lui arracher, la peau brûle. Mais elle résiste, encore un petit effort, elle y est presque.

Les pas sont maintenant de plus en plus proches. Il va bientôt être de retour dans la chambre.

En poussant un petit cri, elle se tend encore un peu et réussit à toucher la feuille du bout du pied.

Un craquement dans son poignet.

Mais elle ne lâche pas et serre un peu plus les dents. La feuille bouge un peu, elle appuie son pied dessus et la ramène tout doucement dans sa direction.

Au moment où elle la glisse sous l'oreiller, la porte s'ouvre.

*Sophie*
Besançon, mercredi 27 avril 2011

Sophie Lonbou ouvre un des casiers métalliques et y glisse un nouveau dossier finalisé.

Sa pugnacité a payé.

Le contrat est signé, la vente effectuée, le vendeur ne peut plus se rétracter, l'agence recevra une belle commission pour un magnifique hôtel particulier datant de 1880, avec trois grandes pièces de réception, baignées de lumière, une grande cuisine donnant accès à un magnifique jardin de plus de douze ares agrémenté d'une piscine, sept chambres avec salle de bain particulière, un toit terrasse, situé en plein centre-ville de Besançon. Un bien rare mis sur le marché depuis quelques semaines seulement que Sophie Lonbou a réussi à vendre avant les autres agences grâce à son réseau.

Elle devrait être ravie, mais son plaisir est gâché par des préoccupations personnelles.

La dernière entrevue avec Bastien lui a laissé un goût amer dans la bouche, comme une boule acide qui la ronge à petit feu. L'idée de tout perdre tourne dans sa tête telle une toupie infernale et l'empêche de raisonner de manière lucide.

Devant ses employés, elle continue d'afficher une parfaite maîtrise, alors qu'en réalité elle a juste envie de crier sa colère. Elle imagine déjà la grimace dédaigneuse qu'afficheront tous les notables à la vue des photographies. Ils ricaneront et lui tourneront le dos pour avoir violé leur code de respectabilité, code qui donne le droit de commettre les pires bassesses à partir du moment où elles n'apparaissent pas au grand jour.

Vaincue, elle doit se résigner à payer. Elle n'a pas le choix, elle a trop à perdre.

Mais maintenant que Bastien a trouvé un pigeon, ne va-t-il pas lui demander encore plus d'argent ? Revenir à la charge pour la plumer jusqu'à son dernier centime.

Elle attrape la bouteille de vodka et s'en verse un verre. Elle l'avale. En trois longues gorgées, il est terminé. Un autre suit. L'alcool lui donne la force de se lever. Elle se dirige vers la fenêtre.

L’alcool lui chauffe l'intérieur.

Peu à peu la colère l'envahit et la submerge. Et même si son cœur palpite encore un peu trop vite, la vengeance pointe le bout du nez. Il a tort de s'être attaqué à elle. Un animal grogne dans sa gorge et montre les dents. Il avale la boule acide.

Bastien ne s'en sortira pas à si bon compte. Il veut la guerre, elle va sortir l'artillerie lourde.

Elle revient vers son bureau et attrape le téléphone.

Sa décision est prise.

Au bout de quelques sonneries, une voix grave répond.

Il écoute sa requête et lui assure qu'elle sera exécutée rapidement.

Elle raccroche, rassurée.

Bastien range son portable dans la poche de son blouson.

Il est content de lui. Encore une fois il a bien mené sa barque. Avec le fric que Sophie va cracher, il va pouvoir s'offrir des vacances dans un palace ou une nouvelle moto.

Ensuite, il lui faudra trouver une autre poule aux œufs d'or. Mais le jeune homme ne s'inquiète pas, il a toujours su exploiter ce que la nature lui a donné à son avantage et ce ne sont pas les bourgeoises stupides qui manquent, prêtes à cracher une partie de leur fric pour un peu de tendresse ou de cul.

Le motard enfile son casque et enfourche sa moto.

Il décide de faire un détour par son appartement avant de filer chez Héloïse pour s'envoyer en l'air. En imaginant les images, il a une érection. Et c'est encore meilleur lorsqu'il imagine la tête que ferait Sophie en l'apprenant.

Peut-être qu'il pourra le lui balancer lorsqu'il ira récupérer son pognon...

Peut-être même qu'il réussira à convaincre Héloïse de se prendre en photo en train de le faire et de les montrer à la vieille. C'est son truc à Bastien, les photos, et ça peut toujours servir.

Il ne voit pas qu'une voiture noire déboîte en même temps que lui et le suit à bonne distance. À l'intérieur, un homme brun, blouson noir, pantalon noir et gants noirs. Sur le siège passager, une enveloppe marron qu'il vient de refermer. Il a examiné la photographie qu'elle contient. Il n'a pas eu besoin de l'étudier longtemps pour vérifier.

Le visage de Bastien.

Pas d'erreur sur sa cible.

Au dos du cliché, un nom et une adresse.

Il a repéré les lieux, noté les habitudes.

Et il attend le moment idéal, le moment fatidique.

Il a un contrat et c'est un des meilleurs dans le métier. Ses clients comptent sur lui.

– Marina, qu'est-ce que c'est ?

Quand la jeune fille a voulu attraper des cd posés sur une des étagères situées au-dessus du lit, il a aperçu un tissu blanc autour de son poignet. Elle a rabattu rapidement la manche, essayant de le cacher.

– On dirait un pansement.

– Je me suis coupée hier soir. Je n'ai pas fait exprès. C'est rien, ne t'inquiète pas.

Les joues rouges, les yeux fuyants, elle a l'air coupable et il comprend qu'elle ne dit pas toute la vérité.

– Montre-le moi !

– Non, ce n'est pas la peine. Ce n'est pas grave du tout.

Elle garde son bras serré contre son corps, refusant de le lui tendre. Mais il lui saisit la main et relève sa manche. Le bandage qui encercle son poignet mesure environ trois centimètres de large.

– Mais il ne peut s'agir d'une simple coupure ! Qu'est-ce que tu t'es fait, Marina ? Réponds-moi !

– C'est rien, je te dis, laisse-moi ! Pas la peine d'en faire tout un cirque.

Elle s'arrache à son emprise, lui tournant le dos.

– Mais tu ne peux pas te faire de mal ! Ce n'est pas possible !

Maintenant, elle pleure à chaudes larmes. La colère de Mathéo s'estompe, il se sent désarmé devant sa souffrance.

– Ne te tracasse pas pour moi. Je ne le mérite pas.

Il secoue la tête d'un air désolé.

– Je m'inquiète pour toi parce que je t'aime. Tu es importante pour moi. Tu m'entends, Marina ?

Elle se retourne légèrement, par deux fois elle ouvre la bouche pour répondre, mais incapable de parler, elle se contente de pleurer. Ce sont de longs sanglots qui résonnent dans la chambre et brisent le cœur du jeune homme.

Comment peut-il l'aider ?

Elle a l'air si malheureuse.

Il s'approche d'elle et tente de la prendre dans ses bras mais elle le repousse violemment.

– Laisse-moi, je ne sais même pas pourquoi tu restes avec moi, je suis trop nulle. Tu serais mieux avec une autre fille moins chiante, avec moins de problèmes. Je suis tout le temps triste, je pleure toute la journée, et toi tu es toujours là pour me consoler. Tu n'en as pas marre ? Tu n'as pas autre chose à foutre de tes journées ?

– Mais c'est ça l'amour !

– Non je ne suis pas d'accord. Quand on est amoureux, on est heureux, on est sur un petit nuage, on ne se sent pas mal. J'ai l'impression parfois qu'on m'enfonce des coups de couteau dans le ventre tellement c'est douloureux, et toi non plus, en ce moment, ce n'est pas possible que tu sois bien.

– Tu ne m'aimes plus ?

Elle garde le silence. Inquiet, il la fixe du regard, attendant sa réponse.

– Marina, dis-moi ?

– Si, je t'aime.

– Moi aussi

– Mais on n'est pas heureux.

– En ce moment, c'est vrai que tu vas mal. Mais à d'autres moments tout est génial.

– Pas souvent.

– Arrête Marina ! Ne mélange pas tout, je t'aime et tu le sais, cela ne changera jamais. Alors même si tu dis le contraire, on est bien tous les deux, Ton chagrin n'a rien à voir avec nous.

Elle a l'air désemparée, ses yeux paraissent encore plus grands et verts que d'habitude. Il la trouve si belle.

– Mais j'en ai marre de souffrir, j'ai l'impression que je ressens ça en permanence, un sentiment de vide que rien ne peut remplir, je me dis que toute ma vie, je vais avoir mal comme maintenant et ce serait tellement plus facile de tout arrêter.

Il est fou d'inquiétude, mais la colère commence de nouveau à l'envahir - colère contre la jeune fille, contre lui-même et enfin fureur contre la mère de Marina qu'il rend responsable.

– Tu veux mourir ! hoquette-t-il d'une voix angoissée. Réponds-moi franchement Marina, c'est ce que tu es en train de me dire ?

– Je ne sais pas, je sais plus, j'ai si mal, tu comprends ?

Le sol se dérobe sous ses pieds, il a peur tout à coup, elle projette de disparaître, de le laisser.

– Tu ne sais pas ce que tu dis !

Elle ne veut pas le regarder et fixe le mur opposé. Mais bientôt, elle cède à ses prières, son regard se tourne dans sa direction. Il ressent un pincement au cœur. Elle dégage une impression de détresse profonde. Il lui sourit tendrement. Elle se jette dans ses bras.

– Je suis désolée, Mathéo, si désolée, si tu savais, ne me fais pas la gueule !

– Mais je ne te fais pas la gueule.

– Je t'aime et je te remercie d'être là. Sans toi, jamais je ne m'en sortirai, c'est grâce à toi que je me dis que la vie vaut la peine d'être vécue. Si tu m'abandonnais, je ne sais pas ce que je ferais.

Maintenant elle le couvre de baisers, ses bras étroitement serrés autour de son cou.

– J'ai trop mal, je ne supporte pas de savoir qu'elle nous a abandonnés. Elle ne nous aimait plus et je n'arrive pas à supporter cette idée.

Il la serre encore plus fort, essayant de la réconforter. Elle lève les yeux remplis de tristesse, elle parait si désemparée. Il garde ses bras autour d'elle jusqu'à ce qu'elle finisse par se calmer.

S'il lui arrivait malheur, il ne se le pardonnerait jamais.

Il la tient dans ses bras et ressent la fragilité de ce corps si menu.

oOo

Le lendemain, Mathéo se réveille préoccupé, il faut absolument qu'il en parle à quelqu'un, qu'il demande de l'aide, un conseil.

Sur le chemin du retour, il a élaboré mille scénarios avec différents interlocuteurs.

Qui va pouvoir lui filer un coup de main ?

Arrivé chez lui, à l'heure du petit déjeuner, il fixe son père, se demandant si c'est le bon interlocuteur.

Âgé de cinquante ans, David Montor travaille comme professeur de technologie dans un collège difficile. Cette année s'avère particulièrement stressante, ses élèves issus des quartiers difficiles, ne lui font aucun cadeau. Ils déchargent sur les adultes toute leur colère et toute leur haine, tout ce qu'ils endurent au quotidien dans leurs familles, dans leur quartier, les affrontements entre bandes rivales, les insultes, et pour quelques élèves la solitude. Parfois certains se pointent au bahut en n'ayant connu aucun véritable échange humain depuis le dernier cours de la veille. Climat difficile avec des parents qui travaillent tard ou qui n'assument pas leurs responsabilités et des enfants livrés à eux-mêmes, qui ne supportent pas les règles qu'exige un établissement scolaire et qui n'existent pas dans leur quotidien familial.

Ces derniers mois, Mathéo a souvent entendu son père dire qu'il allait abandonner, or ce sont des paroles qu'il n'avait jamais prononcées avant. Bien sûr le métier d'enseignant est difficile, mais il trouvait toujours des points positifs.

Cette année, il parait plus amer.

Mathéo ne comprend pas pourquoi son père ne laisse pas tout simplement tomber ce travail : il le lui a répété trois jours avant. Il s'attendait à ce qu'il proteste comme d'habitude, qu'il rétorque que c'était un des plus beaux métiers du monde, qu'un professeur a la noble fonction de former l'esprit de la jeunesse, qu'il se sentait très utile, qu'un seul gamin intéressé pendant son cours valait tous les autres qui n'écoutaient rien. Mais, cette fois, son père était resté silencieux et au bout de quelques minutes, il avait murmuré :

– Tu as raison, ils ne méritent pas qu'on se décarcasse pour eux. Depuis des années je bosse pour eux, je trime le soir pour trouver des sujets qui les intéresseront. Je passe des heures et des heures à préparer les contenus, et en retour, je ne reçois absolument rien. En classe, devant moi, il n'y a que des visages creux, sans intelligence. Pas un pour racheter les autres. Et le pire, c'est qu'ils paraissent plus bêtes d'année en année. Je m'épuise à trouver des choses qui pourraient les éveiller, mais il faut que je me rende à l'évidence, ils sont crétins et le resteront. Je suis juste en train de me ruiner la santé pour eux. Pour quoi ?

Mathéo ne l'avait jamais vu dans un état pareil.

Ce matin, son père fixe sa tasse de café avec une expression morose. Mathéo en déduit que ses sombres pensées ne l'ont pas quitté.

L'adolescent hésite.

Doit-il se confier et rajouter une couche sur les épaules paternelles ?

– Papa…

Aucune réponse, il n'a pas entendu.

Le garçon répète plus fort son appel et enfin son père relève les yeux pour le fixer mais le fils y lit une telle fatigue qu'il n'ose pas lui confier ses propres préoccupations.

– Tu m'as dit quelque chose ?

– Je voulais juste que tu me passes le sucre.

– Voilà… dit-il, tout en lui tendant le récipient. Ce

soir, pas la peine que tu m'attendes pour manger, je vais rentrer tard.

– Ok, pas de souci, ne t'inquiète pas pour moi, je ferai réchauffer quelque chose vite fait.

Mathéo a l'habitude de se débrouiller seul. Et le garçon sait apprécier cette liberté. Il peut regarder les films qu'il veut, être sur l'ordinateur ou sur sa console à tester les derniers jeux. Ses résultats sont assez bons pour que son père ne s'inquiète pas outre mesure.

Sauf que cette année, le bac a apporté un nouveau stress et il a décidé de le surveiller un peu plus. Mathéo n'a plus le droit de passer ses soirées à regarder la télévision, il doit réviser, bosser ses cours.

Ces nouvelles règles ne l'ont pas trop dérangé jusqu'à ce que son père décide de s'attaquer à ses visites chez Marina.

*Tu y vas trop souvent, il faut être plus raisonnable et penser à tes révisions.*

Mathéo a protesté, pour preuve ses notes n'ont pas baissé, mais cette fois son père s'est montré intransigeant. Lui expliquer à quel point Marina va mal ajouterait, au contraire, à la mauvaise opinion qu'a son père de la jeune fille. Il va juste conclure qu'elle est perturbée et que ce n'est pas une bonne fréquentation pour son fils. Il lui a déjà laissé entendre que ce n'est pas la peine de s'attacher autant à son âge.

– Tu en auras d'autres des histoires d'amour, aujourd'hui bien sûr tu as le sentiment que c'est la plus importante, que c'est la femme de ta vie et c'est beau comme sentiment, je n'ai rien contre l'amour, mais crois-moi avec le temps ça passe. Il faut prendre le temps de vivre avant de t'engager sérieusement avec quelqu'un.

Ne fais pas la même bêtise que moi.

Son père a connu sa mère sur les bancs de la faculté, ils se sont plus tout de suite. Fous amoureux, ils ont emménagé six mois plus tard dans un appartement. Mathéo est né l'année d'après. Pas le temps de réfléchir. Le couple a tenu cinq ans, puis sa mère est partie pour suivre un collègue plus jeune, plus intéressant qui lui a fait faire le tour de l'Espagne et du Portugal. Ils ont reçu une carte postale de la Cathédralc Santa Maria Major de Lisbonne. Trois mois plus tard, elle rentrait au bercail, la vie de famille a repris comme avant ou presque. Mais elle s'est à nouveau fait la malle deux ans plus tard, et cette fois, n'est jamais revenue au domicile familial.

Elle habite maintenant dans un appartement du quartier Planoise, à Besançon. Mathéo va la voir de temps en temps, elle vivote de petits boulots, en ménage avec un homme du même genre qu'elle. Sa nouvelle vie lui convient parfaitement.

Le garçon ne veut pas vivre avec elle, le logement maternel est beaucoup trop petit pour trois et elle ne le lui a jamais demandé de toute façon, se contentant de le recevoir et de le nourrir pendant deux jours, sans lui consacrer beaucoup de temps.

Mais ce que son père ne veut pas admettre, c'est que Marina ne lui ressemble pas du tout : bien au contraire, elle a besoin de lui.

Sa mère est faite pour être libre, sans contrainte, sans responsabilité. La jeune fille, au contraire, a besoin qu'on s'occupe d'elle et jamais elle ne le trompera.

Sans lui, elle risque même de faire une bêtise.

Le garçon pousse un long soupir.

C'est elle, la responsable ! Cette mauvaise femme !

Comment a-t-elle pu faire autant de mal à Marina, sa propre fille ?

Héloïse regarde par la fenêtre, la lumière l'éblouit, elle cligne des yeux.

Depuis combien de temps est-elle dans cette position ? Plus aucune notion précise du temps écoulé depuis la dernière visite de son bourreau.

Des tâches rouges et noires apparaissent, elle se concentre dessus, les suit. Un ballet de figures répétitives danse sur les murs de sa chambre. Ses points d'ancrage s'effacent complètement. Quand l'ensemble des automatismes de la vie quotidienne se désagrège, l'esprit cherche à se raccrocher à quelque chose de logique et de prévisible, parce que sans cette bouée de sauvetage, l'esprit bascule.

Et la folie s'installe et en prend peu à peu possession. Alors il résiste.

Allongée sur le lit, elle sent ses muscles tendus sous sa peau froide, la sueur perler sur son front et couler le long de ses tempes.

À présent, elle mélange des souvenirs, des époques, revoit le visage de ses enfants : nouveau-nés, elle les a serrés dans ses bras, a baigné leur corps, a soigné leurs douleurs, leurs chagrins. Puis surgit le souvenir de ses parents : le froncement de sourcils de son père qui la sermonne pour une mauvaise note, pour son attitude qu'il juge inappropriée - ce n'était jamais assez bien à ses yeux -, son regard froid qu'elle retrouve après toutes ces années, aussi nettement que s'il se tenait en face d'elle, la mine songeuse de sa mère, toujours inquiète - une petite souris qui désire juste se cacher pour que les autres l'oublient.

Des flashs de son enfance.

Huit ans, elle sprinte dans la cour de récréation, un garçon brun crie son nom, essaie de la rattraper. Ils zigzaguent autour des arbres. Elle est arrêtée par un groupe qui l'accule contre la barrière. Son cœur bat la chamade. Premier baiser sur la joue. Les serments d'amitié échangés avec sa meilleure amie Christine, à l'âge de neuf ans, promesse de toujours rester amies. Passé et présent, tout se brouille et se confond dans son esprit.

Elle dérive encore plus loin, la réalité s'éloigne.

Un tourbillon d'images et de sons.

La voix de sa thérapeute retentit tout à coup dans sa tête, lui ordonnant sèchement de se reprendre et de se calmer.

Que vient-elle faire ici ?

Pendant une fraction de seconde, Héloïse a parfaitement conscience que c'est tout simplement impossible que son médecin soit dans sa chambre et qu'il ne s'agit que d'un rêve mais c'est déjà trop tard. Son esprit, fragile, perd pied à nouveau et elle se laisse emporter. La petite voix continue sans qu'elle puisse la faire taire.

*Vous ne voyez plus la réalité telle qu'elle est.*

Qu'est-ce qu'elle sous-entend ? Qu'elle est en train de devenir folle ? Qu'il faut l'enfermer chez les fous, avec tout l'attirail, camisole de force et murs capitonnés. Quelle conne !

*Les frontières ne sont plus aussi claires entre fiction et réalité.*

Héloïse éclate de rire comme si on lui avait raconté une bonne blague.

Son corps est en train de jeter l'éponge, c'est plus facile de se laisser partir que de lutter. La voix parait plus lointaine pour n'être bientôt qu'un faible murmure inaudible.

La soif ne lui permet pas de penser à autre chose, martèle son crâne, la douleur est si intense que son cerveau a trouvé que fuir est sans doute la meilleure solution. Lutter est au-dessus de ses forces, son bourreau ne lui laisse pas vraiment le choix, aussi son esprit cherche-t-il peut-être des éléments auxquels se raccrocher, une bouée lancée au corps médical, mais cela n'est pas suffisant.

La folie et la peur gagnent du terrain et menacent de l'emporter définitivement.

oOo

Héloïse en est à son quatrième coup dans le ventre. La violence augmente, mais elle ne veut pas lâcher, elle doit tenir, s'accrocher, bientôt il s'arrêtera. Il ne pourra continuer ainsi durant des heures, alors elle se raccroche à cette pensée.

Devant le peu de résultats, l'homme change de tactique, et vise la joue droite. Elle ne peut retenir un cri de douleur, et tente de parer le suivant, mais il ne veut pas lui faire de cadeau et attend patiemment qu'elle lève légèrement la tête pour l'atteindre.

La douleur est de plus en plus forte, quasiment insupportable, la peau de son visage devient très sensible.

– Mon Dieu, pourquoi ? Qu'est-ce que j'ai fait ? Je ne comprends pas ! Réponds-moi, je t'en supplie ! murmure-t-elle faiblement entre deux coups.

– Tu le sais parfaitement !

Le ton est froid et cinglant.

Recroquevillée en position de défense, elle se protège maintenant le visage pour tenter d'amortir les chocs, mais son agresseur trouve toujours le moyen de lui faire mal, ses coups l'atteignent et creusent sur son corps des zones de plus en plus meurtries. Son esprit dérape, s'éloigne de cette pièce : impossible de faire face à cette réalité et en même temps il n'y a pas moyen d'y échapper.

Les suppliques et les pleurs ne donnent aucun résultat, il se montre inflexible.

Pire, cette situation semble lui plaire. Par moments, il s'arrête et enregistre la scène avec une précision presque scientifique : les larmes qui coulent lentement sur les joues de la femme, ses mains tremblantes qui se tendent vers lui dans un geste de pitié, la position de contrition de son corps, tout cela est fixé dans sa mémoire en un instant, mais pour être aussitôt repoussé : il ne se laissera pas attendrir, ni maintenant, ni plus tard. Il n'y a pas de place pour la pitié, elle-même n'en a pas eue, alors elle n'en mérite aucune. Les bourreaux comme elle ne méritent pas qu'on les plaigne. Comme les animaux nuisibles, les cafards, les rats responsables de toutes sortes de maladies, il faut s'en débarrasser...

Elle bégaye maintenant faiblement :

– Laisse-moi !

– Tu m'as laissé tomber !

Ce ne sont pas les mots prononcés, mais la voix qui lui fait relever la tête.

Le cœur battant la chamade, elle fixe son visage. Elle s'est trompée. Ses traits deviennent flous, remplacés par un autre. Plus jeune. Elle reconnaît son visage.

Il est revenu. Pour elle.

Son cauchemar est terminé. Elle murmure son prénom comme une supplique.

– Antoine. Mon amour !

Elle s'attend à ce qu'il la prenne dans ses bras. Comme avant. Mais il ne réagit pas et se contente de la fixer. Pourquoi reste-t-il aussi loin ? D'abord décontenancée, elle cherche à lire dans ses yeux. Son visage demeure indéchiffrable. Elle n'y lit aucune tendresse. Que se passe-t-il ? Inquiète, elle tente de comprendre.

Puis les traits de l'homme s'estompent et disparaissent. Affolée, elle le cherche, mais il a bel et bien disparu.

Son geôlier lui assène un coup terrible au visage.

– Ne prononce plus son prénom. Plus jamais !

Sa main s'abat encore et encore. Son poing se crispe. Les coups pleuvent. Visage, cou, abdomen, rien n'est épargné. Il cogne toujours plus fort.

Il y met toute sa force.

L'œil droit d'Héloïse est tuméfié, la paupière collée par le sang. Il ne subsiste plus rien de la femme qu'elle était quelques jours auparavant. Elle est sonnée et s'effondre en glissant sur elle-même.

Après la main droite, il utilise la gauche pour lui faire mal.

Plus aucune notion du temps, de l'heure, elle est uniquement concentrée sur son corps et sur les vagues de douleur qui le parcourent.

Après les cris, les gémissements ont pris le relais.

– Pitié !

– Et de moi tu as eu pitié, peut-être. Je ne méritais pas ça.

Les mots pénètrent son cerveau malgré la douleur, mais elle ne les comprend pas.

De quoi parle-t-il ?

Quelle est sa faute ?

Et s'il se trompait de personne, tout simplement…

– Ce n'est pas moi, je ne t'ai rien fait.

– Les coups de ceinture quand il passait à côté de moi, juste pour le plaisir. Les nuits passées dans le placard quand il ne voulait plus voir ma sale gueule, qu'il disait, ma sale gueule de mioche attardé. Les verres d'alcool que je devais boire cul sec, juste parce que ça le faisait marrer de me voir tousser et dégueuler. Je n'avais que huit ans ! Après, il fallait que j'avale le vomi. Et si je rechignais, alors pluie de coups de ceinture et placard. Enfermé dans le noir complet pendant des heures.

*Mathieu*

*– Hé le morveux, va me chercher une bière ! Et magne-toi.*

*L'enfant a neuf ans et la peur au ventre. Elle ne le quitte jamais.*

*La bouteille à la main, il marche comme un condamné. Aucun espoir à l'horizon. Il s'est envolé depuis des années. Quand il arrive devant le canapé, il tend le bras mais l'homme a également tendu le sien. Les deux se rencontrent et la bouteille se renverse. Quelques gouttes éclaboussent l'accoudoir.*

*– Mais quel con ! Tu l'as fait exprès !*

*– Non, geint le gamin en reculant de quelques pas.*

*L'homme se lève du canapé, attrape le bras frêle, le secoue avec force comme s'il voulait le lui arracher et se dirige vers la cuisine.*

*– Je vais t'apprendre à dégueulasser ! hurle-t-il.*

*Dans la cuisine, il allume la plaque de cuisson et prend la main gauche du petit qui tremble comme une feuille pour la poser dessus. Il la maintient plusieurs minutes.*

*Douleur fulgurante, intolérable.*

*Cri que l'homme stoppe net avec une gifle violente. Si violente qu'il perd l'équilibre et tombe contre une chaise.*

*– Tu fermes ta gueule sinon je t'en file une autre.*

*La souffrance est insupportable. Sa peau a grillé sur la plaque de cuisson. Mais le petit se force à retenir les pleurs et les gémissements. Les larmes montent, il serre les dents pour les retenir.*

*Cet homme a tous les droits.*

*Le droit de vie ou de mort sur lui.*

*Il pourrait l'assassiner, creuser un trou et l'enterrer dans son jardin comme un vulgaire clébard.*

*Personne ne viendrait pour s'inquiéter.*

*Il se décomposerait lentement, son corps bouffé par les vers. D'ailleurs, l'homme ne se gêne pas pour le lui dire et le gamin le croit sur parole. Il s'appelle Serge sur sa carte d'identité, mais en réalité il est Le Diable. Il a changé le prénom de l'enfant qu'il trouvait trop con pour lui donner celui de Mathieu. Comme l'apôtre.*

*Le combat entre un apôtre et Le Diable était perdu d'avance.*

*– Maintenant tu vas nettoyer tes conneries dans le salon. Et si tu recommences, la prochaine fois, ce sera ta sale gueule de mioche attardé que je poserai sur la plaque. Et je ne m'arrêterai pas aussi vite.*

oOo

*Il dort sur un matelas à même le sol dans un placard sous les escaliers. Alors il s'entortille dans les couvertures pour échapper au froid de l'hiver.*

*C'est un réduit, un espace minuscule, mais s'il avait le choix, il n'en sortirait jamais. Car c'est le seul endroit sûr de la maison. Dès qu'il en sort, il prend des risques.*

*Celui de croiser l'homme.*

*De faire quelque chose qui le mettrait en colère.*

*D'être puni.*

*De souffrir.*

*Depuis deux jours, de cuisantes douleurs zèbrent son dos, l'empêchent de trouver le sommeil. Il a l'impression que le diable lui lacère la peau. Résultat des coups de ceinture.*

*Il a mis trop de temps à laver les toilettes.*

*L'homme est arrivé sans faire de bruit. L'enfant était penché sur la cuvette et frottait de toutes ses forces pour enlever les traces d'excréments qui maculaient la faïence. Il a poussé un petit cri quand sa tête a plongé dans l'eau pleine de javel. A toussé. Failli s'étouffer.*

*Puis l'homme l'a tiré vers la salle de bain.*

*– Baisse ton pantalon.*

*Comme l'enfant n'a pas obéi assez vite, il lui a tordu le poignet droit, craquement sinistre.*

*– Tu n'as pas encore compris que c'est moi qui commande ici, que t'es rien, que de la merde. Personne ne veut de toi. Je peux te jeter à la rue quand je le désire et crois-moi, tu ne résisteras pas longtemps.*

*Vaincu, il a baissé la tête et son pantalon.*

*Il a serré les poings pour éviter de crier lorsque la ceinture en cuir a tracé des lignes de sang sur sa peau.*

oOo

*Dans son placard, les crampes le tiennent éveillé et l'empêchent de trouver le sommeil.*

*Il n'a rien avalé de toute la journée.*

*Ce soir, il a regardé Serge manger un sandwich devant le match de foot. Il a d'abord posé le beurre, le pain frais et le jambon sur la table basse. Il a coupé deux énormes morceaux, a étalé une couche généreuse de beurre et par-dessus deux tranches de jambon dont il a enlevé la couenne.*

*Le jambon débordait du pain.*

*L'odeur flottait dans le salon, torturait l'enfant.*

*Il était assis par terre. Dans un coin de la pièce. Comme un clébard.*

*Interdiction de s'asseoir à côté de Serge sur le canapé.*

*Bien plus tard dans la soirée, ils sont allés se coucher.*

*Les mains crispées sur son ventre, Mathieu imagine le goût de la charcuterie, du beurre sur sa langue. Il en salive. Il ouvre discrètement la porte du réduit et tend l'oreille en direction de la chambre du maître de maison située au rez-de-chaussée.*

*Juste à côté de la cuisine.*

*Juste à côté de la poubelle dans laquelle il pourrait récupérer la couenne. Ça apaiserait peut-être un peu sa faim.*

*Dans le couloir, il fait attention de ne pas faire couiner la latte du milieu.*

*La pleine lune lui permet de distinguer les meubles, la table et de se diriger vers la poubelle. Il l'ouvre et plonge la main à l'intérieur du sac, pousse quelques emballages jusqu'à toucher une bande grasse. Il attrape la première et l'avale.*

*Pure extase de quelques secondes.*

*Il en sauterait de joie s'il n'avait peur de le réveiller.*

*Il tend le bras pour chercher la deuxième quand une main appuie sur l'interrupteur. Mathieu pousse un cri.*

*Serge le fixe.*

*Il détaille l'enfant, les yeux baissés, la mine coupable, la main encore grasse.*

*– Sale merdeux, tu me voles !*

*– C'était dans la poubelle.*

*L'homme attrape le petit et l'entraîne dans son sillage. Il ouvre la porte menant au garage. L'odeur d'essence est forte et lui soulève le cœur.*

*– Alors comme ça, tu voles la nuit ! Qui sait ce que tu m'as déjà pris sans que je m'en aperçoive. Mais je te jure que je vais t'en faire passer l'envie. Je vais te dresser. Tu sais ce qu'on fait aux voleurs dans certains pays ? demande-t-il tout en attrapant une scie.*

*Mathieu tremble. Un filet coule entre ses jambes. Il n'a pas pu se retenir et s'est pissé dessus.*

*Serge pose l'outil sur le poignet et appuie légèrement.*

*L'enfant tente de tirer mais il ne fait pas le poids.*

*La panique est totale dans sa tête. Serge va lui couper le bras.*

*Mais soudain, il le voit jeter la scie sur l'établi et se retourner pour lui donner un coup de poing dans le ventre. Le coup est si violent qu'il tombe à genoux.*

*Il doit encaisser.*

*Le supplier ne sert à rien. Au contraire, cela ne fait que l'énerver encore un peu plus.*

*– T'es une sale fiotte ! Je vais faire de toi un vrai mâle.*

*Serge attrape une bobine de fil et lui attache les poignets et les chevilles. Il lui saisit la nuque et serre. Mathieu a l'impression qu'il va lui broyer le cou, lui briser les cervicales. L'air commence à manquer.*

*Puis il le jette à terre.*

*Sans possibilité d'atténuer la chute, le contact avec le sol est violent.*

*Il pose un pied sur son dos et appuie fort.*

*Et il allume une cigarette.*

*– T'es vraiment qu'une merde ! Mais je ne vais certainement pas me laisser faire. Tu sais ce qu'on faisait aux petits gars comme toi à l'armée ? On leur apprenait à ne plus jamais recommencer et crois-moi ils se souvenaient de la leçon. Toi aussi, tu vas t'en rappeler.*

*Serge s'accroupit près de l'enfant, soulève le tee-shirt et pose le bout incandescent de la cigarette en bas de son dos. Celui-ci ne peut s'empêcher de crier. Aussitôt Serge lui fourre un bout de tissu dans la bouche.*

*– Pour que t'arrêtes de gueuler comme une gonzesse.*

*Dix trous sur sa peau.*

*Mathieu supplie, les larmes coulent sur ses joues.*

*Puis l'homme le relève sans ménagement, le tire vers le placard et le jette sur le matelas.*

*Cette nuit-là, Mathieu comprend que cet homme le déteste, que jamais personne ne viendra l'aider et que même Dieu doit regarder ailleurs lorsqu'il le torture.*

oOo

*L'enfant a dix ans maintenant. La veille, il aurait pu avoir un gâteau avec dix bougies, des amis pour l'aider à les souffler et des cadeaux à déballer.*

*Mais ça, c'est dans ses rêves.*

*Dans la réalité, personne ne lui a ébouriffé affectueusement la mèche qui lui retombe sur les yeux, personne ne l'a embrassé tendrement en lui souhaitant bon anniversaire.*

*Depuis trois jours, les brûlures sur son dos le font moins souffrir.*

*Il a bien appris la leçon.*

*La faim le taraude toujours autant, mais il ne sort plus de son placard pour tenter de trouver quelque chose à se mettre sous la dent.*

*Assis à la table de la cuisine, il profite du calme qui règne dans la maison pour terminer ses devoirs.*

*À l'école, le maître n'est pas content et lui reproche le manque de soin, les leçons non apprises, les devoirs non faits. Il ne peut pas deviner que Serge s'amuse à salir ses cahiers en renversant son café dessus, qu'il lui impose des corvées le soir et que c'est seulement après qu'il lui accorde la permission d'endosser son rôle d'élève. À minuit, il est si fatigué que les mots se mélangent, que les lignes se troublent et qu'il s'écroule sur ses manuels sans avoir fait un seul exercice.*

*Pourtant Mathieu n'est pas bête car même dans ces conditions, il obtient des résultats moyens, voire bons, aux contrôles.*

*Il faut dire que l'école est sans doute le seul endroit où il se sente en sécurité.*

*Tout à coup, la peur surgit. La porte d'entrée a claqué.*

*Les pas annoncent la venue de l'homme. Mais un autre bruit l'accompagne, un claquement sur le sol. Mathieu tient son stylo, mais n'écrit plus. Il tremble trop pour pouvoir le faire.*

*Il attend.*

*Serge apparaît, accompagné d'un chien.*

*Énorme.*

*Qui grogne en le fixant.*

*– Hadès, je te présente ta nouvelle maison et ton nouveau compagnon de jeu : gueule de con. Gueule de con, dis bonjour à Hadès.*

*Terrorisé et en même temps fasciné, Mathieu fixe l'animal. C'est une bête magnifique au pelage marron dont le museau peut facilement attraper un objet sur la table de la cuisine.*

*– Si tu n'es pas plus poli, Hadès ne va pas être content du tout. Et si Hadès n'est pas content, il attaque.*

*– Bonjour.*

*L'enfant tremble mais fait tout pour ne pas montrer sa peur.*

*– C'est un malinois. Un magnifique spécimen. Je viens de le récupérer à la SPA. Tu veux savoir ce qui est drôle... ils voulaient bien que je l'adopte si, et seulement si, je n'avais pas d'enfant à la maison. Ça tombe bien, je n'en ai pas de mômes. Ma femme aurait bien aimé en avoir, mais cette saloperie de cancer l'a emportée avant. Hadès n'apprécie pas les mioches. Quand il était chiot, des gamins l'ont maltraité, alors dès qu'il en voit, il grogne et si on ne le contrôle pas, il attaque. Je sens qu'on va bien s'amuser. Hein, gueule de con ?*

*Et il rit, les yeux emplis d'une joie malsaine.*

*Le chien grogne.*

*L'enfant claque des dents.*

oOo

*L'enfant court. Ses baskets dérapent dans l'herbe. Son seul abri, l'arbre dans le jardin.*

*Le chien galope, plus rapide. La distance se réduit.*

*Serge est assis sur la terrasse, une bière à la main. Et*

*il rit. De plus en plus.*

*– Allez Hadès. Chope !*

*Galvanisé par l'encouragement, l'animal accélère encore. Il prend appui sur le sol, s'élance, saute sur le fuyard et mord le bras. L'enfant hurle de douleur. L'animal resserre la mâchoire.*

*Ce n'est pas la première fois que ce manège se produit. Mais cette fois, Hadès a mordu un peu trop fort. L'enfant s'évanouit sous la douleur.*

*Serge siffle, l'animal lâche sa proie et vient se coucher aux pieds de son maître qui le flatte d'une caresse et lui donne un biscuit en récompense.*

*Au bout de dix minutes, comme Mathieu ne se réveille toujours pas, l'homme soupire, se dirige vers la remise, attrape un seau, le remplit d'eau au robinet et la lui balance sur le visage.*

*Le gamin tousse et ouvre les yeux.*

*Son premier réflexe est de se protéger le visage des crocs canins.*

*Éclat de rire de Serge.*

*– Hadès est rentré se coucher. Il est fatigué, il jouera avec toi un autre jour. Va te laver. T'as une sale tronche. Si ta mère te voyait, elle ne serait pas du tout contente. Oh mais attends... t'as pas de mère, toi. T'es l'enfant de personne. Ou peut-être que ta mère est tout simplement une pute. Et que tu la gênais dans ses activités. Difficile de tailler des pipes et d'avoir un gamin dans les pattes. Ta mère doit être la reine des pipes. Si ça se trouve, je me la suis déjà faite. La prochaine fois que j'irai aux putes, je lui demanderai si elle n'a pas eu un gamin.*

*Pour la première fois de sa vie, Mathieu ressent autre chose que de la peur. Quelque chose d'étrange. C'est plus fort que la colère. Envie de lui sauter au visage et de lui planter les ongles dans les yeux pour les crever. De lui fendre les joues et de lui faire exploser la cervelle.*

*Plus tard, il saura identifier ce sentiment, la haine pure, capable de soulever des montagnes.*

– Mais ce n'est pas ma faute ! se défend Héloïse.

– Arrête de dire ça. Si tu ne m'avais pas laissé, je ne serais pas tombé entre ses pattes. Ça a duré jusqu'à mes seize ans, jusqu'à ce que je sois assez grand pour me défendre. Il a fallu d'abord me débarrasser du chien. Et après j'ai pu lui faire sa fête à ce salaud. Quand je l'ai frappé, la gueule de con qu'il a eue ! Je n'ai jamais été aussi heureux que ce jour-là. Tu ne sais toujours pas qui je suis ?

Il a arrêté de la frapper et elle a peur de répondre quelque chose qui va de nouveau le mettre en rogne. Alors elle se contente de dire non de la tête.

– Lui m'appelait Mathieu parce qu'il trouvait que Marin c'était trop con. Je suis ton fils.

– C'est impossible.

Il ne supporte pas ces mots et se jette sur elle pour la frapper. Les coups pleuvent. Il déverse sur elle toute la rage accumulée au fil des années. Elle ne cherche même plus à se défendre ou à se protéger : elle se contente de fermer les paupières, encaisse les coups et attend patiemment la mort. Cela dure longtemps, puis il laisse retomber ses poings et s'éloigne.

Inerte, Héloïse est secouée de tremblements incontrôlables, ses poumons la brûlent. Elle a mal et respire avec bruit, appuyant parfois sur son ventre avec un gémissement de douleur. Pourquoi l'a-t-elle poussée à bout ? Elle va crever ici et ne reverra plus jamais ses enfants chéris. Ou si un jour ils reposent les yeux sur elle, ce sera à travers son cercueil. Son visage présente des ecchymoses violettes, presque noires par endroits, ses lèvres sont gonflées, du sang coule le long de l'arcade droite. Ses cheveux emmêlés par la crasse pendent lamentablement de chaque côté de son visage.

Il ne subsiste plus grand-chose de la femme qu'elle a été.

L'homme reste longtemps à l'observer, appuyé sur le mur de la chambre.

Les doigts de la femme se mettent à gratter le papier peint, un mouvement d'abord léger qui devient de plus en plus nerveux.

La folie a gagné encore un peu de terrain.

Il attend quelques minutes, observant le manège avec curiosité, puis ressort silencieusement de la pièce. La femme continue de gratter jusqu'à ce que ses mains se mettent à saigner. Elle fixe la blessure comme si elle ne comprenait pas ce que signifie cette tâche rouge, puis approche son doigt de sa bouche pour sucer le sang. Après quelques secondes, elle reprend le même manège, gratter le mur, lécher son doigt…

Les images et les souvenirs tourbillonnent dans son esprit.

Antoine et elle, heureux et amoureux, ils

s'embrassent, se caressent, s'aiment jusqu'au petit matin, son sourire radieux quand il la découvre à sa fenêtre en arrivant sur sa mobylette.

Son bébé, celui d'Hélène, ce garçon au visage joufflu, des yeux qui rappellent tant ceux d'Antoine.

Puis Marina et Grégory, les autres enfants qu'elle a eus des années plus tard, dans sa seconde vie, ceux d'Héloïse, qu'elle a abandonnés.

Il l'a accusée d'être une mauvaise mère et quand elle a tenté de se défendre, il a seulement ricané. Aujourd'hui, elle doit se rendre compte qu'il a raison, elle ne vaut pas grand-chose, par deux fois elle a échoué lamentablement. Les autres sont capables de soulever des montagnes pour leurs enfants, mais elle n'a rien fait pour eux.

Cette fois, elle va le protéger.

Elle pose la main sur son ventre, mais elle ne perçoit aucune présence. Elle se rassure : sa mère a dû l'emporter. Il dort tranquillement dans la pièce voisine. Puis brutalement, elle se souvient : il est parti. Une onde de chagrin parcourt son corps. Elle pleure bruyamment puis elle roule sur le côté, les yeux fixés sur le mur, sur cette tâche plus claire.

Curieuse, elle approche son doigt et touche le papier qui s'effrite. Ses doigts grattent pour enlever quelques morceaux. Elle sait qu'une silhouette se tient sur le seuil de la chambre, l'observant, épiant ses moindres gestes. Il doit savoir que la fin est proche.

Son esprit refuse d'abandonner le dernier rempart.

Pourtant le souvenir est là, tout près.

Fatiguée de fuir cette réalité trop cruelle, ces illusions, ces mensonges, elle abandonne.

Alors elle met ses genoux tout contre le mur et en chien de fusil, elle se laisse envahir par les images.

*Marin*

*L'adolescente de seize ans est allongée sur son lit et a glissé la tête sous la couette pour tenter de ne plus entendre, mais les pleurs réussissent à passer. Son bébé est à côté d'elle. Il ne correspond pas à ce qu'Hélène a imaginé.*

*Il pleure tout le temps, ce bruit dure depuis des heures maintenant, se répercutant sur les murs, résonnant douloureusement dans sa tête.*

*C'est un son qui porte sur les nerfs, elle n'en peut plus. Elle rejette la couette et s'approche du berceau.*

*Il est là. Minuscule. Le visage tout rouge à force de pleurer.*

*– TU VAS TE TAIRE ! JE N'EN PEUX PLUS ! hurle-t-elle, à bout de nerfs.*

*Il n'arrête pas pour autant.*

*La veille, sa mère est passée, a jeté un coup d'œil sur l'enfant et a expliqué :*

*– Il doit avoir des coliques.*

*– Mais combien de temps vont-elles durer ?*

*– Je n'en sais rien ! Tu verras bien.*

*– Mais je n'en peux plus. Tu ne veux pas le prendre un*

*peu dans votre chambre ?*

*L'espoir renaît, elle va dire oui, et lui permettre de se reposer quelques heures, d'être enfin au calme. Ensuite, la jeune mère pourra à nouveau s'occuper de lui plus sereinement.*

*– Tu sais bien que ton père ne sera pas d'accord.*

*– Mais maman, je n'en peux plus ! Il pleure toute la journée. Et la nuit, il me réveille sans arrêt. J'en ai assez.*

*– Ton père ne voudra jamais, répète-la grand-mère faiblement sans oser la regarder, un peu honteuse.*

*– Mais maman, ne me laisse pas, s'il te plaît.*

*– Je dois partir faire des courses, je reviens dans une heure.*

*Elle a l'impression qu'il ne prend même pas le temps de respirer. Des bruits aigus qui semblent résonner sur les murs et s'amplifier. Elle se prend la tête entre les mains pour tenter de les atténuer, mais sans succès.*

*Elle n'en peut plus.*

*Il faut que ça s'arrête ! Puis elle pense à Antoine et un sentiment de colère l'envahit. Elle s'approche encore du berceau, se penche et l'observe. Malgré ses yeux gonflés, il lui ressemble. C'est Antoine en miniature.*

*– POURQUOI TU PLEURES ? TU NE PEUX PAS T'ARRÊTER ? hurle-t-elle à nouveau.*

*Les pleurs cessent et recommencent de plus belle.*

*Alors elle ne peut s'empêcher de crier de nouveau :*

*– POURQUOI TU N'ES PAS LÀ ? TU M'AVAIS PROMIS POURTANT !*

*D'un pas presque mécanique, elle se dirige vers son lit, attrape un oreiller et revient vers le berceau. Il faut le faire taire. Alors elle lève le coussin et sans même le regarder, le dépose par-dessus.*

*Les bruits sont étouffés un instant.*

*Pourtant, elle les entend toujours, alors elle appuie encore peu plus.*

*Plus aucun son maintenant, tout est silencieux dans la pièce.*

*Elle reste là, maintenant le coussin et fixant la fenêtre. Un avion trace un sillon blanc dans le ciel, elle le suit des yeux jusqu'à ce qu'il disparaisse, se demandant où vont les voyageurs. Puis elle desserre ses doigts du tissu, lâche l'oreiller et se dirige vers son lit. Elle s'allonge et reste une heure entière immobile, profitant du silence, sans bouger un seul muscle, les yeux rivés au plafond.*

*Jusqu'à ce qu'elle entende un cri. Un long cri presque inhumain qui la fait sursauter.*

*Sa mère est rentrée et se tient au pied du berceau.*

– Tu es mort. Je t'ai tué.

Héloïse répète cette phrase en boucle.

Il est allongé à côté d'elle et l'entoure de ses bras, le visage enfoui dans son cou. Il l'écoute répéter ces mots.

Elle est livide, ses yeux paraissent immenses dans son visage creusé. On dirait une sorcière avec ses cheveux ébouriffés en mèches folles. Ses yeux exorbités observent autour d'elle, s'attardant sur chaque détail. Ses mains sont agitées de spasmes nerveux.

Tous ses souvenirs sont revenus, ceux que son esprit avait fait prisonniers dans un coin de son cerveau pour sa propre survie.

Trop durs à supporter.

Pendant le séjour à l'hôpital psychiatrique, juste après l'accouchement de Marin, le médecin qui la suivait avait expliqué à ses parents que la jeune fille avait vécu un épisode d'amnésie dissociative. Hélène ne pouvait pas vivre avec le souvenir d'avoir étouffé son bébé. Alors le bébé avait simplement disparu.

Enlevé par son père.

La responsabilité s'envolait sur les épaules d'une autre

personne.

– C'est ce que tu as cru. Mais je ne suis pas mort. Quand tes parents ou devrais-je dire C*hers mamie et papy* ont réalisé que je respirais encore, ils ne t'ont rien dit et m'ont évacué *simplement* de leur vie. Plus de tache au tableau. Évacué le sale bâtard. Ils ont fait appel à leur bon copain, le docteur Bosson. C'est lui qui t'a envoyée chez les fous et qui m'a trouvé un nouveau *papa.*

Il la serre contre lui.

Il en a rêvé pendant si longtemps, respirer son odeur, caresser sa peau, sentir son cœur battre sous sa paume. Il ne sait même pas si elle en a conscience car elle s'est mise à chantonner une berceuse :

*Dors mon petit marin*
*jusqu'au matin,*
*Dors mon petit bébé*
*je vais t'embrasser.*

– Tu veux savoir comment je sais tout ça ? J'ai retrouvé mon certificat de naissance chez le diable, planqué dans son armoire. Et ensuite je suis allé rendre une petite visite à ta mère. Elle a halluciné quand elle a compris qui j'étais. Dur pour la vieille d'affronter ses péchés. Mais je te promets que je ne voulais pas qu'elle tombe dans les escaliers, c'était un accident. Dis, tu me crois ?

La femme est maintenant incapable de répondre de manière sensée. Son esprit a jeté l'éponge. Elle est partie loin. Des gémissements réguliers s'échappent de sa bouche.

– Tiens, avale ça, et ne t'inquiète plus maman, nous ne

souffrirons plus jamais.

À travers ses lèvres, il glisse des cachets qu'elle avale.

Les barrières ont cédé, la folie a tout emporté.

Son esprit ne désire plus se battre, comme si le combat était perdu d'avance. Il y a si longtemps qu'elle cherche des excuses.

Elle en aura terminé avec ses remords. Et pourra le rejoindre.

## *Délia*

Le ciel est gris, des nuages grondent et menacent. Ce matin, à la météo, ils ont annoncé un risque d'averse en fin de journée.

Le regard dans le vague, Délia Rousseau marche lentement sur le trottoir sans prêter la moindre attention à ce qui l'entoure. Depuis qu'elle a pris cette décision, elle ne cesse d'hésiter à faire machine arrière car si jamais Pierre l'apprend, il va encore se fâcher et il aura sans doute raison. Mais elle ne peut pas rester sans rien faire. Ce ne serait pas charitable.

Elle sursaute, une voiture vient de klaxonner à quelques mètres.

Délia lève les yeux et réalise qu'elle est à quelques rues du collège Émile Zola. Elle accélère le pas pour ne pas perdre de vue Grégory Huchet qu'elle suit depuis une demi-heure déjà. Il a rejoint un groupe composé de deux garçons et de deux filles. Hésitante, elle reste quelques instants sur le trottoir puis finit par traverser la route pour les suivre. Se chahutant, ils n'ont aucune conscience de sa présence à quelques pas. Délia commence à se dire qu'elle a eu une idée ridicule. Pierre a raison de lui reprocher son impulsivité irréfléchie qui l'amène à agir sans avoir envisagé les conséquences.

Elle a l'air fine à suivre un groupe d'ados, on se croirait dans une mauvaise série policière.

Où est le jeune lieutenant qui l'accompagne ? C'est bien connu, les policiers vont toujours par deux.

Elle s'apprête à changer d'avis lorsqu'elle les voit stopper à une intersection. Grégory salue ses copains pour continuer seul son chemin.

C'est le moment idéal pour lui parler.

Elle s'élance et manque de passer sous une voiture qui freine brutalement. Le conducteur la rabroue d'un coup de klaxon furieux.

Pressée de rejoindre le garçon, elle ne l'a pas vu. Confuse et les jambes tremblantes, elle lui adresse un petit signe d'excuse de la main et recule sur le trottoir pour le laisser passer.

Lorsqu'elle cherche à nouveau Grégory, elle ne le voit nulle part.

Après s'est assurée qu'elle peut franchir la chaussée en toute sécurité, elle se précipite de l'autre côté de la rue pour tenter de le retrouver. Elle scrute les visages qu'elle croise, le dos des silhouettes mais aucune trace du garçon. Elle passe devant une ruelle lorsqu'elle entend des voix masculines.

Il est là avec trois autres garçons.

Deux lui tiennent les bras et le plaquent contre le mur pendant que le troisième, un garçon plutôt baraqué, casquette vissée sur le crâne, veste en cuir est face à lui. Menaçant, il pointe un couteau à quelques centimètres de son visage. Délia n'entend pas ce qu'il dit, mais elle devine à son air menaçant que Grégory est en danger.

Affolée, elle s'écrie :

– Lâchez-le tout de suite ou j'appelle la police.

Lorsqu'ils l'entendent, les agresseurs paniquent et s'enfuient. Elle se précipite vers Grégory. Le garçon se tient le ventre.

– Tu es blessé ? s'inquiète Délia.

– Non, ça va, murmure-t-il.

– Qui étaient ces garçons ? Qu'est-ce qu'ils te voulaient ?

– Rien. Tout va bien.

– Grégory, si tu as un problème, il faut le dire.

– Mais non, je vous dis que tout va bien.

– Il te menaçait avec un couteau ! Tu ne peux pas prétendre que tout est normal. Je n'arriverai pas à le croire. ? Qu'est-ce qu'ils te voulaient, ton argent ?

Devant son insistance, il s'énerve :

– Ce n'est pas votre problème. Laissez-moi tranquille !

– Je suis désolée mon garçon, mais ce n'est pas mon genre de fermer les yeux. Visiblement tu as des soucis et je ne vais pas faire comme si je n'avais rien vu.

Rageusement, Grégory la fixe du regard. Délia ne baisse pas les yeux. Durant quelques minutes, ils s'affrontent, puis la femme perçoit un tressaillement. Il se laisse glisser lentement le long du mur et finit recroquevillé, les bras entourant ses genoux et la tête à l'intérieur.

Émue, elle entend un reniflement.

Elle s'agenouille et le prend dans ses bras. Quand il sent la chaleur de ses bras, il se met à sangloter de plus belle.

Au bout de quelques minutes, il commence à parler et ce qu'il raconte la tétanise.

# *Hélène et Antoine*

Les corps se frôlent. Les doigts se cherchent. Aussi timides l'un que l'autre, ils ne savent pas bien comment faire.

Mais Hélène et Antoine s'aiment tant.

Ce sentiment réchauffe leur cœur et les guide.

Ils ont dépassé le stade des baisers chastes pour passer à un flirt plus poussé. Les caresses ont exploré, repoussé les limites chaque fois un peu plus loin.

Sous leurs pieds, ils sentent le sable encore chaud en cette fin de journée. Le jeune homme l'enlace tendrement et murmure :

– Je t'aime, Hélène.

Un long frisson de plaisir la parcourt.

Ce soir, c'est décidé. Elle se donne à lui.

Le grand moment est venu.

Elle est amoureuse et elle désire tout partager. Ce sera leur première fois à tous les deux et elle ne veut plus attendre. Son désir a grandi avec ses baisers, ses caresses et ses promesses. Elle ne souhaite pas franchir cette étape avec un autre. Et elle est certaine que ses sentiments sont partagés.

Il lui prend la main, elle s'allonge et lève les yeux pour le contempler. Il est si beau. Ses traits sont gravés dans sa mémoire et il lui suffit de fermer les yeux pour qu'ils surgissent derrière ses paupières.

Confiante, elle l'attire vers elle, sur elle.

Les vêtements ne sont bientôt plus un obstacle. Leurs peaux se touchent.

Après un dernier regard confirmant son accord, il la pénètre en douceur pour éviter de lui faire mal. Elle gémit, il s'arrête déjà, confus d'être aussi maladroit. Mais elle l'apaise immédiatement d'un baiser et l'encourage à continuer.

Des larmes coulent sur ses joues. Il s'en aperçoit et s'affole encore un peu plus. C'était trop tôt, elle n'était pas prête. Il aurait dû patienter encore un peu. Il a l'impression d'être comme ces mecs qui se vantent au bahut d'avoir mis une fille dans leur lit sans se soucier une minute de ce qu'elle pouvait ressentir, le principal étant de la sauter, pour faire comme les autres, pour impressionner.

Mais lui, il est différent, enfin c'est ce qu'il croyait. Finalement, il n'a écouté que son envie d'elle et n'a pas perçu qu'il la brusquait. Il s'en veut et ne sait pas comment réparer.

Les mots qu'elle murmure le rassurent.

Elle verse des larmes de bonheur.

Les amoureux se serrent encore plus fort l'un contre l'autre. Ils ont oublié où ils étaient et se laissent emporter par le plaisir.

Les yeux fermés, Héloïse sourit.

– Marina, qu'est-ce qui t'arrive ? Dès que j'ai pu, je suis venu, ton appel m'a fait flipper !

– J'ai une nouvelle à t'annoncer et je ne voulais pas le faire par téléphone, il fallait que je te voie.

Pendant dix secondes il sent son cœur s'emballer : elle le quitte, elle a rencontré quelqu'un d'autre.

Puis il réalise qu'elle n'a pas la tête à annoncer une rupture, ses yeux brillent, elle a l'air excitée. Elle ne serait certainement pas aussi souriante si elle devait lui lâcher une bombe pareille. Le rythme cardiaque ralentit pour revenir à une allure moins affolée.

– Je ne sais pas comment te le dire ?

– Marina, dis-moi ? Je flippe.

En entendant sa voix suppliante, elle se lance comme on se jette d'un pont pour sauter dans l'eau.

– Je suis enceinte.

D'abord, il ne comprend pas vraiment, puis les mots font peu à peu leur chemin dans son esprit. La jeune fille se tient debout devant lui, son visage empli d'une expression anxieuse.

Elle attend sa réaction.

Au début, il est paniqué, ils sont si jeunes ! Comment vont-ils se débrouiller ? Ils ne travaillent ni l'un ni l'autre. Comment vont réagir leurs parents ?

Puis ses yeux croisent les siens.

Alors il sait

– Marina, je t'aime, je serai avec toi, quoi que tu décides, répond-il tout en lui souriant tendrement.

Elle se jette dans ses bras, il la serre contre lui avec passion. Tout ira bien maintenant.

– J'ai eu peur que tu sois en colère.

– Mais comment as-tu pu imaginer que je pourrais me fâcher contre toi ? Jamais !

– Mais qu'est-ce que nous allons faire ? Et tes parents, que vont-ils en penser ?

– Ne t'en fais pas, je m'en occupe.

Il se veut rassurant, mais pour le moment il n'en mène pas large. Simplement, elle a besoin d'une épaule solide et il est là.

– Mais à la rentrée, je vais me retrouver toute seule !

– Je ne serai pas loin, et tu sais bien que je ne dois pas partir à l'autre bout de la planète, je vais juste à la fac à Dijon, ce n'est pas trop loin. Et d'ici là, on verra. Mais je te promets que je ne te laisserai pas tomber. Tu as confiance en moi ?

Sans hésiter, elle répond :

– Oui.

– Alors tout ira bien, tu verras.

Tout bas, elle ajoute avec un petit soupir de tristesse :

– C'est dommage que ma mère ne soit plus là. Je ne lui pardonnerai jamais son départ.

– Tout va bien Marina, je suis là et tu verras

maintenant, tout va changer.

– Mais attends, il faut que je le lui dise ! s'exclame-t-elle en relevant vivement la tête.

Mathéo l'interroge du regard.

– Elle a le droit de savoir qu'elle va être grand-mère.

– Mais tu disais que tu ne voulais plus lui parler.

– Oui, mais maintenant les choses ont changé.

Le garçon s'apprête à protester, mais à voir l'excitation qui a envahi Marina, il change d'avis.

– Tu viendras avec moi ?

– Voir ta mère ?

– Oui.

Le jeune homme se contente d’acquiescer et de la prendre dans ses bras.

oOo

– Il n'y a personne. On reviendra un autre jour.

Mal à l'aise, Mathéo ne pense qu'à s'enfuir à toutes jambes. Il n'aime pas cette attente dans le couloir, la perspective de se trouver face à la mère de la jeune fille. Mais Marina ne veut pas abandonner aussi vite et appuie de nouveau sur la sonnette un long moment pour être certaine que celle-ci soit entendue.

Il risque un coup d’œil dans sa direction et devine que les larmes ne sont pas loin. Il n'ose pas répéter sa requête de partir et se contente de patienter à ses côtés.

Il sursaute lorsqu'il l'entend marteler des deux poings sur la porte et hurler :

– Maman, ouvre-moi, je sais que tu es là.

Un cri qu'elle répète plusieurs fois.

Une porte s'ouvre à quelques mètres de distance :

– Non, mais vous n'êtes pas bien de beugler comme des putois qu'on égorge. Il y a des gens qui essaient de se reposer avant de partir au boulot, proteste un homme d'une cinquantaine d'années, la mine encore chiffonnée par le sommeil.

– On est désolé, Monsieur, s'excuse platement Mathéo.

L'homme les examine encore quelques minutes avant de refermer la porte avec un commentaire sur la jeunesse qui déraille.

– Viens Marina, il faut partir, sinon il va finir par appeler la police. Il la regarde et espère un signe de départ. Mais elle ne bouge pas et fixe toujours la porte.

– Je ne peux pas partir. Il faut que je la voie.

– Mais elle n'est pas là. On ne peut pas attendre ici indéfiniment.

– Pars toi si tu veux, moi je reste.

Il retient les mots de protestation car il a déjà compris qu'ils seront inutiles. La jeune fille sort alors une clé de sa poche et l'introduit dans la serrure. La porte s'ouvre.

– Marina, tu avais la clé ?

– Papa en avait un double au cas où. Allez viens.

La jeune fille pénètre dans l'appartement, il hésite un court instant puis ferme la porte derrière eux.

L'appartement est silencieux.

Mathéo fronce le nez en reniflant une odeur désagréable. Ils passent de pièce en pièce. L'odeur devient plus forte.

Lorsque Marina pousse la porte de la chambre, Mathéo ne peut s'empêcher de sursauter lorsqu'il l'entend pousser un long cri d'effroi. Elle se précipite en direction du lit, où gisent les corps d'une femme blonde et d'un homme.

Une boîte de comprimés traîne sur le sol à côté d'une bouteille de whisky.

Article dans *l'Est Républicain,*
samedi 30 avril 2011.

***Un motard mortellement fauché sur la commune de Byans-sur-Doubs, dans le secteur de Quingey, dans le Doubs. La police lance un appel à témoins.***

*L'enquête autour des circonstances de la mort d'un motard, percuté par une voiture ce lundi à Byans sur Doubs, est désormais placée sous l'autorité du Procureur de la République. Il devra faire la lumière sur les faits qui se sont produits vers 22h à la sortie de la commune, en direction de Liesle. Un motard, Bastien Vanole, a quitté la chaussée et fait une lourde chute dans un fossé, contre des arbres. Le pilote n'a pas survécu à ses blessures.*

*Qu'a-t-il pu se passer réellement pour que le Procureur soit saisi d'un accident de la route ?*

*Celui-ci demande à toute personne pouvant avoir des informations sur les circonstances de cet accident de se rapprocher de la gendarmerie la plus proche, afin de faire la lumière sur cet accident dont les circonstances restent à établir.*

*Famille d'Héloïse*
Une semaine plus tard

Le soleil les accompagne sur le chemin de graviers qui mène à la clinique. François Huchet est accompagné de ses deux enfants, Marina et Grégory. Depuis une semaine, Héloïse est hospitalisée et les médecins ont d'abord interdit les visites jusqu'à aujourd'hui. Salement amochée, elle avait besoin de se reposer et de soigner ses blessures.

À l'accueil, on les oriente au premier étage, porte 23, médecin Charles Pinceau. Dans l'ascenseur, personne ne parle. Chacun à sa manière anticipe le déroulé de cette rencontre.

Le médecin est un homme d'une quarantaine d'années, plutôt sympathique, qui leur explique avec une voix lente et calme que sa patiente, Héloïse Huchet, se remet difficilement de l'agression. Elle a repris connaissance mais n'a pas retrouvé tous ses repères. Elle confond les différentes étapes de sa vie.

Ils ne comprennent pas et posent quelques questions.

Il définit le jargon médical, les conséquences, parle de « repos », ils comprennent « internement ».

Quand il leur annonce qu'elle ne les reconnaîtra peut-être pas, Marina éclate en sanglots. Le père foudroie le médecin qui justifie son annonce brutale par le besoin d'une prise de conscience rapide dans le but d'aider la malade. Puis d'autres mots apaisent : vous lui avez sauvé la vie, une minute de plus et les secours seraient arrivés trop tard.

François Huchet est envahi par la reconnaissance. Il espère que les paroles du médecin sauront toucher le cœur de sa fille.

En effet, depuis qu'elle a découvert sa mère, Marina est rongée par la culpabilité. Elle semble sourde aux paroles de réconfort de son entourage, se contente de hausser les épaules et de détourner la tête pour cacher ses larmes. Pourtant elle a besoin de toute son énergie pour le petit être qui grandit en elle.

Après cette entrevue, le médecin les guide jusque dans la chambre d'Héloïse en insistant sur certaines précautions.

Ne pas montrer le choc qu'ils éprouveront certainement en découvrant les traces encore visibles des coups reçus. Ne pas la culpabiliser.

François Huchet taira la peur faite à Marina quand elle a découvert sa mère étendue sur son lit.

L'identité de l'homme retrouvé mort à côté d'elle ne lui sera pas révélée tout de suite. C'était son fils ? François Huchet a du mal à admettre qu'il n'en ait jamais rien su. Pourtant les documents administratifs ne mentent pas, elle a bien accouché d'un garçon qui a ensuite été proposé à l'adoption.

Pas un mot non plus sur le racket dont était victime leur fils Grégory et qui a été découvert par la voisine

Délia Rousseau. Son fils lui a tout raconté : les brimades physiques, les insultes, les vols qu'il subissait depuis des semaines, à la sortie du collège.

Il ne dira rien non plus sur sa liaison avec la voisine, Maryline Dupois qui est en instance de divorce et qui lui a apporté durant quelques heures le réconfort et la tendresse qu'il ne trouvait plus auprès de son épouse. C'est elle qui se cachait dans sa chambre et que Délia a entendue dans leur chambre.

Ils ne s'étonneront pas de cet homme qui semble la hanter et de ce prénom qu'elle prononce constamment : Antoine. Ses pensées sont encore très confuses. Elles s'organiseront, mais il lui faudra du temps.

La laisser parler.

Ils l'écouteront.

Ce roman est une fiction. Toute ressemblance avec des personnages ou des situations existants ou ayant existé serait purement fortuite.

*Dans l'élaboration de ce roman, plusieurs personnes m'ont été d'une précieuse aide.*

*Je tiens tout d'abord à remercier Les Éditions du Citron bleu pour le soutien dans l'écriture.*
*Merci à Jean-Louis (encore et toujours) qui m'a mis le pied à l'étrier.*
*Merci à Delphine, Marie-Laure et Sébastien pour leur relecture attentive, leurs critiques et leurs conseils.*
*Merci à mes filles, soleils de ma vie et mon mari, mon pilier.*

*Et enfin merci à vous, lecteurs. Je vous attends pour de nouveaux échanges.*

Annie Ramos

***Déjà parus aux Éditions du Citron Bleu***

*- La révolte des poules en bois - Jean-Louis Poirey*
*- Dix-huit histoires d'eau en Franche-Comté - Jean-Louis Poirey*
*- Gouttières story - Florence Aubry*
*- Implacable - Nathalie Michel*
*- La chaussette écarlate - Jean-Louis Poirey*
*- Impitoyables - Nathalie Michel*
*- La petite fugueuse - Héloïse Combes*
*- Bienvenue au Shérif - Alain Cuche*
*- L'inconnue du parc - Jean-Louis Poirey*
*- Vengeance sans visage - Fabrice Pichon*
*- Les nénuphars empoisonnés - Jean-Louis Poirey*
*- 1000 étangs meurtriers - Nathalie Michel*
***- Le cercle des tueurs - Annie Ramos***
*- Le complexe du prisme - Fabrice Pichon*
*- Les secrets du cylindre - Isabelle Bruhl-Bastien*
*- Les détrousseurs de l'aube – Jean-Louis Poirey*
***- Les yeux de l'ombre - Annie Ramos***
*- Le mémorial des anges - Fabrice Pichon*
*- Le sang du passé - Fabrice Pichon*
*- Homicide par insouciance - Daniel Durand*
*- Louise peut dormir en paix - Alain Cuche*
*- Résurgence - Isabelle Bruhl-Bastien*
*- Tour de piste - Pierre-Yves De Murcia*
*- Des racines et des gants - Pierre-Yves De Murcia*
*- Cœurs turbulents – Nicole Grépat*
*- Dans les traces – Martine Festas*
*-Témoignage accablant – Daniel Durand*
*-Les liens décents – Emmanuelle Bessot*
*-GR sans issue – Martine Festas*

*Retrouvez toute l'actualité sur* ***www.editions-citronbleu.fr***

numérique

Impression & brochage - France

Numéro d'impression : SN0000004416

Achevé d'imprimer : Février 2020

Dépôt légal : Mars 2020

IMPRIM'VERT®